# 新闻七事

何泽平 著

人民日报出版社

图书在版编目（CIP）数据

新闻七年／何泽平著 . —北京：人民日报出版社，2016. 12

ISBN 978－7－5115－4436－0

Ⅰ.①新… Ⅱ.①何… Ⅲ.①新闻—作品集—中国—当代

Ⅳ.①I253

中国版本图书馆 CIP 数据核字（2016）第 317442 号

书　　名：新闻七年
著　　者：何泽平

出 版 人：董　伟
责任编辑：梁雪云
封面设计：春天·书装工作室
封面题字：覃修毅

出版发行：人民日报出版社
社　　址：北京金台西路 2 号
邮政编码：100733
发行热线：（010）65369527　65369846　65369509　65369510
邮购热线：（010）65369530　65363527
编辑热线：（010）65369526
网　　址：www. peopledailypress. com
经　　销：新华书店
印　　刷：北京天正元印务有限公司

开　　本：710mm×1000mm　1/16
字　　数：260 千字
印　　张：17. 5
印　　次：2017 年 2 月第 1 版　　2017 年 2 月第 1 次印刷

书　　号：ISBN 978－7－5115－4436－0
定　　价：52. 00 元

把职业实践与领悟打包
作别过往的七年
重新出发

# 邂逅新闻

何泽平

## 一

《新闻七年》收录的是我 2010 年至 2016 年采写的主要新闻作品和编辑的代表作。

2010 年 1 月 8 日，一纸调令让我离开工作了 17 年之久的咸宁市委宣传部，到咸宁日报社任副社长。这次调动成了我步入职业新闻工作者行列的起点。

掐指算来，我的新闻职业生涯刚好七年。迈克尔·艾普特以七年为单元，执导纪录片《人生七年》成为经典，足见七年是观察人生的最佳"时间窗口"。

回望这七年，有幸获得省级新闻奖 54 次，其中湖北新闻奖一等奖 3 次，二等奖 4 次，三等奖 10 次，这些"新闻奖品"见证了我从业余通讯员到职业新闻工作者的转身。

留住这段时光，萌生了结集这本册子的冲动。

## 二

1990 年，我从华中理工大学（现华中科技大学）新闻系毕业，20 多年一直在从事新闻舆论工作。回想起来，都缘于与新闻的邂逅。

1986 年高考实行估分填志愿，我填报了厦门大学。第二天，在汉念书的发小特意问起我高考的情况，建议我改报华中工学院新闻系。他的理由是新闻是热门专业，华工的排名也比厦大靠前。

第二天天还没有亮，我们俩骑着自行车，赶了30多里路，到我就读的高中找班主任改报志愿。班主任说，志愿已送到市教委，上午10点的火车送省城。我们俩又急急忙忙地赶到市教委，托关系总算是改报了志愿。

这是我与新闻的第一次邂逅。

### 三

第二次邂逅是大学分配时被改派。

1990年毕业的大学生绝大多数都分回了生源地。二次分配时，我被赤壁教委分到了造纸厂。当了一辈子建筑工人的父亲，听到这个分配去向，在家里天天长吁短叹。

在我即将上班的前夕，赤壁教委通知我被改派到赤壁广播站。

写报道，术业有专攻，父亲对这个改派喜出望外。

到广播站报到后不久，我被借调到赤壁市委宣传部新闻科。这个时候我才晓得，当时宣传部正在物色通讯报道员，宣传部长听说回来了学新闻的应届毕业生，特意打电话要求教委改派。

从毕业到1992年12月，我在赤壁市委宣传部从事了近3年的业余通讯报道工作。

### 四

滴水之恩当涌泉相报。

正是这种质朴的感恩情结，让我第三次与新闻邂逅。这一次是因改调而牵手。

上班的第一天，部长明确要求，要在中央、省和市三级媒体上多报道赤壁的新成就、新做法、新经验。

完成好交办的任务，回报"改派之恩"，成了我不分昼夜采访写稿的动力。从此，"通讯员何泽平报道"在中央、省和市三级媒体上频繁出现，我也因此物质精神双丰收：每年领取了全市通讯报道奖一半以上的奖金，先后获得了咸宁地区优秀宣传工作者、全省抗洪宣传先进个人等多项荣誉。

没有想到的是，"通讯员何泽平报道"产生了溢出效应。当时的咸宁地区某机关对我进行简单的外围考察后，给赤壁市委宣传部发来了商调函，调我到局机关从事文秘工作。事后我才知道，商调函被宣传部压了下来。

大约是一个月后，咸宁地委宣传部派考察组到赤壁，并决定调我到地委宣传部新闻科工作。赤壁市委宣传部于1993年1月3日把我送到地委宣传部报到上班。

两张调令，一压一放，冥冥之中，仿佛有一股无形的力量又一次把我推到新闻的怀抱。

在地（市）委宣传部工作期间，我一如既往地怀着感恩之心努力尽职，在《人民日报》、新华社、中央电视台等19家中央媒体共同打造的"时代先锋"专栏里，先后推出黎锦林、郑四来、常雨琴、陈刚毅四大典型。

耕耘与收获永远正相关。2007年，我被组织上提拔为一名副处职领导干部。3年后，改任咸宁日报社副社长。

五

这次改任开启了我的新闻职业生涯，对新闻的采、写、编提出了更高的要求。

七年间，戈壁滩上留下足迹，深度报道进行了探索，先进典型树立标杆，人文关怀碰撞出火花，抗洪救灾深入一线，乡村社区展示了风貌……

职业化实践加深了我对新闻工作的领悟——

什么是新闻？新闻是发生，新闻是发现……

什么是故事？故事是代入，故事是逻辑……

什么是思索？思索是基本功，思索是挖掘机……

什么是编辑？编辑是做嫁衣裳，编辑是做十字绣……

七年来，我采写的稿件涉及消息、通讯、评论、系列报道、论文等不同类别的新闻体裁，每一种体裁的作品都有幸上榜湖北新闻奖。这是一份"改任答卷"，也是一份"转型肯定"，更是一种无形鞭策。

把职业实践与领悟打包，作别过往的七年，重新出发。

2016 年 12 月

# 目 录
## CONTENTS

# 第一辑
## 新闻奖品

新闻是发生　新闻是发现

**湖北新闻奖一等奖：系列·聚焦崇阳农民工抱团"走西口"**

<br>

推进钒业梯度转移　实现要素交流互动

# 崇阳农民工抱团"走西口"

<br>

本报讯　记者何泽平、甘青报道：今日零时，崇阳县沙坪镇农民刘楚鹏背着行囊，从咸宁火车站搭乘"崇阳农民工专列"，前往甘肃敦煌鄂鑫钒业有限责任公司做粉碎工，和他同行的共有 1200 名同乡。

上车前，刘楚鹏在沙坪镇参加了县里为他们举行的欢送会。他兴奋地拉着记者说："跟我一起长大的同乡，在甘肃一家钒厂打工 6 年，家里就盖起了两层新房。我也要让家人住上新房。"

鄂鑫钒业公司董事长陈佛进同样兴奋。他说，县里为这次回乡招聘大开绿灯，还帮忙组织农民工专列，为企业节约了不少费用。

欢送会上，县长陈武斌说，县里组织上千名农民工奔赴西部地区，标志着钒业生产和营销从"游击队"到"正规军"的转变。

目前，崇阳在西部从事钒业生产和营销的农民工上万人。

县委书记程群林认为，西部开发和产业梯度转移，是崇阳农民工抱团掘金西部的深层次原因。

崇阳钒产业起步于上世纪七十年代，经过几十年发展，形成了国内首屈一指的研发、生产和营销的完整产业链，实现了向"绿色高新钒业"的华丽转身。

精明的崇阳钒老板在县里"钒业走出去"的政策引导下，瞄准了西部丰富的钒资源，采取兼并、收购和重组的办法，领办了 70 多家大中型钒产品生产企业。

这些企业不仅像磁铁吸引着县内钒业熟练劳动力前往，而且成为当地的纳税大户，仅鄂鑫钒业有限责任公司去年就为当地创造税收近 1000 万元。

与此同时，这些企业与县内钒产业遥相呼应，加快了崇阳钒产业的发展。去年，该县钒业交易额达 20 亿元，收益近 2 亿元。"崇阳钒价"成了全国钒价的三大风向标之一。

原载 2010 年 3 月 22 日《咸宁日报》

**湖北新闻奖一等奖：系列·聚焦崇阳农民工抱团"走西口"**

# 梦想载我去"阳关"

## ——与三位新生代农民工对话

### 记者　何泽平　甘青

24 日凌晨 2 点，农民工专列行驶 50 个小时后，到达距咸宁 3000 多公里的甘肃省瓜州县柳园镇。柳园位于玉门关西边不远处，1200 名崇阳农民工将在这儿转乘大巴，再经 6 个小时抵达目的地，那里离阳关仅 50 公里。

春风不度玉门关。一下火车，刺骨的冷风好像要吹化耳朵，手指像有冰刀在割。此时的南方正春暖花开，看着从身边涌过的农民工，更感他们掘金西部的艰辛。

西行的列车上，三位来自崇阳沙坪镇的新生代农民工，一边听着手机里的音乐，一边发着短信，凝望着窗外，若有所思。

### 不想当一辈子的打工仔

金关文，男，中职毕业，20 岁，家里有两兄妹，姐姐在外地打工。

去年中职毕业，金关文在广州谋得一份电工工作。繁华的大都市，充满着各种诱惑。月薪 2000 多元，金关文抵挡不住诱惑，月复一月的透支，让他倍感生活的艰难。更让他失落的是，自己不管如何装阔，似乎永远无法在广州扎根。

"沿海虽然繁华、机遇遍布，但却不是为像我这样学历不高、技能不强的农民工准备，而西北现在正在开发中，也许拥有更多的用武之地。"

"戈壁滩上艰苦的环境能磨炼我们的意志，西北待开发的市场有着更多机遇，没有人会想当一辈子的打工仔。"他说，这趟车上跟他怀有同样梦想的年轻人不少，他们在车上已交换了联系方式，希望有朝一日能抱团来实现创业梦。

## 不想弟弟也辍学

杨燕慧，女，20岁，初中毕业，家里四兄妹，一个姐姐和二个弟弟。

这个个头不高、皮肤黝黑的女孩从去年开始到鄂鑫钒业打工。杨燕慧说，自己家在乡下，因为兄妹多，自幼家庭生活条件不好，勉强念完初中，她不得不辍学在家，用父母在外打工赚回来的收入，帮着姐姐操持家务。

自从四年前她的父母远赴敦煌钒矿打工，家庭条件逐渐好转。从父母那儿知道，鄂鑫的老板不仅每年为员工加薪，而且对员工特别关心。受父母耳濡目染的影响，杨燕慧去年和父母一起来到戈壁滩上的鄂鑫公司。目前，她在公司里每月可拿2000元左右。杨燕慧腼腆地说，她有两个心愿，帮助两个弟弟完成学业，然后，能攒下一笔钱开一家美容店。

## 不想留守的童年重复

刘鹏，男，18岁，家里兄妹两个，姐姐远嫁安徽。

刘鹏8岁时，父母就双双出门打工，在"留守"中，他与年近70的奶奶相依为命。记忆里，每每看到同龄的孩子，牵着父母的手在街上嬉戏撒娇，总是满眼羡慕。父母在他心里就是每月从外地寄回的生活费。在奶奶无微不至的溺爱中，他有些放纵自己，上网、逃学成了家常便饭，到高中时，成绩一落千丈，去年混完学业就闲在家里。

刘鹏说，留守的日子是残缺的，将来决不让自己的"留守经历"再重复。

鄂鑫的陈佛进董事长是他们沙坪走出去的亿万富翁，是他心中的偶像。他报名到鄂鑫打工，一是想跟随他的偶像，二是觉得西部艰苦的环境可以磨炼自己的意志，为将来的创业积蓄力量。

原载 2010 年 3 月 25 日《咸宁日报》

**湖北新闻奖一等奖：系列·聚焦崇阳农民工抱团"走西口"**

# 戈壁滩上的幸福

## ——在鄂鑫钒业公司与农民工拉家常

### 记者 何泽平 甘青

人人都有梦想。当梦想照亮现实，幸福油然而生。

崇阳农民工在戈壁滩上掘金，当他们的现实被梦想照亮，心中的幸福似乎多了一丝戈壁滩的苍凉。

这是我们 25 日在鄂鑫钒业公司与农民工拉家常后，心里划过的最深痕迹。

### 一个人的世界——孤寂的幸福

"结婚欠下的三万元债务过年回家还清了，还在家里买好地基，明年打算把新房盖起来。"33 岁的汪继贤在鄂鑫钒业做了三年浸泡工，他说，每当想到这些打工的成就，心里就会涌起男人特有的幸福感。

他在来鄂鑫之前，曾在江苏做木工活。虽然月收入有 2000 多元，但日常开销太大，每年光车费就是一笔不小的开支。三年前，他回乡过年，听人说起鄂鑫的陈董事长不仅报销员工的车费，而且对员工特别好。

汪继贤很庆幸自己西进的抉择，虽然刚到敦煌时，不适应当地干燥的气候，不习惯当地的环境，但与 3000 多元的月薪比较，这些都算不上什么。

"每个月工资月初按时到账，包括老板在内，厂区全是家乡人互相照应。"汪继贤说，这比在江苏打工时要少了许多的孤寂。

乡情无法代替亲情。每当夜深人静，汪继贤都有些孤枕难眠：远在千里之外，妻儿在做什么呢？

这种对妻儿的思念常常让他彻夜难眠。

这次坐专列来敦煌时，孩子拉着他的手说："爸爸你能不能星期一走，这样我就能跟你多待一天。"汪继贤说到这儿眼眶有些湿润。

在鄂鑫大约有 900 多人像汪继贤一样在荒凉的戈壁上掘金。

### 两个人的相守——牵挂的幸福

邹军健在鄂鑫沉钒室工作了 5 年，前年妻子杨艳娇也跟着他来到鄂鑫工作。

"这里收入高，而且可以帮着照顾老邹的起居。"杨艳娇说，她来鄂鑫以前，老邹总是告诉她，老板特意从崇阳请来了厨师给员工做饭，而且菜品也很丰富，自己过得很好。但每次回乡人都瘦了，她决定跟着丈夫一起打工，生活上好有个照应。

杨艳娇一到敦煌就置办了一套炊具，每日亲自下厨做些邹军健爱吃的饭菜，还在 20 平方米的宿舍内添置了电视、沙发等家具。小两口一起上下班，一起到敦煌逛超市，让厂里老乡都有些羡慕。同时，夫妇俩一年下来可存下 4 万元，这也让她为自己的选择得意不已。

两人相守的日子虽然惬意，但让杨艳娇感到美中不足的是 2 岁的女儿和 3 个月大的儿子总让她牵肠挂肚。她掏出手机里存的孩子照片，动情地说："我们都吃了没能读书的亏，趁年轻多赚点钱，让孩子享受最好的教育。"

杨艳娇说，他们准备在西北再干几年，存够钱，就回乡专心带孩子。

他们夫妇只是在鄂鑫打拼的近 200 对夫妻之一。

### 三代人的快乐——漂着的幸福

龚志祠是鄂鑫方山口厂区的负责人，他的妻子、儿子、女儿、女婿、外孙都在鄂鑫打工。三代同堂，在员工眼里他是鄂鑫最幸福的人。

老龚是鄂鑫最早的一批员工，经过七年的打拼做到厂长的位置，并从打工者成为鄂鑫的股东之一。

"刚开始建厂时，灰尘就有三指厚，周边都是寸草不生的戈壁滩，我们就是在这样的环境里开始创业。"他边说边用手指比划。

自 2003 年到戈壁滩上建厂，龚志祠的妻子、女儿、女婿、儿子先后在他的带动下，来到鄂鑫打工。今年，刚高中毕业的外孙也跟着他来到鄂鑫。老龚说，三代在西部同堂，不仅能享受天伦之乐，更有一种干事业的成就感。

　　"西部受资金技术局限，资源一直没得到开发。现在有西部大开发的好政策，在这里，不仅能实现梦想，同时给这片土地带来活力。"这是龚志祠让儿孙相继来鄂鑫打工的主要原因。

　　61 岁的龚志祠独到的眼光获得了丰厚的回报，他一年的收入超过了 10 万元，公司效益好的时候，可以拿到 20 万元。

　　尽管如此，老龚一直都没在西部置业落户。他说，落叶总要归根，现在虽然三代同堂，其乐融融，但漂浮的感觉总是在心中挥之不去。

原载 2010 年 3 月 26 日《咸宁日报》

**湖北新闻奖一等奖：系列·聚焦崇阳农民工抱团"走西口"**

# 梦开始的地方

## ——戈壁滩上关于鄂鑫钒业的故事

### 记者　何泽平　甘青

25 日，丰田吉普载着我们，在戈壁滩搓板般的沙路上行驶 2 个多小时，一路上卷起漫天沙尘。

当我们来到鄂鑫钒业有限责任公司厂区时，只见简陋的平瓦房孤零零地散落在一望无际的戈壁上，前天刚从崇阳来到厂区的农民工们正在做开工前的准备。

鄂鑫钒业共有四个厂区，隶属于敦煌市方山口钒业园区。厂区间相距短的 30 多公里，长的近 50 公里，1200 多名农民工就散落在这方圆 100 多平方公里的戈壁上。

陪同采访的鄂鑫钒业董事长陈佛进介绍说："现在的条件好多了，6 年前我们 100 多号人来到这里时，水电路都没有通，打个喷嚏都不见腥沫。"

曾经荒无人烟的戈壁就是鄂鑫钒业的"领头羊"们开启梦想的地方。

### 搭上身家　抄底钒市场

2004 年 3 月，陈佛进和合伙人带着全部身家，从崇阳招募 120 名农民工走进戈壁滩。

走出这步险棋，也是被逼无奈。

两年前，崇阳钒产业提档升级，向"绿色高科技"转型，全县炸掉了 200 多座小作坊。像陈佛进这样的钒业小老板面临淘汰。

正当陈佛进苦闷时，敦煌戈壁滩上一家生产五氧化二钒的小钒厂有意挂牌出售，售价300多万元。

获得这一信息，陈佛进他们喜出望外。

三大理由给了他们搭上身家收购的信心。

西部大开发战略给予西部有别于其他地区的政策，使西部有了更广阔的创业空间。

敦煌戈壁滩不仅远离市区，荒无人烟，而且探明的钒资源丰富，品位较高。

钒价在每吨3.2万元左右徘徊了7年，已完成"筑底"，攀升为期不远。

三个月后，陈佛进和合伙人的身家变成了一纸收购合同。

机会总是偏爱有准备的头脑。从当年8月起，受国家钢材出口影响，钒价一路飙升，从每吨8万元涨到12万元；第二年2月，每吨涨到38万元的峰值。

短短一年时间，收购小钒厂的资金全部回笼。

经过6年的快速发展，鄂鑫钒业把一个在戈壁废置三年的小厂变成了"酒泉市50强企业"和甘肃省"纳税信用A级单位"。

### 为了梦想　几乎命殒他乡

鄂鑫钒业完成收购后，陈佛进和总经理宋伟雄带着队伍来到了戈壁滩上。但钒厂投产的前三个月产量不到10吨，月月亏损。为了查清产量上不去的原因，三个月里，他们没有走出戈壁一步，饿了吃口面继续查，困了打个盹，轮着找。查遍了工艺流程，还是找不到原因，人熬瘦了，头发熬掉了。

万般无奈，他们花2万元，从崇阳老家请来一位工程师号脉。问题出在焙烧钒的过程中，由于低钛矿不够，所需的高钛矿石与低钛矿石配比不当，导致火烧过旺，成品率降低。

宋伟雄拿着当地的资源分布图，高价租来挖掘机，带着所剩无几的资金，在戈壁里寻找低钛矿。时间一天天过去，资金一天天损耗，老宋绝望了："再找不到矿，我只能把自己埋在戈壁上。"

在这个关节眼上，挖掘车司机无意间挖起的一堆矿石，白光一闪，宋伟雄如同见到了救命稻草，一下子扑了上去，泪流满面地高喊："找到了！找到了！"

回想起那段经历，宋伟雄总是说，天不绝我。

副总经理黄晓云和宋伟雄有一样的宿命。

2002 年，黄晓云听说西藏有高品位的钒矿。她只身来到西藏。由于大雪封路，汽车在翻越唐古拉山时，被堵了 7 天。强烈的高原反应，加上饥寒交迫，黄晓云几乎窒息了。她靠吸氧捡回了一条命。

在西藏无功而返的黄晓云并没有气馁。一年多的时间里，她马不停蹄，足迹遍布了新疆、青海、西藏、甘肃、陕西等西部各省，每到一处她千方百计与当地招商局联系，寻找钒矿开发信息。

2003 年底，黄晓云在甘肃奔波一个月后，来到敦煌。过度劳碌，她浑身浮肿起来。这时，听朋友说有家小钒厂要向外出售。这家钒厂建在戈壁滩上，那里的钒矿品位较高。黄晓云如获至宝，拖着浮肿的身体迅速赶往那里，取回样品送到长沙检测。

在接受采访时，乐观的黄晓云笑着说，幸亏是属猫的，有九条命。

## 情溢戈壁　带来羊群效应

"领头羊跑哪儿'吃草'，羊群就去哪儿'淘金'"。46 岁的杨惠雄用"先斩后奏"的办法为这句经典作出了生动的注解。

22 日零时，杨惠雄偷偷混上了奔赴甘肃的"崇阳农民工专列"，来到鄂鑫钒业戈壁滩上的矿区。

"听人说，在鄂鑫打工不仅工资高，而且老板好，但进公司要有熟人介绍，我找不到介绍人，只好先混上火车再说。"杨惠雄的事反映到总经理宋伟雄那儿后，他被安排在矿上，月薪 2600 元。

据了解，坐专列的农民工中，像杨惠雄一样情况的有 100 多人，董事会都想办法安排了岗位。

善待农民工是鄂鑫"领头羊"赢得口碑的"土"办法。由于戈壁滩上生活条件艰苦，陈佛进他们就想尽办法在软环境上下足功夫。

农民工每年的往返车费全包，水电费全包、生活煤全包；从 180 公里外市中心采购来的生活用品和药品按成本价销售，并免费治病；为适应农民工的口味，专门从崇阳请来厨师掌厨；为便于农民工存钱，禁止赌博，凡赌博一律开除。粗略计算，公司每年在农民工日常生活上的补贴超过了 300 万元。

善待功臣是鄂鑫"领头羊"赢得口碑的"洋"办法。

龚志祠在鄂鑫钒业方山口厂区干了 7 年，目前是该厂区负责人，从 2005 年起他就成了公司的股东之一，四年来，他持有的股份随着公司的发展，年年增加，现在持有公司 6 万元股份，一年的收入超过了 10 万元，最高的时候仅分红就分了 18 万元。

在鄂鑫，70 多名创业时的老员工都像老龚一样成了公司的股东。用老龚的话说，他们现在既为老板打工也在为自己打工。

不是鄂鑫的元老也可以成为股东。公司规定，只要成绩突出被提拔为班长以上的打工者都可以持有公司的股份。去年，46 岁的刘托斌从焙烧工提为厂长后，成了持有公司 3 万元股份的股东。

土洋结合的办法使苍凉的戈壁真情四溢，越来越多的崇阳农民工想到戈壁滩上的鄂鑫钒业打工。因为这陈佛进他们无意中得罪了一些亲朋。他说，这几年公司发展快，每年回乡招工，总是想来的人多于要招的人。

自 2004 年创业起，陈佛进他们每年都带着数百名父老乡亲来到敦煌，6 年来累计为家乡带回收入 9000 多万元。公司农民工队伍从创业初的 120 人发展为 1200 多人，翻了十倍。

原载 2010 年 3 月 29 日《咸宁日报》

**湖北新闻奖一等奖：系列·聚焦崇阳农民工抱团"走西口"**

# 戈壁飞天

## ——敦煌人眼中的"崇阳钒军"

记者　何泽平　甘青

在敦煌采访的日子，我们深深感到莫高窟里的飞天已融入敦煌人的血液里。走在大街小巷，随处可见丰腴美丽的飞天；和敦煌人聊天，他们表达赞美之情时总喜欢用飞天作比。

在敦煌工商联（民间商会）总会主席刘国信眼里，"崇阳钒军"就是戈壁滩上的飞天！"崇阳钒军"在短短 6 年时间里，把敦煌一个废置在戈壁里三年的小厂变成"酒泉市 50 强企业"和甘肃省"纳税信用 A 级单位"。

刘国信说，"崇阳钒军"为敦煌的发展做出了显著贡献，理应受到尊重。

### 你发展　我发财

26 日上午 9 点，敦煌市白马塔村村民袁中平开着上汽通用五菱，拖了一车猪羊肉来到鄂鑫公司敦煌办事处。车一停下，他就帮着将货物卸到鄂鑫前往戈壁的生活车上。自 23 日 1200 名"崇阳钒军"来到戈壁滩后，袁中平这几天已加运了两次货物。

36 岁的袁中平一直在敦煌从事鲜食批发，自 2004 年起他就成了鄂鑫的鲜食供应商。

袁中平说，6 年前，他的生意做得很艰难，由于家里人口多，负担重，有时连口面都混不到嘴。为鄂鑫公司供货后，家境不知不觉发生了改变，送货从三轮车改成了摩托车，又从摩托车改成了汽车，现在和鄂鑫的月交易额超过了 7

万元。

在敦煌，和鄂鑫合作的供应商有 20 多家，他们和袁中平一样，随着鄂鑫的发展，生意越做越大。

敦煌气候干燥，日照充足，盛产优质棉花，因此，当地有家棉制品厂生产的棉制品价廉物美，很受"崇阳钒军"青睐。公司每年从该厂购置大批的棉制品给员工在戈壁滩上保暖；崇阳农民工每年回家都要带上几床棉制品厂生产的棉被送给亲朋好友。数据显示，去年，"崇阳钒军"棉制品购买量占这家棉制品厂产量的十五分之一。

### 你诚信　我受益

在鄂鑫钒业驻敦煌办事处醒目处挂着一面"天下信誉第一"的锦旗，落款处写着"酒泉制管厂 2007 年赠"。

三年前，钒价行情见涨，鄂鑫决定在戈壁再打六口井，取水扩产。酒泉制管厂接下了这笔 500 多万元的订单，双方商定，成功取水后付款。

10 月的戈壁已是天寒地冻，酒泉制管厂项目负责人朱东晨带着几十号人在戈壁探寻水脉，钻井取水。钻机打入地下 160 米深处，眼瞅水脉就要打通，"扑"的一声，寒冻导致工人操作失误，水管卡进地层，一个月的努力付诸东流。祸不单行，又因钻偏方位，另一口水井报废。

两口井报废造成 100 多万元的损失，让朱东晨急得像热锅上的蚂蚁。他怀着侥幸的心理找鄂鑫总经理宋伟雄说情。

"宋总，两口井我们损失 100 多万，我这个小小的项目负责人哪交得了差啊。"

朱东晨是鄂鑫的老朋友，在鄂鑫刚起步的时候帮过忙。宋伟雄考虑到这些因素，说："这次打井天气不太好，给你们施工带来了难度。这样吧，我们董事会商量一下再答复你。"

鄂鑫高层听了宋伟雄说明情况后，很快就给出回复，由鄂鑫承担 60 万元的损失。朱东晨高兴坏了，立刻赶制了"天下信誉第一"的锦旗，送给了鄂鑫钒业。

从这以后，"诚信鄂鑫"的美名传遍了敦煌和酒泉。

精明的敦煌市杨家桥乡农民张虎嗅出了"诚信鄂鑫"这块金字招牌的价值。

6 年前，他成了鄂鑫的蔬菜供应商。每年鄂鑫给员工配发印有"鄂鑫钒业"工作制服时，他都变着法要一套。

张虎说："穿着鄂鑫的工作制服在市场上采购货物不仅可以优惠，有时现钱不够，还可以赊欠，欠条都不用打。"

### 我发展　你有功

26 日下午，正在甘肃参加省人大会的敦煌市市长马世林委托方山口钒业园区管委会主任朱克强设宴为采访组送行。这一安排让我们感受到鄂鑫钒业在敦煌的影响力。

这也验证了宴请前刘国信主席对鄂鑫钒业的评价。据他介绍，敦煌钒矿主矿区有 30 平方公里，分布在没有人烟的戈壁滩上。由于缺乏资金和技术，过去仅有一家企业开采经营。

鄂鑫是第一家外地到敦煌戈壁滩上进行钒资源开发的民企。继鄂鑫之后，来自北京、新疆和东北等地的民营资本纷纷投向戈壁滩。目前，戈壁滩上已建起 7 家从事钒业开发的民企，这些企业不仅给荒无人烟的戈壁滩带来了生气，同时，也给敦煌带来了财富。去年，这 7 家企业创造了敦煌市约四分之一的财政收入。

与此同时，这些企业的入驻，推动了戈壁滩里的基础设施建设。过去，戈壁滩上水电路都没有通，现在，简易公路修好了，进出的车辆不再迷路；电也接通了，农民工在工作之余可以收看电视；各矿区生产和生活用水也有了基本保障。

现在，敦煌市委市政府正在着手整合资源，推进强强联合，做大做强敦煌的钒产业。

刘国信认为：敦煌钒产业能有今天的局面，鄂鑫作为第一个吃螃蟹的企业功不可没。

宴请结束时，朱主任请我们在媒体上转达敦煌人的诚意，他说："自 2000 年西部大开发战略实施以来，敦煌开始实施工业强市战略，真诚欢迎有实力的企业家到敦煌投资兴业，实现你发财，我发展。"

原载 2010 年 3 月 30 日《咸宁日报》

**湖北新闻奖一等奖：系列·聚焦崇阳农民工抱团"走西口"**

# 向西　向西

## ——崇阳农民工抱团"走西口"透视

### 记者　何泽平　甘青

3月30日，在告别戈壁滩上的崇阳农民工三天之后，我们回到了编辑部。回家的路上，脑海里不断闪现出一串串梦想，一张张笑脸，一个个艰辛故事。深深为"崇阳钒军"的拓荒精神所感动时，两个问题始终萦绕在我们脑海里：荒凉的戈壁何以吸引了崇阳农民工纷至沓来？荒凉的戈壁何以能成为他们的幸福乐土？

细细梳理这段采访经历，我们试图寻找出一个中肯的答案。

### 因为梦想　戈壁变工地

梦想指引着人们前进。

尽管三位新生代农民工的梦想各不相同，但都因为有了梦想，他们告别了家乡的舒适和都市的繁华，踩着父辈的足迹来到了戈壁滩。

6年前，他们的父辈为了梦想几乎以命相搏。董事长陈佛进带领120多人到戈壁上拓荒差点倾家荡产；总经理宋伟雄差点"把自己埋在戈壁上"；副总经理黄晓云差点命归唐古拉山。

这些"领头羊"富有传奇色彩的成功，点亮了崇阳农民工的梦想。

这些"领头羊"情洒戈壁滩的传说，赢得了崇阳农民工的口碑。

于是，"领头羊跑哪儿'吃草'，羊群就去哪儿'淘金'"。羊群在领头羊的带领下，开创了透着一丝苍凉的幸福。

幸福像花儿一样在荒凉的戈壁上越开越艳。短短 6 年，来到戈壁上的崇阳农民工翻了 10 倍，从最初的 120 人增加到现在的 1200 多名。

在崇阳县乡两级党委政府的帮助下，他们乘上"崇阳农民工"专列，抱团来到戈壁滩，从"游击队"变成了"正规军"。

当我们西行 3000 多公里，来到敦煌方山口钒业园区，跃入眼帘的是：简陋的平瓦房散落在寸草不生的戈壁上，忙碌的身影来回穿梭，耸立的硕大烟囱下，数辆大型推土机挥舞着巨铲清理着废弃的矿渣。

见到此情此景，我们无限感慨：这哪里是荒凉的戈壁，分明是火热的工地。

怀揣梦想，跟随"领头羊"，崇阳农民工纷至沓来。

### 因为机遇　梦想变现实

然而，当我们把视线拉回到原点，感觉"梦想论"有些流于表象。

假如当年崇阳钒业不因提档升级而炸毁小钒矿，"领头羊"们会冒险挺进戈壁吗？

假如没有西部大开发的战略机遇和梯次转移的产业机遇，"领头羊"们能创造他们的戈壁传奇吗？

简要梳理陈佛进他们的成功历程，答案不言自明。

2002 年，崇阳钒产业提档升级，全县炸掉了 200 多座小作坊。像陈佛进这样的钒业小老板面临淘汰。

这时，敦煌戈壁滩上一家生产五氧化二钒的小钒厂对外招商。

当过校长的陈佛进敏锐地捕捉住这一信息。他认为西部大开发战略使西部孕育着更广阔的创业空间。对外招商的小厂建在戈壁滩，那里不仅远离市区，荒无人烟，而且探明的钒资源丰富，品位较高。把崇阳的产业向那儿转移正合产业梯次转移的时宜。

他的这些观点，与敦煌工商联（民间商会）总会主席刘国信的看法不谋而合。

刘国信当年以三大理由游说陈佛进到敦煌投资。受惠于西部大开发政策，到敦煌投资可享受的优惠政策多于中部；受惠于西部大开发政策，敦煌的基础设施建设方面取得了长足的进步，消除了制约产业发展的诸多硬件障碍；敦煌钒资源丰富，品位较高，但钒产业规模小、档次低、链条短、技术落后，行业介入门槛相对低于中部，具有广阔的发展空间。

"英雄所见"更加坚定了陈佛进搭进身家挺进戈壁去实现梦想。他和合作伙伴在敦煌创办的鄂鑫钒业，成为当地第一家在戈壁滩上进行钒资源开发的民企。短短的 6 年时间，鄂鑫从一个小厂发展成拥有四个初具规模分厂的"酒泉 50 强企业"，他们的财富也从当初的 300 多万裂变成过亿。

陈佛进说，现在敦煌正着手进行钒产业整合升级，鄂鑫拟投资 3000 万生产钒氮合金，已为迎接新机遇做好了准备。

## 因为广阔 向西大有作为

西部大开发战略帮助"崇阳钒军"实现了财富裂变的梦想，铸就了"戈壁飞天"的传奇。

今年是西部大开发战略实施十周年。前不久，胡锦涛总书记在宁夏视察时强调，中央将把深入实施西部大开发战略作为具有全局意义的重大方针、作为"十二五"时期经济社会发展的重大任务，进一步完善扶持政策，进一步加大资金投入，进一步体现项目倾斜，以更大的决心、更强的力度，更有效的举措深入推进，努力推动西部地区经济社会又好又快发展，为我国发展开拓新的广阔空间。

透过两个"重大"和三个"进一步"，西部大开发的第二个春天已经来临。

过去，挺进西部，大多数人还缺乏勇气。一方面西部远离中土，是"风摇样柳空千里"的荒漠之地；另一方面文化差异较大，软环境的不确定因素，导致"异军挺进"对西部包容程度显得信心不足。

如今，西部大开发战略和政策支持为挺进西部注入了强心剂，西部的胸怀像其地域一样辽阔。"崇阳钒军"实现财富裂变的梦想，就是很好的例子。敦煌市为支持鄂鑫钒业这样的外来企业，在戈壁上成立了管委会及党组织，并组织资金在戈壁滩上实施了水电路"三通"工程，为企业的顺利运营和农民工生活改善条件。

同时，崇阳县对于千名农民工西进，也给予了大力支持：组织农民工专列，为农民工举行隆重热烈的欢送会，在戈壁上建立了流动党员支部、工会等，为西进农民工提供指导和帮助。

两地政府的鼎力支持，带来了中西部发展的良性互动。眼下，敦煌、崇阳两地钒产业链遥相呼应，更大程度上调动整合了两地有利资源。

政府在此时表现出的支持和鼓励，力量不容小觑。继鄂鑫之后，来自北京、新疆和东北等地民营资本纷纷投向戈壁滩。目前，戈壁滩上已建起 7 家从事钒业开发的民企，这些企业给荒无人烟的戈壁滩带来了生气的同时，也给当地创造了财富。

见微知著。辽阔的西部，以十二万分的真诚，投出了共谋发展的橄榄枝，让异军挺进由跃跃欲试，成功升华为踊跃往之。

历史上有张骞"凿空"之行，衍生的丝绸之路及其影响驰名古今中外。现有"崇阳钒军"驰骋西部，为挺进西部做出表率。未来，让我们像"崇阳钒军"一样，踊跃挺进，蜕变"飞天"。

西部掘金，掘的不是金，是梦想！

向西，向西，大有作为！

原载 2010 年 4 月 2 日《咸宁日报》

**湖北新闻奖一等奖：系列·聚焦崇阳农民工抱团"走西口"**

## 拓荒精神感人　跟踪报道动人
## "走西口"系列报道广受关注

本报讯　记者何泽平、甘青报道：2日，记者拨打鄂鑫钒业董事长陈佛进的第三个手机号码，才和他通上话。

老陈说："你们的报道见报后，北京、上海、甘肃、陕西等地多家媒体给我打电话和发短信，希望接受采访。但企业刚开工，我没有闲暇，又不好拒绝媒体好意，只好把外联号给关机了。"

记者采访途中，也同样遇到电话和手机短信的"骚扰"。

第一篇消息见报后，市公路局路政支队长杨四民来电话说，跟踪报道农民工很有意义，也很辛苦，希望记者克服困难，报道好农民工的创业精神。

市委宣传部干部汪静在短信中说："掘金西部，三位青年农民工让我看到被忽视的一群年轻人，其实他们也渴望关注。很多所谓'潮人'瞧不起农民工，看了你们的报道，觉得他们才是永不落伍的时尚达人！"

市财政局干部何四在短信中说："崇阳老乡奔西部、闯戈壁，但愿都能实现梦想。"

崇阳县中心医院干部吴梅芳在短信中说："我为崇阳钒老板的进取精神而感动，为背井离乡的农民工兄弟而感动，也为记者远赴西部采写出鲜活的报道而感动。"

6篇系列报道全部见报后，许多读者以不同方式跟编辑部联系谈看法。

市委政研室副主任郑福汉发来电子邮件说："这一组报道，以具体、生动的事实、深入、严密的分析，揭示了我市在承接产业转移的同时，也向西部输出技术、资金、劳动力的趋势，展现了西部开发的广阔空间，有利于读者加深对西部大开发战略的理解与认识。"

敦煌工商联主席李国信在网上看到报道后，专门打来电话致谢，并说："报道传神地描绘出农民工寻梦的艰辛，反映了敦煌是投资的好舞台。"

崇阳县委常委、副县长廖建鸣在电话里说，抱团西部掘金是崇阳钒产业多年发展积累的结果，是在西部大开发的背景下，在政府的组织推动下，进行的一次有序有规模的西部进军。

崇阳县沙坪镇党委书记黄颖发来短信：由衷敬佩记者远赴戈壁的敬业精神！希望今后能一如既往地关注"崇阳钒军"。

原载 2010 年 4 月 5 日《咸宁日报》

湖北新闻奖一等奖：评论

# 警惕空气优良率递减发出的警报

何泽平　邓昌炉

最新环保监测报告显示，2014 年咸宁市区空气质量优良天数居全省第二位。在全省、全国整体空气质量下降的大背景下，这张成绩单不失为一份喜报。

然而，查阅近几年的咸宁市区空气质量报告，发现"喜报"的背后隐藏着"警报"。

数据显示：2012 年咸宁市区空气质量优良天数为 352 天，优良率 96.2%；2013 年咸宁市区空气质量优良天数为 345 天，优良率 94.52%；2014 年咸宁市区空气质量优良天数为 328 天，优良率降至 90.36%。

显而易见，近三年来，咸宁市区空气质量优良率呈现出逐年递减之势。也就是说，300 万咸宁人呼吸的空气已比不上过去的"新鲜"。

空气质量优良率递减既有外因，也有内因。外因指输入性污染，就是全国乃至全球性环境恶化，受大气环流影响，咸宁难以独善其身。内因指自产性污染。譬如，有的企业生产工艺落后造成工业污染；有的生活垃圾处理不当造成生活污染；还有机动车增长过快造成尾气污染等等。

咸宁被誉为"香城泉都"，生态优越一直是咸宁人的骄傲，也是咸宁实现绿色崛起的最大资本。因此，面对空气质量优良率递减的现实，必须予以高度警惕，万不可沉醉于"全省第二位"的喜悦，而忽视空气质量逐年下滑的趋势，最终丢失了咸宁的"先天优势"。

事实上，放眼全国，曾经蓝天白云而今雾霭重重的城市并不鲜见；眺望全球，曾经绿水青山而今满目疮痍的地方比比皆是。而其中的教训是，谁啃光了生态的老本，经济发展必将赔本；谁透支了绿色的健康，民生幸福必将受伤。

可见，保护咸宁的生态优势，就是守住发展的希望，守住民生的幸福。基于此，对空气质量优良率递减发出的警报，我们更不能无动于衷，理当主动作为，自寻良方，为咸宁实施绿色崛起战略筑牢生态屏障——

从政府层面，要牢牢树立"绿色决定生死"的理念，把绿色 GDP 作为最大业绩来追求，决不能也不允许以毁掉咸宁的绿水青山作为代价来求发展速度。

从企业层面，要自觉担起环境保护的责任，毫不留情淘汰落后产能和落后工艺，真正把绿色生产作为最大的经营自觉。

从市民层面，要积极践行低碳生活，从少开一次车、少放一挂鞭等点滴做起，自觉追求绿色消费的新风尚。

眼下，依法治国全面深入推进，我们更应该加大环境保护的法治力度，以法律之剑惩治一切破坏环境的行为，斩断一切引发污染的源头，永葆咸宁碧水蓝天，为美丽中国保住一片绿色！

原载 2015 年 2 月 14 日《咸宁日报》

**湖北新闻奖二等奖：系列·年轻干部的榜样周新武**

# 扎根基层　勤奋工作　一心为民　无私奉献
## 周新武倒在工作岗位上

　　本报讯　记者何泽平、李发扬报道：昨日，大雪纷飞，积雪如银。嘉鱼县高铁镇的村民们不顾天寒地滑，赶了1个多小时的路程，来到市殡仪馆，为镇党委书记、镇长周新武守灵。

　　灵堂前，该镇临江村3组村民孙海水红着眼圈说："周书记半个月前还到我家里问长问短，就这么走了，心里真不是滋味。"

　　19日，在武汉跑项目的周新武，为争取财政项目资金，天刚蒙蒙亮便赶回嘉鱼；吃过午饭，他马不停蹄地从嘉鱼赶赴温泉，与中石油咸宁分公司协商在高铁岭镇修建加油站事宜。商谈中，他突然感觉胸部剧烈疼痛，一边强忍着剧痛，一边坚持商谈。下午5时许，参与商谈的人见他脸色苍白，大汗淋漓，强行将他送到市中心医院救治。因心脏主动脉血管爆裂，当晚7时左右，经抢救无效，周新武不幸离世，年仅36岁。

　　噩耗传来，嘉鱼县干部群众纷纷为周新武英年早逝扼腕叹息。

　　村民感到失去了一位亲人。72岁的高铁岭镇杨山村村民杨集玉听到噩耗，立即要与村民一道去市殡仪馆看上周书记一眼。他说："周书记帮我办好了养老金和退休工资，还没有来得及感谢，他就走了。"

　　同事感到失去了一位良师益友。镇干部熊玉民回忆，镇里近年发展加快，干部加班多，周书记总是提醒大家要多抽时间陪陪家人。可他自己因为家在外地，经常连续工作一个月都不能回家。他哽咽着说："现在说什么都不能表达此时此刻的悲痛，周书记就是我们的良师益友。"

领导感到失去了一位好干部。嘉鱼县委常委、组织部长谢望松在谈到周新武时，连声叹息："他扎根基层，与群众打成一片，为年轻干部做出了榜样。"

周新武 1975 年出生于赤壁市一个普通的农民家庭，1999 年大学毕业后，作为一名优秀的省委组织部选调生，先后在咸安区贺胜桥镇、咸安区委组织部、官埠桥镇、市委组织部、嘉鱼县渡普镇工作。2010 年，周新武任高铁岭镇党委书记。是年，全镇实现税收是上年的 3 倍多，增幅位居全市各乡镇之首。

原载 2011 年 1 月 21 日《咸宁日报》

湖北新闻奖二等奖：系列·年轻干部的榜样周新武

# 因为念想

## ——千名干群两地雪中送别周新武

### 记者　何泽平　甘青　李发扬

21 日早 8 点，市殡仪馆门前，积雪深厚，又阴又冷。前来参加嘉鱼县高铁岭镇党委书记、镇长周新武追悼会的干部群众默默地守候在雪地里。

同一时刻，在距离市殡仪馆 70 多公里的高铁岭镇政府食堂内，临时搭建起来的灵堂前，挤满了从四里八乡赶来的男女老少。

两天前，这位 36 岁的镇党委书记在洽谈项目时，因突发心脏病抢救无效倒在了工作一线。

时钟指向 10 点半，伴着低回的哀乐，两地胸佩白花的千余名干群，噙着泪水与周新武道别，用力记住那张熟悉的脸庞。

灵堂前，人们努力压抑着自己悲伤的情绪，不忍心吵醒"熟睡"的周书记。

他敬佩的领导走到灵前。市委副书记周彩娟，市委常委、组织部长龙良文，市委常委、嘉鱼县委书记刘海军等市县领导深深凝望着周新武。深深地鞠躬后，领导们眼眶里布满了泪水。"我们走了一个好干部、好同志。"市委组织部常务副部长殷德才的话，透着一层沉沉的缅怀之情。

他熟悉的同事们走到灵前。刘向南一直接受不了周新武已走的事实。11 年前，他们俩一同调进咸安区委组织部。"他工作起来不要命，那时办公室简直就是他的家。"周新武生前的司机罗雄望着灵柩泣不成声："去年 7 月防汛抗灾，他跑遍了受灾点，连一天三餐饭都顾不上，还叮嘱我要注意身体。"

他热爱的村民们走到灵前。马昌祥赶了 70 公里路从高铁岭镇来到殡仪馆。

去年 4 月,他和村民因为种意杨发生土地纠纷,周新武几乎每天早上七点不到,就到他家帮助协调利益分配,一个月下来,问题都解决了,百亩意杨帮他增收 5 万多元。

他牵挂的企业老板们走到灵前。为见周新武最后一面,20 日,东鸿生物公司老总李益冉早上 6 点就从韩国首尔一路往咸宁赶。李益冉怎么也想不明白,这位大年初一花 30 元钱租车,带着镇、村干部上门嘘寒问暖的好干部就这样走了;怎么也想不通这位帮他包办投资 2 亿元的农业生态园手续的好干部走了。

11 点 20 分,在哀婉的乐声中,灵柩缓缓抬出殡仪馆,刹那间,痛彻心扉的哭声撕破了空旷雪地上的宁静。

72 岁的高铁岭镇杨山村村民杨集玉放声痛哭:"周书记,我的养老金办好了,还没有感谢你,你就走了。白发人送黑发人,苍天不公啊!"

周新武走了,但因为念想,周新武没有走,他匆匆离去的身影定格在这个大雪纷飞的日子里,定格在人们永远的记忆里!

原载 2011 年 1 月 22 日《咸宁日报》

湖北新闻奖二等奖：系列·年轻干部的榜样周新武

# 沃土忠魂

## ——追记嘉鱼县高铁岭镇党委书记、镇长周新武

### 记者 何泽平 刘文景 李发扬

他走得太匆忙：谈妥的项目合同还来不及签字；工业园还有一条路没有竣工……

他走得太突然：扶助的贫困孩子生活费还没有寄出；给卧病在床的老母亲买好的药还来不及送回家……

8岁的女儿伏在水晶棺上哭喊："爸爸，你快起来呀，你说过年前要给我买新衣服的……"

36个春秋，留下短暂的绚烂，化入青山绿水。

漫天飞雪，为他佩戴白花；草木含悲，为他挂起挽幛……

他就是嘉鱼县高铁岭镇党委书记、镇长周新武。

### 我在农村长大，那里更需要读书人

在一些人眼里，从城市到农村、从机关到基层等同于"自毁前程"。

但周新武却四次从城市到农村、从机关到基层。

1995年，周新武从赤壁农村以优异成绩考上原武汉水利电力大学。四年后，学生党员的他获得了湖北"211工程"优秀大学生称号。

其时，头顶"名牌大学、优秀大学生、学生党员"三个光环的周新武，包括省电力公司在内的多家单位向他伸出了"橄榄枝"。

周新武选择了报考省委组织部选调生。

有同学笑他："你傻呀，选调生要在乡下至少待三年。"

周新武憨笑着说："我在农村长大，那里更需要读书人。"

告别了母校，周新武赴咸安区贺胜桥镇任团委书记，成了镇上的第一个名牌大学生。

一年后，周新武抽调到咸安区委组织部工作。因表现优秀，组织部想把他留下来。

消息传开，镇里的同事们羡慕不已：新武，你上调进城，苦日子熬出头了。

但他的选择出乎所有人意料："感谢组织的关心，我在基层工作的时间刚刚一年，还是让我在基层多锻炼吧。"

在周新武的请求下，组织上安排他到官埠桥镇工作。

2003年，市委组织部向全市公开选拔干部，周新武被录取。期间，他又被抽调省纪委工作，因工作出色，省纪委想留住他。

家人知道后，一天一个电话，劝他：新武啊，这省委机关不比市里和区里，是大衙门啊！

同届的选调生也提醒他：新武，你基层经历有了，这次一定要把握好机会。

可周新武再一次出人意料："相比城市，我更喜欢农村；相比机关，我更喜欢基层。"他谢绝挽留后重返咸宁。

2007年，市委组织部从市直机关选派一批优秀年轻干部到乡镇锻炼，周新武第一个递上申请书。

组织部领导考虑到他女儿刚刚两岁，劝他："新武，农村工作比机关要艰苦得多，你慎重考虑一下。"

同事们也私下里劝他："这次去的都是担任副职，你何苦职没升上去，家又照顾不了。"

周新武婉言谢绝了领导同事的好意。不久，他来到嘉鱼县渡普镇担任党委副书记、副镇长。

一次次放弃城市舒适的生活，一次次放弃机关工作的机会，周新武就是这么"固执"。

在周新武心中，农村和基层，才是他施展抱负的天地。

### 为官一任，就应交一张满意的成绩单

2009年9月，由于工作出色，周新武被组织任命为嘉鱼县高铁岭镇党委书记、镇长。

他在自己的日记上郑重写道："在一个地方为官是要交账的。为官一任，就应交一份满意的成绩单。"

为了这张成绩单，周新武拼命工作。

周新武一到任，一头扎进田间地头、企业车间走访调研，提出了依托高铁岭的资源、区位优势，"发石财、唱锰歌、抓延伸"，把高铁岭镇建成临港新镇、"鄂南经济第一镇"。

很快，高铁岭镇建起临港工业园，引进投资6000万元的脱硫剂厂和投资4000万元的环保砖瓦厂。

为建工业园，周新武常常晚上睡不着。他来高铁岭镇只一年多，就拉开工业园的三条路，引进了三个大项目，受益后将"再造一个高铁岭"。

2010年大年初一，周新武带着镇里干部花30元钱租面包车到东鸿生物公司总经理李益冉家拜年。周新武说："我在这里当干部，你在这里投资发展，高铁岭是我的家，也是你的家。一家人一起过个年！"

周新武就靠这种真诚、这种执着，引来一个又一个项目落户园区。2010年高铁岭镇实现税收是2009年的3倍多，增幅居全市乡镇第一名。

镇党委副书记殷志刚说："去年，防汛救灾、创先争优、基层党建、园区建设工作任务特别重。他向组织上交出了一张出色的成绩单！"

### 把群众当父母，才能带着感情干事

八角村初二学生向星的母亲患有精神病，因家庭贫困面临辍学。周新武在走访中了解到这个情况后，每月给她送去生活费。

有一次小向星不小心丢失20元钱，她急得两天吃不下饭。周新武知道后流泪了："星星，你就做我的女儿吧，我供你读到大学！"

此后，细心的周新武为向星立了一个账号，每学期将1000元钱的生活费打到账户上。

周新武从小帮父母种田、喂鸡、养猪，深知农家生活的艰辛。去年嘉鱼发

生了罕见的洪涝灾害。一连两个月，他日夜奔波在抗灾一线，转移、安置受灾群众，为灾民送粮送水，组织医疗队送药消毒，几次累倒在地。

贫困户孙小春东拼西凑借钱养鱼，结果被洪水全部冲走，沉重的打击使他几欲自尽。周新武为他送去100多公斤米、3000多元钱。宽慰他："别急，政府就是你的靠山！"

周新武帮助过的人还有很多很多……

杨山村村民杨集玉念叨，是周书记亲自到县里为他办理企业职工养老保险；贫困大学生杜琼念叨，去年上学，周书记资助他2000元学费；临江村的贫困农民孙全意、孙全助念叨，是周书记忙前忙后，为他们安排就业……

周新武视群众为亲人。在他工作过的地方，有很多这样的"父母"，这样的"儿女"，这样的"亲戚"……

正因为忙，周新武常常十天半月难得见家人一面，为此，他深感愧疚，总是说："等我有空闲，一定对你们加倍弥补……"

周新武走的头一天，在日记本里写着密密麻麻的工作安排：协调春祥矿业专线安装、检查春节安全生产、慰问受灾群众……

19日，这是周新武生命的最后一天。这天，他在与中石油咸宁分公司洽谈高铁岭加油站修建事宜时，突发心脏病，经抢救无效，不幸去世。

一个热血生命走了，他的理想化入了山川，他的忠魂融入了沃土！

原载2011年1月24日《咸宁日报》

湖北新闻奖二等奖：系列·年轻干部的榜样周新武

# 赤诚为民敢作为

## ——镇村干部追忆周新武

记者　何泽平　甘青　李发扬

周新武有双大眼睛。八斗角村村支书张和平回忆道，这双眼睛透着一股为民办事的真诚和决心。

去年镇里要求建设村级服务中心，村干部们热情不高。一次座谈会上，周新武没说一句话，只是盯着各村支书来回扫视。想到周新武为村里做的一切，村支书们都低下了头。会后，各村就加快了筹备建设步伐。在八斗角村，原本破旧的办公场所，一年间变成了占地1600平方米，功能齐全的现代化村级服务中心。

与张和平一样，杨山村62岁的肖福英婆婆也有同感。因为矿山作业损坏了村民房屋，杨山村10多位老婆婆躺在矿山的作业台上，阻止镇里招商引资企业——葛洲坝水泥公司生产运行。镇村干部轮番"上阵"无果，周新武花了一天时间，逐门逐户给婆婆们做工作。肖福英婆婆回忆道："周书记的眼睛特别有神，透亮透亮的。他耐心和我们谈心，一直忙到晚上11点，才吃了碗我下的葱花面。"

周新武有一副大嗓门，未见其人，先闻其声。高铁岭镇党委副书记、副镇长张行泽说，这嗓门透着激情和底气。

修环镇路，拉临江路，为筹资金、搞协调、保进度，石泉村村干部彭火才现在还能感受到周书记干事的那股利索劲。

拉开工业园发展框架，发展钙业，扩建锰矿生产线，在规划、征地、招商过程中，周新武的大嗓门令临江村村干部孙火林记忆犹新。

这风风火火干实事的作风让人钦佩。挨过批评的临江村村支书汤金阶很怀念周新武的大嗓门。就在去年修临江路时，村里由于资金短缺，汤金阶降低了建设标准，周新武当着20多名镇村干群的面，高声大气地批评道："老汤，做事要有气魄，要为村里群众的长远利益着想。"现在，临江村已修通了一条宽11米、长3400米的公路。

来回走动着打电话是周新武独特的习惯。因为这习惯，在镇党委组织统战委员黎燕这个心细的女干部眼里，周书记就是个坐不住、闲不住的人。

黎燕回忆，周新武任高铁岭镇党委书记、镇长第一天，不是召开见面会，而是拉着司机，前往镇里矛盾最突出的杨山村，直到矛盾彻底解决。他还经常一个人抽出时间到村里转一转，了解社情民意。

镇干部黄集平说，建设临港工业园，周书记跑遍了临江村17个自然湾，与3000多老百姓成了"老熟人"，庞大繁复的拆迁工作中的矛盾纠纷顺利化解。临港工业园去年5月开始征地拆迁，现已平整土地350亩，3家企业正在加紧建设厂房。

原载 2011 年 1 月 25 日《咸宁日报》

湖北新闻奖二等奖：系列·年轻干部的榜样周新武

# 当代年轻干部的榜样

## ——一论向周新武学习

**本报评论员**

大爱无疆，精神不朽。

有这样一个选调生。面对城市和乡村，面对机关和基层，他一次又一次选择了后者。他说，"我在农村长大，那里更需要读书人"，"相比城市，我更喜欢农村；相比机关，我更喜欢基层。"

有这样一个年轻干部。从上岗第一天起就与时间赛跑。因为忙，他常常十天半月难得见家人一面。为了改变乡镇面貌，他四处奔波，一年多时间引进三个大项目，全镇实现税收同比增长三倍多，增幅位居全市乡镇首位。干群送他一个称号："拼命三郎"。

有这样一个农民之子。群众遭受洪灾，他日夜奔波在抗灾一线，转移、安置受灾群众，为灾民送粮送水送药，几次累倒在地。群众有困难，他总是坚定地说："别急，政府就是你的靠山！"

有这样一个人民公仆。他舍小家、顾大家，全心全意为民办难事、办实事。他突发心脏病，生命到了危急时刻，却一边强忍着剧痛，一边坚持商谈为镇里修建加油站的事宜。他常常说："为官一任，就应交一份满意的成绩单。"

这个集多种优良品格于一身的人，就是刚刚去世的嘉鱼县高铁镇党委书记、镇长周新武。他用短暂而绚丽的年华，谱写了一首壮丽的诗篇。

他扎根基层、热爱农村、任劳任怨，以纯朴的桑梓之情诠释了当代年轻干部的奉献精神；他勤奋工作、求实上进、克难奋进，以显著的工作业绩诠释了当代年轻干部的实干精神；他一心为民、以人为本、真诚善良，以宝贵的仁爱情怀诠释了当代年轻干部的担当精神；他无私奉献、清正廉洁、鞠躬尽瘁，以忘我的至高境界诠释了当代年轻干部的公仆精神。

周新武是我市正在开展的创先争优活动中涌现出来的基层优秀党员干部的典型代表，他以自己的一言一行，展现了我市当代年轻干部的精神风貌，是广大年轻干部学习的榜样。

风华已逝，忠骨永存。周新武走了，但周新武的宝贵精神将在咸宁大地永久传扬！

原载 2011 年 1 月 25 日《咸宁日报》

湖北新闻奖二等奖：系列·年轻干部的榜样周新武

# 志在基层献青春

## ——咸安同事追忆周新武

记者 何泽平 王莉敏

咸安区贺胜桥镇是周新武大学毕业后工作的第一站。当年比他晚 10 天参加工作的唐波，如今是贺胜桥镇党委副书记。

12 年前的点点滴滴，唐波记忆犹新：那年，他们一起协调财税部门上门收税，周新武说："纳税人是衣食父母，要变管理为服务"；那年，为支持"苗木大县"建设，他们住到滨湖村动员群众种植苗木，一干就是一个多月；那年，他们吃住在一起，谈理想、谈未来……

当时的周新武浑身仿佛有使不完的劲，哪里工作艰苦，哪里就有他的身影。当年镇里协助一个加油站筹备开业，需要跨马路挂横幅。年轻的周新武主动请缨，不幸被一辆超高装载的货车挂倒在地，摔断了锁骨和肋骨。领导安排唐波与另外一个同事轮流在医院陪护，周新武却一再婉拒："不能因为我一个人耽误了大家的工作。"镇领导看望时送了 500 元慰问金，周新武出院后硬是交回镇里，还一再说："我只是负点轻伤。镇里经费也紧张啊！"

现为副镇长的王生仁是听到这个故事才知道有个周新武的。1999 年年底，王生仁到镇里当办公室秘书，一见面就与"爱看书，知识面广"的周新武成为了好朋友。后来，周新武借调到咸安区委组织部，王生仁帮忙收拾行李，装了整整 5 个蛇皮袋的书籍。临行前，周新武挑了一篇平时练笔的文章——《解放思想是致乱之源吗?》留给王生仁作纪念。

老乡、好友、前同事，徐炎良与周新武有着深厚的情谊。眼睑浮肿，眼睛布满血丝。这几天他脑海里像放电影一样回放着往昔的一幕幕：

当时，同为选调生的他俩，借调到区委组织部工作，住在党员电教中心的大楼里。周新武每天一大早抱着篮球来敲门，下班了还在办公室琢磨制作电教片，最后一个回到宿舍还不忘抱着法律书籍研读一番……

"反应非常灵敏，领导下乡调研都爱带着他。"当时同在区委组织部办公室工作的王艳，最钦佩的是周新武的工作干劲。那时，周新武既要负责办公室的日常工作，又要负责撰写调研材料，还是办公室的财务出纳。

"相融性好"让周新武走到哪都能交到朋友。现在滨湖新城指挥部负责协调工作的孙志勇，跟周新武是同年。说到那段青春飞扬的日子，他感叹不已。

2002 年，27 岁的周新武从咸安区委组织部调任官埠桥镇党委副书记，负责泉湖创业园项目协调。由于经费紧张，作为项目牵头人的周新武每天带着专班 4 名同事，提前 40 分钟步行到项目所在地——泉湖村。一路上，一边走一边讨论政策、体制、机制。进了农家，就一头扎进去讲规划、讲前景。最喜欢说的话是："我也是农村出来的，我能理解您的想法"。周新武这种与老百姓"交心换心"的工作方法，孙志勇至今还在运用。

原载 2011 年 1 月 26 日《咸宁日报》

**湖北新闻奖二等奖：系列·年轻干部的榜样周新武**

# 青春在扎根基层中闪光

## ——二论向周新武学习

**本报评论员**

春蚕到死丝方尽，蜡炬成灰泪始干。周新武的一生是无私奉献的一生，虽然短暂，却灿若流星。

十余年来，他至少有 4 次机会到大城市或领导机关单位工作，但都被他舍弃。直到生命的最后时刻，他依然忙碌在乡镇工作一线。他扎根于基层，心系农民，热爱农村，任劳任怨，以纯朴的桑梓之情诠释了当代年轻干部的奉献精神。

他对农村农民有着发自肺腑的真情。他生在农村，长在农村，深知农家生活的艰辛，这让他在骨子里滋生出真挚的桑梓之情。即便读了大学，闯过都市，农村始终是他的精神家园；农民群众始终是他难以割舍的牵挂。

他对扎根基层有着坚定如磐的信念。周新武非常地"固执"，一次次放弃进城工作的机会，总是说："我还年轻，想在基层多锻炼。"、"相比城市，我更喜欢农村；相比机关，我更喜欢基层。"在他心中，农村和基层，才是他施展抱负的天地。

他对艰苦生活有着无怨无悔的品质。他一次次告别舒适安逸的生活，选择基层工作的劳碌与奔波。他生活简朴，除了工作就是读书，关心他人而心细如发，对待个人利益却不以为意。

艰难困苦，玉汝于成。基层环境虽苦，却是干部成长的沃土。青年干部，只有经过基层的历练，才会增强处理实际问题的能力；只有在基层摸爬滚打，才会深刻体会群众疾苦，与人民群众建立深厚感情；只有在基层吃苦耐劳，才会锤炼出永不变色的意志和品质。

基层舞台大，事业天地宽。干部到基层去，既是党的事业发展需要，也是干部茁壮成长需要。当代年轻干部要向周新武学习，积极响应党的号召，到基层去，到群众中去，到最能锻炼意志、最能增长才干、最能发挥作用的地方去。

原载 2011 年 1 月 26 日《咸宁日报》

湖北新闻奖二等奖：系列·年轻干部的榜样周新武

# 真情赢得心连心

——高铁岭镇村民追忆周新武

记者 何泽平 甘青 李发扬

"周书记爱串门。"临江村贫困户孙海水说，他喜欢在村民家里了解情况，解决难题。

就在半个月前，周新武担心孙海水今年如何过冬，元旦休息专门抽空去孙家一趟，让孙海水心里一阵温暖。

其实，周新武每个月都要到孙海水家里去一趟，了解他家的生产生活情况。孙妻身有残疾，两个孩子还在读书，全靠孙海水一人支撑。去年3月，周新武发现他家没钱养猪，便给他送去2只猪仔；得知他没钱安排生产，又立即给他送去2袋化肥和500元钱。

石泉村陈景华还清晰地记得，周书记上门解难的情景。去年内涝期间，陈景华家房子因背山而建，排水不畅。周新武知道情况后，第二天一早，冒着滂沱大雨，敲开了陈景华家的门。

"周书记的到来让我吃了一惊。"当时陈景华尚未起床，屋内积水达10来公分。周新武立即在镇里招待所定下房间，安排陈景华夫妻住下，并筹资4000多元，为陈景华家修排水沟。

"周书记爱笑。"石泉村77岁的老人孙青山说，找周书记办事，他总是笑脸相迎，边倒茶边递烟，纵然是再大的怨气都被他的热情抹平。

石泉村5组是葛洲坝水泥厂所在地，村里饮用水源遭到破坏，村民有怨气。

孙青山因此找过周新武两三次。"每次去周书记办公室，他总是笑呵呵地请我们坐下商量解决办法，还一个劲儿道歉说工作没做好，希望我们谅解。"老孙说，能解决的事情周书记都及时给解决了，不能解决的也都解释清楚。

水源解决好了，村民又反映从镇地税所到种子站下水管排水不畅，周新武二话不说，实地察看情况后，立马召集镇里有关部门，解决方案很快出来了。不到 3 天，堵塞的下水管通了。

"周书记爱亲力亲为。"石泉村村民孙树平说，镇里村里哪里有难事急事，总能看到周书记忙前忙后。

去年 4 月，高强锰业公司扩建二期工程征地时，与村里百姓有一些矛盾。周书记与村干部一起，连续 3 天在村民家中协调至半夜，才做通 10 多户村民的工作。二期工程从征地拆迁到建成投产，仅仅用了 4 个月。

村民尹玉林也有同感。去年 7 月 22 日晚，接里湖水位以每小时 10 厘米的速度上涨，情况危急，水位离超警线还有一段距离。"老防汛"的镇村干群心中有数，守住大堤没问题。

凌晨 1 点多，周新武突然风尘仆仆来到大堤上。守堤的镇村干部十分意外，劝他回去休息，或者到指挥部坐坐，但周新武就是不肯。他坚持与村民一起在堤上巡查排险到天亮，直到水位稳住了，大堤没有新的险情发生后才离开。尹玉林说："参加防汛 10 多年来，没见过像周书记那样，既挂帅又亲征的。"

原载 2011 年 1 月 27 日《咸宁日报》

**湖北新闻奖二等奖：系列·年轻干部的榜样周新武**

# 梦想在勤奋工作中放飞

## ——三论向周新武学习

**本报评论员**

古语道：天行健，君子以自强不息。

周新武在 10 余年的基层生涯中，始终保持勤奋工作、求实进取、克难奋进的作风，以显著的工作业绩诠释了当代年轻干部的实干精神。

周新武以实干兑现诺言、接受考验。他说："为官一任，就应交一份满意的成绩单。"为兑现"再造一个高铁岭"的诺言，他一头扎进田间地头、企业车间走访调研，提出依托资源、区位优势，"发石财、唱锰歌、抓延伸"的发展思路，四处奔波招商引资，一年多时间引进三个大项目，全镇实现税收同比增长三倍多，增幅位居全市各乡镇首位。

周新武以实干磨炼意志、增长才干。组织上几次调他进城工作，他却一再请求："我在基层工作不久，让我再锻炼锻炼。"他在基层锻炼的同时，坚持学习，房间里除了简单的生活用品全是书籍、文件和笔记。他在生命最后一天的笔记上写满了工作安排：协调园区建设、检查春节安全生产、慰问受灾群众……字字句句折射着他的实干精神。

因为实干，他常常十天半月难见家人一面；因为实干，妻子要他去体检，他总是一拖再拖。他常说："吃亏是福，吃苦是乐。"

周新武的事迹启示我们，勤奋工作就是要实干。实干是一种品质，要脚踏实地，埋头苦干；实干是一种能力，实干需要实力，实力来自于实干；实干是一种考验，唯有实干方能经得起实践的考验，经得起党和人民的检验。

空谈误国，实干兴邦。实干精神是共产党人的本色，是我们党的优良传统和宝贵财富。新的时代，新的挑战。广大年轻干部要以周新武为榜样，强化实干精神，提高实干能力，在实干中不断创造新业绩。

原载 2011 年 1 月 27 日《咸宁日报》

湖北新闻奖二等奖：系列·年轻干部的榜样周新武

# 谁说忠孝两难全

## ——亲属追忆周新武

记者　何泽平　王莉敏

"新武的手机呢？"24 日晚，周新武的妻子胡娟呆靠在床头，突然冒出这样一句话。

周新武的岳母雷燕玲默默地掉泪，她知道女儿在等女婿的电话，可今天已经是女婿的头七了。

"你说了要照顾我一辈子，怎么骗我呢"、"你答应要给母亲买衣过年，我过几天替你送去"……胡娟眼神直愣愣的，像在责怪，又像在说悄悄话。

看着几天来粒米未进的女儿，雷燕玲心疼不已。八年前，女儿胡娟生下外孙女周悦以来，雷燕玲与老伴就过来同住了。虽然女婿工作繁忙，但每次回家，总是手快脚快地买菜、择菜、洗菜、下厨，"一把手"全包。

"一有空就带娟子回赤壁老家，看望中风的母亲，给她捏捏脚，揉揉肩，亲家母总是唠叨新武比姑娘还细心。"雷燕玲记得，上个星期一一大早出门时，女婿还返回卧室，亲吻了熟睡的外孙女周悦。她叹着气说："怎么说没就没了"。

"二十五岁的大姑娘从没谈过恋爱，一眼就相中了周新武，死心塌地嫁给他。"胡娟的好友张慧脸上写满担忧，这个单纯又"一根筋"的好友何时才能好起来？

在周新武的姐夫徐东红眼里，胡娟是相中小舅子的才气和为人。徐东红结婚时，周新武还在读高中。1995 年，他以全市文科第三的成绩，考入原武汉水利电力大学，成为全家正儿八经的大学生。当时还在世的岳父特地去镇里买了一挂鞭炮祝贺。

不幸的是，第二年岳父去世，岳母靠种 40 余亩田地供新武上学。由于积劳成疾，三年后中风，导致半身不遂。

这年，新武大学毕业，从政多年的徐东红劝他留在省城。周新武却对他说：哥，我还是想回农村，一是农民太苦，更需要知识；二离母亲近点，可以照顾她老人家。

"自古忠孝两难全，新武总是想两全，累坏了自己。"徐东红说，岳母中风后脾气焦躁，新武一有空就回家，哪怕只能待上个把小时，从来都是轻言轻语。

在徐东红眼里，小舅子虽为堂堂男子汉，却心细如发胜过姑娘家。周家有兄弟姐妹五个，三女两儿，周新武最小，就数他给岳母买的衣服、鞋子最合适，尺码、宽窄都令岳母满意。

徐东红记得，有一年岳母生日，兄弟姐妹们约着回去陪老人。可新武因为工作忙到晚饭时间才赶到，他回家第一件事就是给岳母穿上自己选的鞋子，跪着帮岳母系鞋带。

徐东红记得，他妻子遭遇车祸的那年，刚调到嘉鱼县渡普镇工作的新武，每晚十点准时打电话来问候。

徐东红记得，周新武任镇长和书记后，下岗的哥哥找他，刚大学毕业的侄女找他，小舅子都没有利用手中的"关系"。

回忆起点点滴滴，身为局长的徐东红眼圈湿润了。

快过年了，周新武母亲生活在一个美丽的谎言里：新武因为被公派出国学习，不能回来过年了。

原载 2011 年 1 月 28 日《咸宁日报》

湖北新闻奖二等奖：系列·年轻干部的榜样周新武

# 仁爱在无私奉献中升华

## ——四论向周新武学习

**本报评论员**

上善若水，厚德载物。

农民之子周新武，有着泥土一样的质朴，有着大地一样的博爱。他一心为民、以人为本、真诚善良，以宝贵的仁爱情怀诠释了当代年轻干部的博爱精神。

他热爱群众。他全心全意服务群众，倾尽全力帮助群众。群众受了洪灾，他日夜奔波为灾民送粮送水送药，几次累倒在地。他对自己的帮扶对象，既自掏腰包送肥料、送仔猪，又拿工资捐助孩子上学。他常说："把群众当父母，才能带着感情办事。"群众遇到困难，他总是坚定地说："别急，有政府呢！"

他热爱同事。他和同事一起防汛抗灾，自己一连三餐没吃饭，却不断叮嘱同事注意身体。同事催他去领工资，他强调让其他人先领。同事们都说他"相融性特好"，走到哪儿都能交到朋友。

他热爱家人。他每次回家，总是抢着买菜、洗菜、下厨，"一把手"全包。他给中风的母亲捏脚、揉肩、系鞋带。他喜欢女儿的小脚压在身上睡觉。他说要照顾妻子一辈子，可惜他总是忙得没时间回家，只能愧疚地说："等我有了空闲，一定加倍弥补。"

他也爱自己，但是，他从来没有好好地照顾一下自己的衣食住行，因为他把所有的爱奉献给了他人。古语说，仁者爱人，兼爱天下。博爱，是人类感情的升华，是我们构建和谐社会的思想基础。而爱与责任紧密相连，一个胸怀大爱的人，必然处处替人着想，处处以人为本，处处先人后己，处处勇于担当，敢于负责。

广大年轻干部，要培养自己的博爱精神，让爱与责任常驻心间，始终把关心群众、服务群众放在第一位，执政为民，多办实事，多做好事，把爱化作对党和人民的忠诚，化作对"为官一任，造福一方"的责任担当。

原载 2011 年 1 月 28 日《咸宁日报》

湖北新闻奖二等奖：系列·年轻干部的榜样周新武

# 排忧解难"好周爹"

## ——渡普人追忆周新武

记者　何泽平　甘青　李发扬

2007年8月，周新武从市委组织部遴选到嘉鱼县渡普镇担任常务副镇长。在渡普工作的两年多时间里，村民有纠纷，他公正化解；企业有困难，他当作自己的事来跑；同事有难处，他主动帮忙。他热心快肠，赢得了大家的尊重，不少人尊称他为"周爹"。

渡普镇烟墩村是个移民村，人员派系复杂，村子里矛盾冲突多在全县出了名。作为镇里"二把手"，周新武主动请缨到这个村驻点。

2009年8月，村民万四化与另一家人因土地纠纷发生肢体冲突，镇村干部协调三四次都无果而返。

"当时天气十分炎热，周镇长为这个事情在村里挨家挨户搞调查、召集村干部搞协调。一天忙下来，连当事双方家的水都没喝一口。"烟墩村党支部书记鲁应南回忆，两家人被周新武耐心细致的作风、公正合理的处理方式所感动，最终握手言和。

镇干部陈宁星记得：为表谢意，临走时，万四化硬塞给周新武一篮子鸡蛋，周新武让万四化留着自己补补身体。第二天，万四化怀揣着200元钱，提着这篮鸡蛋送到镇里，周新武又婉言谢绝。万四化只好委托他转交给周新武。后来周新武又拜托他送回了村里。

万四化听到周新武的噩耗后，既悲痛又懊悔，逢人就说："欠着周镇长的情还没有还上。"

渡普镇砖瓦厂厂长余常镇也为亏欠周新武而懊悔。

2008 年雪灾，砖瓦行情不好，道路被大雪封闭，价值 200 多万元的砖瓦滞销，余常镇急得像热锅上的蚂蚁。

周新武知晓后，宽慰他："老余，不要急坏了身体，我们一起想办法。"一连几天，周新武带着他找亲戚、托朋友、见同学，天天忙到半夜。

砖瓦终于卖出去了，余常镇包了个红包，去感谢周新武。周新武婉言相谢："老余，镇里的企业发展得好，我们这些'父母官'才好当。所以，我帮你其实是在帮自己。"

当年 8 月，因产品积压，缺少流动资金，余常镇的砖瓦厂再次陷入困境。这时，周新武用自己的信用担保，借来 18 万元为他救急。4 个月后，余常镇一分不少，把借款还给了周新武。

念着周新武的好，得知他去世的消息后，余常镇跑了 70 多公里路，赶到殡仪馆，守护了两天两夜。

原载 2011 年 1 月 29 日《咸宁日报》

**湖北新闻奖二等奖：系列·年轻干部的榜样周新武**

# 人格在一心为民中塑碑

### ——五论向周新武学习

### 本报评论员

常言道：金杯银杯不如群众口碑，金奖银奖不如群众褒奖。

周新武在基层工作十余年，真正做到淡泊名利、廉洁奉公、鞠躬尽瘁，以忘我的至高境界诠释了当代年轻干部的公仆精神。

他忘我工作、鞠躬尽瘁。工作时不小心摔断了肋骨和锁骨，领导安排同事在医院陪护，他却一再婉拒："不能因为我一个人耽误了大家的工作。"领导看望时送去500元慰问金，他出院后硬是交回镇里，一再说："我只是负点轻伤"。他在防汛一线一待就是两个月，防汛结束时，整整瘦了10多斤。即使生命到了最危急的时刻，他还坚守在工作一线。

他廉洁奉公、正义凛然。帮助企业尽心竭力，但从不向企业伸手，也制止任何人向企业吃拿卡要。他本可以利用"关系"办很多事情，比如帮下岗的哥哥找一份好工作，但他没有这样做。他说："我不能因为亲情丢了原则。"

他求真务实、淡泊名利。由于表现突出，组织上留他在省城工作，亲戚朋友也希望他进入"大衙门"，但他出人意料地谢绝挽留。他说自己喜欢农村，喜欢同老百姓打交道。每到评选先进时，他总是极力谦让。

沧海横流，一身正气；公仆本色，风范永存。周新武的事迹告诉我们，有了公仆意识，就能坚持深入基层而不会脱离群众、高高在上；有了公仆意识，就能热心扶贫济困而不会对群众疾苦漠不关心、视而不见；有了公仆意识，就能全心全意为群众办实事而不会追名逐利、热衷"作秀"；有了公仆意识，就能做人清正、勤政廉洁而不会公权私用、以权谋私。

　　做官先做人，万事民为先。广大年轻干部，要像周新武那样深怀爱民之情，秉持公仆本色，在一心为民中塑造"人民公仆"的形象。

　　　　　　　　　　　　　　　　原载 2011 年 1 月 29 日《咸宁日报》

**湖北新闻奖二等奖：系列·年轻干部的榜样周新武**

# 基层舞台天地宽

## ——三位选调生感悟周新武

### 记者　何泽平　甘青　李发扬

21 日至 29 日，《年轻干部的榜样周新武》系列报道见报后，许多读者深受感动。他们或发短信、或发邮件、或打电话，表达对周新武的敬佩之情，同时，也倾诉他们从中受到的启迪。

昨日，本报记者选取了三位选调生读者进行了采访。

徐晶（高铁岭镇 07 级选调生）：基层舞台天地宽

"周新武是我们选调生的骄傲。"徐晶见到记者时，话语中充填了敬仰和自豪。

徐晶说，读罢《咸宁日报》刊载的《因为念想——千名干群雪中送别周新武》的报道，心灵受到深深的触动。

徐晶一直在想：他不过是一个基层干部，为什么企业老板坐飞机从韩国首尔赶来送别周新武；为什么村民自发设立灵堂悼念周新武；为什么上千名干部群众不顾天寒地冻，守候两个多小时送别周新武……

徐晶给出了自己的答案："周新武热爱基层，在基层这个看上去狭小的舞台上，他直接面对群众，给大家留下了深深的念想，基层给他提供了施展抱负的大舞台。"

徐晶感怀：周新武灿若流星的短暂人生，启示年轻干部特别是选调生，基层舞台天地宽广。

陈宸（渡普镇 08 级选调生）：不做飞鸽当候鸟

陈宸接受采访时，他的话题是从周新武四次选择到农村到基层开始的。

他说，《咸宁日报》24 日刊登的长篇通讯《沃土忠魂》，让他看到一个志在基层、忠于事业的周新武。

对此，在基层工作两年多的陈宸感慨不已。他曾经也和许多年轻干部一样，认为基层条件艰苦，不愿意到基层，即使到了基层也只想镀镀金，瞅着机会就"高飞"。

周新武的事迹让陈宸认识到，在基层吃苦耐劳，可以锤炼意志；在基层直接面对群众，可以与群众打成一片；在基层历练，可以增强处理实际问题的能力。

陈宸表示，不做飞鸽当候鸟，扎根基层干事业。

*李鹏（高铁岭镇08级选调生）：燃烧激情献青春*

李鹏和周新武共事一年多。他认为基层舞台只是周新武实现人生价值的客观条件，周新武能成为年轻干部的榜样，关键在于他的主观努力。

李鹏说，《咸宁日报》连续刊发的评论员文章和追忆，从不同侧面揭示了周新武的精神世界。周新武身上体现出的"奉献精神、实干精神、担当精神、公仆精神"是留给世人，特别是年轻干部的宝贵财富。

李鹏认为，作为年轻干部，就应像周新武一样，扎根基层，无私奉献；克难奋进，求实上进；一心为民，敢于担当；清正廉洁，鞠躬尽瘁。只有这样，才能在基层这个舞台上燃烧激情，大展身手。

原载 2011 年 1 月 30 日《咸宁日报》

**湖北新闻奖二等奖：系列·年轻干部的榜样周新武**

# 掀起向周新武学习的热潮

## ——六论向周新武学习

### 本报评论员

热血忠魂，感动荆楚。

周新武的事迹经媒体报道后，引起社会各界的广泛关注。市委书记黄楚平作出重要批示：周新武同志扎根基层，勤奋工作，一心为民，无私奉献，鞠躬尽瘁的事迹十分感人！充分展现了我市当代年轻干部的精神风貌，是我市正在开展的创先争优活动中涌现出来的基层优秀党员干部典型代表，其事迹和精神应予以大力宣传和弘扬！

嘉鱼县召开动员大会，要求全县党员干部向周新武同志学习。

周新武是我们党的好干部，人民的好儿子、好公仆，当代年轻干部的好榜样。他用青春热血铸造的崇高精神，是我们宝贵的财富，也进一步丰富了"咸宁精神"的内涵。我们要结合当前正在开展的创先争优活动，全面掀起向周新武学习的热潮。

要像周新武那样扎根基层，建功立业。乐到最艰苦的地方去，到基层去，到群众中去，到最能增长才干的地方去，通过在基层的历练，提高处理实际问题的能力，加深对人民群众的感情，练就永不变色的意志品质。

要像周新武那样脚踏实地，勤奋工作。不断提高实干能力，以苦为乐，克难奋进，敢于创新，在实干中创造出新业绩，以实实在在的工作成效，实现自身的价值，向党和人民交一份满意的成绩单。要像周新武那样仁爱为怀，一心为民。让爱与责任常驻心间，真心实意关心群众、爱护群众，以人为本，勇于负责，把爱化作对党和人民的忠诚，化作对"为官一任，造福一方"的责任担当。

要像周新武那样清正廉洁、无私奉献。增强公仆意识，坚持深入实际，密切联系群众，全心全意服务群众；始终做到为人清正、勤政廉洁、权为民用，秉持公仆本色，在一心为民中塑造"人民公仆"形象。

忠骨永存，精神不朽。我们要深刻领悟周新武的精神本质，掀起向周新武学习的热潮，传其精神，扬其美德，全面提升广大干部的思想境界和整体素质，为促进科学发展、跨越发展，建设鄂南经济强市做出更大的贡献。

原载 2011 年 1 月 31 日《咸宁日报》

湖北新闻奖二等奖：评论

# "凭心做事" 唤醒道德自觉

何泽平

他两次纵身冰冷的河水救人，悄然离开，留下"'活雷锋'，你在哪里"的追寻。

他面对媒体的追问，做出这样的回答："我救人，不图钱不图名，只凭心做事！"

他叫卢敏，一个在外打工的农家子弟，他的这份"良心答卷"引起了广泛共鸣——

读者徐大发：这句话折射出他高尚的品格和坦荡的情怀。

读者玫昆仑：从卢敏身上，明白了什么是舍生取义，什么是团结友爱。

读者王建华：看到了生命之重、人性之美，也看到了自己的懦弱与失落！

一句质朴的"凭心做事"蕴藏着怎样的力量？到底触动了人们哪根心弦？

追寻卢敏言行里潜在的逻辑，不难找到答案。

在卢敏看来，碰到他人遇上了险境，纵身施救是"应当做的"，所以他救人"不图钱不图名"，悄然离开。既是"应当做的"，所以妻子也只能从街谈巷议里听说他的事迹；既是"应当做的"，所以他用沉默拒绝了感恩的红包；既是"应当做的"，所以他面对媒体的追问只有"凭心做事"的寥寥一语。

显而易见，"凭心做事"的背后是质朴的道德自觉。正是这种质朴的道德自觉，迸发出温暖他人、震撼人心的道德力量。

近年来，在诸多和"道德"有关的公共事件中，道德滑坡对人心的刺激，形成了恶劣的"示范"：地沟油、毒奶粉、瘦肉精，让我们不知吃什么才放心；

楼脆脆、楼歪歪、楼倒倒，让我们不知住哪里才安生；老人跌倒了没人扶，孩子被撞了没人救……一个个的案例让我们心烦、心焦、心酸、心疼乃至心碎，在社会上产生强烈的冲击，经过"累积"，足以叩问国人的良心。

卢敏质朴的道德自觉，为当下道德缺失的社会图景增添了一抹亮色，因此，它所迸发的道德力量更加强大。

我们已经受够了道德缺失所带来的伤害。然而，我们没有绝望，自小就耳熟能详的"人之初，性本善"的信条，已溶入我们的血脉，人性向善的力量仍在。"凭心做事"唤醒的正是我们内心深处向善的力量。

当我们把赞许送给卢敏时，更应当回归人性本身，对照"凭心做事"的道德自觉，反思如何为人，怎样做事，以内省之心，唤醒尚未泯灭的"道德自觉"，让"向善的道德自觉"守住国人的心门，共同绘就崭新的社会图景。

原载 2014 年 3 月 13 日《咸宁日报》

湖北新闻奖三等奖：通讯

# 台源三变

记者　何泽平　明丹

通城县台源村，概而言之，可用二个字。

一曰偏，村落被山峦包围，素有"三十里台源洞"之称。

二曰穷，全村人均不到六分田，一直是省级贫困村。

因为偏而穷，出通城而知台源者，寥寥无几。

6月10日，一场200年一遇的特大暴雨突然袭来，台源二字频繁地出现在各大媒体的显要位置和时段……

全村10人丧生，八成的农田被水打沙压，一半的河堤被冲、三分之一的农房和公路桥涵被毁。

在废墟上重建台源，各级党委政府和社会各界伸出了温暖的援助之手。

5日，记者走进台源村，时隔5个月，曾经的悲痛与无望逝去了踪影，村头村尾荡漾着信心与和谐。

## 信心之变——

"得亏有政府帮助，这么快住上了新屋。"在废墟上重新构建的，还有村民的幸福憧憬。

当日上午，优抚户郑光福正在新屋后庭加盖厨房、猪舍和杂物间。

见来了客人，郑老汉停下了手里的活计，当起了新房的"导游"。

"我们家是9月20日搬进新屋的。房子一共有123平方米。进门是客厅，客厅边是客房，客房边是卧室。"郑老汉一边介绍，一边拉着我们逐间参观。

跟着他的步子，穿过一个走道，就到了他家的厨房兼餐厅。他停下来说，加盖的房子完工后，新屋的厨房和隔壁的杂物间就可以当正房用，3个女儿每家就都有一间屋了。

64岁的郑光福两个女儿嫁在他乡，小女儿和女婿跟他们生活在一起。灾情发生前，郑光福盘算着，女儿们靠在外打工，每年孝敬的一万多块钱积攒起来，五年内可以盖上新房。突如其来的天灾，不仅卷走了他住了21年的土坯房，还卷走了他改建土坯房的梦想。

"当时的感觉就像塌了天。得亏有政府帮助，只出了2万块钱，这么快住上了新房！"郑光福说到这儿，猛吸了一口烟，信心满怀地说："再努力个三五年，在新屋上加盖两层楼，3个女儿就可以一家一层了！"

郑光福的憧憬并非"空中楼阁"。

关刀镇驻村干部蒋则辉介绍，安置房建在山脚下，地基的最高处和最低处相差3米，最初规划设计建一层民房，共基共墙。村民们得知后，找到镇里，希望能不共墙，以便今后富裕了，各家自己加层。镇里专门为此召开党委会，又找县建设局重新按三层的标准规划设计。这一改动，地基挖深了一米五，镇里多投了5万多元。

在能够采纳民意的政府带领下，郑光福有理由相信，日子会越过越好，他的幸福憧憬一定能实现。

## 情感之变——

"大灾无大难，全靠政府和干部。"在废墟上重新构建的，还有村民对政府和干部的鱼水深情。

见到村民吴金木时，他正在自家的屋前晾晒刚刚收割的晚稻。

老吴共种了5亩"口粮田"，正常年景可收到2000多公斤粮食。6月10日的暴雨让他家的田地全被水打沙压，眼见一家四口的口粮没了着落，老吴心急如焚。

暴雨过后的第10天，镇里组织了七八台挖掘机，轰轰隆隆地开进了村里，帮着挖沙清石。镇党委副书记罗琦带着镇干部和农技人员，早来晚归，一星期就把全村农田里的沙石清理干净。

老吴家的"口粮田"得救了。他在农技人员的帮助和指导下，修田埂、下底肥、撒秧苗、进行田间管理。

10 月 26 日，老吴赶着种下了晚稻收割后，脱粒过秤，1500 多公斤！

"这么大的灾，损失不到千斤！"从未种过晚稻的老吴喜出望外。

想起当初的心急如焚，老吴感慨不已："大灾无大难，全靠政府和干部。"

他的理由很简单：不是政府及时组织挖沙清石，不是政府免费提供种子肥料，哪里抢得到晚稻下田的时间；不是农技干部没日没夜手把手教技术，田里也长不出粮食来。他说，看看白白净净的镇农技中心主任徐林，现在又黑又瘦，就晓得干部出了多少力，流了多少汗。

望着屋前黄灿灿的稻谷，老吴说他有个心愿，希望有机会请帮过他的人，喝一杯他亲手烧的开水。

## 心态之变——

"记着恩情，村里遇上难事好协调多了。"在废墟上重新构建的，还有村民的平和心态。

吴自斌是台源的村支书，他指着倒房重建户门口张贴的对联，念了起来："苍天无义毁旧屋，政府情深建新居"、"运来时转添新舍，贵人相助蒙党恩"、"保家园全凭众志，财不顾力抗洪灾"……

"这些对联是全村人的心里话。"吴支书说："记着恩情，村里遇上难事好协调多了。"

台源河是台源村的"母亲河"，上世纪 70 年代农业学大寨，将其中的 1.2 公里的河道改成了暗河，上面开垦出了许多田地。多年来，河道逐渐淤塞，遇上暴雨，沿暗河的 130 亩农田收成锐减。

村委会想把河道重新开挖，改成明河，可是因为涉及 80 多户人家土地调整，几次动议都无果而终。

今年的这场暴雨，130 亩农田全部水打沙压。县国土部门实地察看后，告诉吴支书根治的办法是改明河并拓宽河道。

村民李四斌家在河道上种了些蔬菜，去年 11 月，村委会动议改河道时，李四斌曾找吴支书扯皮要补偿。这次，他听说改河道的消息后，主动把菜都摘了，还挨家挨户分送给乡亲。

菜送到吴支书家，他握着李四斌的手说："你带了个好头，到时适当给你点补偿。"

"今年这么大的天灾，要不是大家互相帮衬，这难关怎么过得去！"李四斌婉言谢绝了吴支书的好意。

事后，吴支书召集村民开会，通报国土部门的意见。出乎意料，会上以100%的通过率支持改河道，并签下服从统一规划的协议。

上月底，县镇两级政府和相关部门筹集了200多万元资金，把1.2公里暗河改成了明河，河道由3米拓宽到5米，根治了台源河。

"治理河道，或多或少地会遭受损失，但是没有一个人扯皮。"说到这儿，吴支书的眼睛似乎亮了许多，他指着进村的路肯定地说："'顾大家，不扯皮'，台源摘掉贫困村的帽子不会太久。"

原载 2011 年 11 月 8 日《咸宁日报》

**湖北新闻奖三等奖：消息**

管好真空时间　　解决后顾之忧

## 赤壁市为留守儿童建"五点半学校"

　　本报讯　记者何泽平、甘青、刘子川：2 日下午，赤壁柳山湖镇小学生李谨一放学就来到易家堤村"五点半学校"，在老师的辅导下写完作业后，拉着伙伴直奔乒乓球台。

　　前来接李谨回家的李新民，看到荡漾在孙子脸上的快乐，嘴角边写满了高兴。他说，以前一放学，李谨就往网吧里跑，拉他走他就在地上耍赖，打骂也无济于事，为这儿子儿媳还专程赶回来管教，可他们一走，他又回到原样。

　　今年 12 岁的李谨在他 2 岁时，父母就去福建务工，长年不在家。看护他的爷爷奶奶仅能照顾他的日常生活，长期的"留守生活"使小李谨性格孤僻而任性。近几年他迷恋上网络游戏，有时上网甚至到天亮，成绩在班上垫底。

　　自 2 月 18 号易家堤"五点半学校"开学后，李谨和村里其他 11 名留守儿童放学后，在值班老师的监管下，集中在"五点半学校"一起学习娱乐一个小时，然后由看护人领回。

　　此前，学校五点半放学后，忙于农活的看护人尚未回家，"小李谨们"在这段没有人看管的"真空时间"，像脱了缰的野马，家长和监护人闹心不已。

　　针对此，市镇村三级运筹成立了易家堤"五点半学校"。在该校，作业有人辅导，心理有人抚慰，集体活动有人安排，习惯有人管教。

　　短短一个多月，李谨不但戒掉了网瘾，话也多了起来，并喜欢同留守伙伴打乒乓球，学习也渐渐有了起色。

　　李谨的父母李承春夫妇得知这些后，给村委会写来了感谢信："感谢政府办的'五点半学校',我们在外做事安心多了。"

包括易家堤"五点半学校"在内,目前赤壁已建立了51所"五点半学校"。这些学校依托党员群众服务中心和农家书屋,服务对象以单亲家庭、双职工家庭、父母不在身边的留守儿童为主。各校设有留守儿童基本档案、活动计划、活动场所、关爱内容、帮教对象,学校的管理由基层党员和中小学老师轮流值班。

据悉,今年内该市151个行政村、25个社区和7个居委会将全部成立"五点半学校",市委已将这项工作统一纳入创先争优活动和创建先进基层党组织的考核内容。

原载2011年4月7日《咸宁日报》

**湖北新闻奖三等奖：论文**

# 农民外出务工报道的主线与深度

## ——《咸宁日报》"走西口"系列报道解读

何泽平 甘青

每年春节过后，大批农民工都要重新进城务工，对不少地方媒体来说，组织好农民进城务工报道，也是一项重要的政治任务。《咸宁日报》在拓展外延、深化内涵、创新方式方面进行了探索。

不久前，湖北崇阳县1200多名农民工前往敦煌戈壁滩打工，崇阳县组织"农民工专列"为其送行。《咸宁日报》在头版开辟《聚焦崇阳农民工抱团"走西口"》（以下简称《走西口》）专栏，连续刊发7篇跟踪报道，10多家网站转载；北京、上海、甘肃、陕西等地媒体纷纷打电话和发短信给相关企业要求采访；许多读者以电话、短信或电子邮件方式向记者或编辑部谈看法。

究其原因，这组系列报道在拓展外延、深化内涵、创新方式等方面，都做了一些有益探索。

### 以小见大，逐渐"剥"出新闻内核

"一粒沙里见世界，半瓣花上说人情"。

春节后，1200名农民从咸宁火车站搭乘"崇阳农民工专列"，前往甘肃敦煌某公司务工。相比以往大批农民工外出，这次似乎有点不同寻常。长期以来"孔雀东南飞"，如此大规模农民工有组织地去西部打工实属罕见。记者敏锐地"嗅"出这一变化中蕴含的新闻富矿，运用系列报道形式，通过启程寻梦——梦想解析——幸福圆梦——梦想起点——对寻梦人的价值认同等具体生动的事实，以及向西寻梦大有作为等深入严密的剖析，深度挖掘崇阳农民工抱团"走西口"背后的新闻：这是崇阳钒产业多年发展积累后，在西部大开发背景下，在政府组织推动下进行的一次有序有规模的西部进军；揭示了中部在承接产业转移同时也向西部输出技术、资金、劳动力的趋势。

在对纷繁的新闻表象梳理中，逐渐"剥"出了新闻内核——即在国家实施"西部大开发战略"十周年的大背景之下，崇阳农民工抱团"走西口"只是"西部大开发战略"磁场效应的冰山一角，西部开发和产业梯度转移，是人流、技术流、资金流涌向西部的深层次原因，彰显西部是一块充满机遇和梦想的热土，有利于读者加深对西部大开发战略的理解与认识。

## 抓住主线，以碎片化的意象构建叙事框架

一般说来，系列报道写作总要有一条主要且清晰的叙事线索，使读者一目了然，有完整印象。《走西口》这组系列报道始终贯穿一根主线，即在西部大开发和产业梯度转移的时代背景下，崇阳农民工在政府的组织下奔赴西部，追寻梦想。这一主线"一线穿珠"，以碎片化的意象构建叙事框架。

从湖北崇阳到甘肃敦煌，记者对农民工西进做全程跟踪采访报道，两地相距 3000 多公里，采访历时半个月，在变化的时空中，很难对事实作全景性展示。因此，报道紧扣主题，大胆取舍新闻素材，以蒙太奇结构呈现出一组意义明确的镜头：立体式反映农民工西进这一典型新闻事件，透过这些"碎片化"的分镜头，事件的经过完整地得以呈现。

## 深度介入，以故事化的叙述形象解读事件始末

《走西口》这组报道通过一个个鲜活故事勾勒出整个事件始末，在增强新闻可读性同时，让报道充满人性关怀，使新闻事件承载的意义力透纸背。

系列报道之二——《梦想载我去"阳关"》，西行列车上，三位新生代农民工跟记者聊他们的梦想：不想当一辈子打工仔的金关文；不想弟弟也辍学的杨燕慧；不想留守童年重复的刘鹏。三位青年农民工让我们看到被忽视的一群年轻人，其实他们也渴望被关注。

系列报道之三——《戈壁滩上的幸福》，讲述了掘金西部的三类农民工实现

梦想的幸福故事：孤寂的幸福、牵挂的幸福和漂着的幸福。听他们的幸福故事，读者自然能够感知：这是梦想照亮现实的幸福，只是这种幸福似乎多了一丝戈壁滩的苍凉。

系列报道之四——《梦开始的地方》，讲述为了梦想，某钒业公司董事长陈佛进及其合伙人搭上身家，抄底钒市场，几乎命殒他乡的传奇故事。

《走西口》系列报道的这些"故事连载"，摒弃沉重表达，避免评论、说理和抒情，将新闻视觉化、形象化，这种故事化的表现方式，将受众带入新闻发生的现场，如临其境，如见其人，如闻其声，把农民工的报道写得生动有趣。

这样的表述方式说明：优秀的新闻报道就应是生动的故事。故事化新闻在给读者以细腻感受和情感震撼同时，提升了纸质媒介可读性和影响力。

### 由表及里，让理性思考在叙事中水到渠成

深度叙事最忌讳的是抽象介绍和空洞议论。《走西口》叙述崇阳农民工追寻梦想、进军西部的点点滴滴，都在为思考寻找事实依据，寻找思考对象，寻找议论话题。在这里，事实叙述与事理阐发融为一体，密不可分。

《走西口》前五篇基本上在叙述"崇阳钒军"如何从家乡走出来，怀揣何种梦想，又有怎样的幸福和艰辛的一个个故事。到系列报道之六——《向西向西——崇阳农民工抱团"走西口"透视》，记者的"思考"便随即跟上：因为梦想，戈壁变工地；因为机遇，梦想变现实；因为广阔，向西大有作为。报道通过这"三个因为"，推导出这些现象背后逻辑——正是因为有了西部大开发的战略机遇和梯次转移的产业机遇，才创造了陈佛进等"领头羊"的戈壁传奇，而"领头羊"们富有传奇色彩的成功，点亮了崇阳农民工的梦想。

至此，《走西口》这组报道由表及里、见微知著，叙事与明理两相依附，水到渠成地完成了对现实的理性思考。其间隐含着的是一种很常见的思维形式：从个别到一般、从现象到本质的归纳推理。

原载 2011 年《中国记者》第 4 期

## 27载坚持写鱼情日记　潜心配制生物菌制剂
# 农民黄传龙健康养鱼创全国之最

　　本报讯　记者何泽平、甘青、刘子川：18 日，见到赤壁市神山镇马狮湖渔场场长黄传龙时，他正指挥手下驾船在湖面上泼洒鱼用生物菌制剂。

　　陪同采访的该市水产局养鱼专家王晓红说，这种生物菌制剂养大的花鲢较市场价贵 1 至 2 元钱，而且不愁销路。

　　销售记录印证了王晓红的介绍。4 月上旬，来自香港的一位鱼商以高出江浙客户报价 3 元的价格，连续七天收购了 20 万公斤。

　　原来这位鱼商在广州逛"鱼市"时，看到"形体美观、鱼液黏稠、花纹清晰、鳞片完整"的花鲢，禁不住驻足。他了解到这种花鲢是用生物菌制剂喂养的后，当天就赶到马狮湖渔场，"抢"走了渔场的最后一批成鱼。

　　66 岁的黄传龙少时初中尚未念完，就回家乡神山镇务农，1984 年开始尝试水产养殖，1991 年承包了马狮湖 4300 亩水面。27 年来，他订阅了 400 余册养鱼刊物，并坚持写鱼情日记。边学习边实践，黄传龙掌握了 60 多种鱼病的防治技巧、鱼种的混合搭配和水体水质的控制技术。

　　5 年前，黄传龙在一本杂志上了解到生物菌可调节水质，分解淤泥有机物，促进鱼消化。

　　这项在日美广泛运用的技术，让黄传龙眼前一亮。2006 年，他以每吨 6000 元的价格购进生物菌制剂，小面积试养花鲢。他在鱼情日记上记载："水体生态环境明显改善，单产从 100 公斤提高到了 200 公斤，喂养出来的鱼质优量大价高。"

与此同时，黄传龙"走出去，请进来"，学习生物菌制剂配制技术。凭借"鱼情日记"的积累和一年多的学习摸索，他找到了生物菌制剂配制的"钥匙"，实现了生物菌制剂自产，每吨制剂的成本下降了3000多元。

从2007年开始，黄传龙的4300亩水面全部实行生物菌制剂养鱼。随着技术的日益成熟，单产一年高过一年，2010年高达600公斤，其产品除了西藏和海南外，俏销全国各地"鱼市"。

尝到新技术甜头的黄传龙自去年开始，运用生物菌制剂培育鱼苗，鱼苗存活率提高了6成。

黄传龙的传奇，引来了农业部领导和国家级水产专家前来实地考察。华中农业大学水产学院原院长谢从新教授曾经三次到马狮湖渔场调研。他认为：马狮湖渔场是全国大水面健康养鱼科技含量和单产最高的渔场之一。

目前，黄传龙的渔场被农业部授予"水产健康养殖示范场"。

原载 2011 年 5 月 23 日《咸宁日报》

**湖北市州报新闻奖二等奖：消息**

山地股权化　基地公司化　利益一体化
## "黄袍山式流转"激活"荒山资本"

本报讯　记者何泽平、马丽、特约记者王铄辉报道：25 日，通城县小井村村主任洪登亚站在村油茶基地的山头，指着眼前的 3000 亩油茶树，向县流转办负责人描绘丰产后户平每年"坐地增收"1 万元的好日子。

洪登亚的信心来自基地产出的"第一桶金"。3 个月前，湖北黄袍山绿色产品有限公司按照与村里签订的股份合作协议，包购了从基地上采下的第一批 5000 公斤鲜果，小井村获利 1 万元。

这份四年前签订的协议是黄袍山公司找上门的"姻缘"。2009 年，公司研发的本草天香油茶籽油上市，为了建立稳定的原料基地，相中了小井村连片的山地。

"上门姻缘"让洪登亚有些意外。林权改革时，由于这片山土层薄，流失大，微碱性，种瓜不长瓜，种果不结果，村民们不愿多份"负担"，这片山作为集体资产一直荒芜着。

公司说只要村委会同意将荒山流转给公司搞油茶基地建设，可以两个方案选其一。

一个是股份合作。农户用山地和劳动用工入股；公司用基地建设所需资金、技术、良种苗木、市场价包购基地油茶籽入股。油茶丰产后，公司与农户三七分红。

另一个是租赁经营。公司按每亩每年 40 元租赁该基地，自主建设经营管理。

　　带着方案，村支书姚平文到湖南作了实地考察，回来后和洪登亚合计：茶树五年后挂果，丰产后亩产不少于1000公斤，村里可获利2000元以上，是租赁经营的10倍。

　　账算清了，洪登亚选择了股份合作。2009年，流转林地1800亩；2012年，流转林地1200亩，期限为50年。

　　签完协议的洪登亚心中还有一笔账，一棵油茶树的丰产期不低于80年，协议期满，3000亩基地就成了村里的"绿色银行"。

　　联姻后，公司把基地当作产业的一部分进行经营管理，并按月薪1500元，在村里聘用12名管护人员。德高望重的老支书陈亚甫是其中的一员。他说，拿着公司的钱，就得像看护自留地一样用心。

　　四里八乡的农户眼热小井村"丑女嫁靓婿"，他们找到黄袍山公司要求联姻。2012年，公司通过股份制流转的林地相当于前3年总和。

　　面对农户"流转的热情"，董事长晏绿金说，公司已从60多个村流转3.6万亩荒山。去年，公司的销售收入突破了1亿元，是四年前的33倍。他们计划再流转1.5万亩山地，让更多的农户分享公司"成长的快乐"。

原载2013年1月28日《咸宁日报》

湖北市州报新闻奖二等奖：消息

弃傲气　戒懒气　除怨气　卸暮气

## 赤壁晒问题警醒干部谋发展

　　本报讯　记者何泽平、甘青、特约记者彭志刚报道：10 日，赤壁 1000 多名副科级以上干部的心灵经受了一次强烈撞击。

　　是日，在赤壁市会议中心，咸宁市委副书记、赤壁市委书记丁小强对与会干部说："今年前三季度赤壁除生产总值居咸宁第一位外，规模以上工业增加值、地方一般预算收入、全社会固定资产投资、外贸出口总额等主要经济指标增速在咸宁分别排名第五、最后、第四和第三。赤壁龙头老大地位正在受到挑战，优势正在消失。"

　　丁小强这番话在与会者中掀起不小的波澜。

　　官塘驿镇党委书记贺飞认为："人的问题是一切问题的要害。丁书记指出的'自我欣赏的傲气、小富即安的懒气、不负责任的怨气、得过且过的暮气'是赤壁存在问题的症结，针对性强，把脉准确。"

　　"在全市性大会上把问题拿出来晒太阳，深受震动。"水利局长项鹏说："市委决定以解放思想为动力，以创先争优为载体，全力推动赤壁经济社会新一轮大发展，抓住了关键。"

　　眼下，赤壁正在开展为期两个月的解放思想大讨论，全市以"弃傲气、戒懒气、除怨气、卸暮气"为重点更新思想观念，以"培育壮大市场主体，转变发展方式，挖掘资源优势"为重点创新发展思路，以招商引资、优化环境、盘活生产要素等为重点破解发展难题，以城乡规划、产业发展、基础设施建设、公共服务、文明创建"五个一体化"促进城乡统筹发展，全力推动赤壁在新的起点上大开放、大发展。

　　赤壁市委立下硬规矩促落实：市领导干部带头领办工作任务，带头招商引资，带头落实重点工程建设，带头优化发展环境，带头深入基层督查指导。各乡镇办、市直部门的"一把手"要立说立行，为本地本部门干部职工树立好榜样。

　　与之相配套，促使领导干部沉下去的"三进"（进农村、进企业、进社区）、"三同"（和群众同学习、同劳动、同生活）、"三送"（为群众送政策、送科技、送项目）和"三亮一树"（亮身份、亮职责、亮承诺、树形象）活动已在全市铺开。

原载 2010 年 10 月 13 日《咸宁日报》

**湖北市州报新闻奖二等奖：消息**

身患食道癌　胸装起搏器　血管搭支架

## "拼命老总" 张斌用生命诠释创先争优

本报讯　记者何泽平、刘文景、甘青、李发扬报道：2 月 26 日，"拼命老总"张斌在武汉协和医院走到了生命的尽头。

辞世前，张斌身患食道癌，胸装起搏器，血管搭支架，五年如一日，奋斗在工作一线。

噩耗传来，关心他的领导干部，牵挂他的蒲纺人，关爱他的亲朋好友，对他的离去，纷纷表示深切哀悼和怀念。

省委书记、省人大常委会主任李鸿忠为他送去花圈，全国人大环资委副主任罗清泉，省委常委、省政府常务副省长李宪生，省委常委、宣传部长尹汉宁等发去唁电并敬献花圈。市委书记黄楚平在张斌病重期间前往医院看望，并在他逝世后委托有关市领导向其亲属表示沉重哀悼和深切慰问。

张斌生前系赤壁市政协副主席、党组副书记、蒲纺集团党委书记、董事长、总经理、蒲纺工业园党委书记。2004 年，在蒲纺最困难的时候，患有严重心脏病的张斌拖着病弱之躯，毅然挑起推进蒲纺改革发展稳定的重任。2006 年 2 月，张斌被确诊为食道癌晚期，手术后医生告诉他只有 3 年的生命。

"活着干，死了算。"出院后，张斌紧攥着这 6 个字与病魔搏斗，与死神赛跑。他一边坚持化疗，一边坚持工作，把全部心血和精力都放在蒲纺的改革、发展和稳定上，决心在生命的最后 3 年里，再造一个新蒲纺。这个坚强信念让他的生命从 3 年延续到 5 年。5 年来，蒲纺集团这一特困企业，在他手中逐步走出困境，重新焕发生机。

　　陪张斌走完生命最后历程的蒲纺集团党委副书记、工会主席常雨琴说："张斌生命不息，工作不止。他为赤壁以及蒲纺的发展献出了毕生的心血和汗水，他对蒲纺干部职工倾注了无限的关爱和感情。他用生命诠释了'创先争优'的内涵。"

原载 2011 年 3 月 1 日《咸宁日报》

湖北市州报新闻奖二等奖：通讯

# 城乡一体入画来

## ——咸安统筹城乡发展路径探寻

记者　何泽平　周荣华　王莉敏　特约记者　谭辉龙

年初，咸安区被确定为全市统筹城乡发展的试点。

12 日，记者前往咸安采访。区委书记袁善谋认为，市委把咸安作为试点，既是对咸安近几年来探索城乡一体化的肯定，也是对咸安统筹城乡发展提出的新要求。

寒暄之后，袁善谋话锋一转，切入到记者的"兴奋点"上。

"让农村人融入城市，让城里人走进农村，实现城乡互动。"袁善谋说，这是咸安近几年来始终追求着的目标。

### 从分治到统筹

#### ——以"四区一城一带"破解二元瓶颈

千百年来，城乡分割的二元结构不断扩大着城乡间的差别。

咸安也不例外。城乡分治中，农村人挤进城想留留不住，城里人派下乡天天想回城。

区委清醒地认识到，城乡间隔着的那堵墙，已成为制约咸安加快发展的瓶颈。

"打破城乡分治，发展优势产业是关键，培养高素质农民是突破口，推进新农村建设是平台，创新工作机制是保障。"在全区农村工作会上，袁善谋"'四招'统筹城乡发展"的讲话掷地有声。

思想有高度，行动就有了力度。

区委、区政府制定"四区一城一带"发展战略，将散落于全区1503平方公里的14个乡镇办场，全部归到了一个棋盘上；投入近千万元，开始乡镇修编和"四区一城一带"规划工作。

高起点规划，全域咸安的画卷由此铺开。工业有咸安经济开发区，农业有向阳湖现代农业科技示范园区，旅游有鄂南大竹海5A级生态旅游风景区，经贸有永安现代商贸物流区，城建有滨湖新城，新农村有淦河生态经济带。

与之相配套的政策相继出台。

针对乡镇建设落后现状，区里规定，乡镇土地受益资金全额返还地方，支持乡镇加强集镇建设。仅此一项，近年投入数亿元。各乡镇在这一政策的扶持下，小城镇建设如火如荼，面貌一新。

与此同时，区里把各种项目资金集中起来，科学调度，实行"捆绑式"扶持。

位于淦河上游的桂花镇桥乡新村，潺潺流水串起座座古桥，加上大汉皇族村的文化背景，是不可多得的乡村旅游资源。去年，区里整合土地、交通、水利、能源等22家区直单位项目资金1600多万元，对这里的旅游资源进了整体开发和建设。

该景区秀嫂农庄的主人秀嫂说："农庄面貌焕然一新，到农庄的游客更多了。"说着话，笑容悄悄爬上她的脸颊。

从城乡分治，到城乡一体，富有咸安特色的统筹城乡发展新格局正在桂乡大地上形成。

## 从小生产到"公司＋农户"

### ——以工业理念发展现代农业富裕农民

是不是乡镇有了新貌，农民有了新居，就等于城乡一体化了？

不！区委认为，只有农民的钱袋子和城里人一样殷实，城乡一体化的目标才可以实现。

于是，用现代工业理念改造传统小生产，发展现代农业成了咸安近年来富裕农民的重要抓手。

贺胜桥镇万秀村是"湖北养鸡第一村"。5年前，这里家家户户养鸡，挣点油盐酱醋。如今，走进万秀村，放眼望去，村湾的山冈荒地上，成排的标准化鸡舍跃然眼前，鸡群争食声不绝于耳。

村支书陈恢志说，全村养鸡户已达126户，每户年收入超过了3万元。养鸡在村里从副业变为了主业。这是区里引进温氏集团带来的变化。

的确，由于温氏集团采用"公司＋农户"模式，给养鸡农户提供技术、补贴和销售，激发了农民养鸡热情。现在，全区千家万户为温氏集团养鸡，年出笼肉鸡2380多万羽。这些养鸡农户依托温氏集团走上了致富路。

和改造传统养鸡业一样，咸安将现代工业理念植入农业生产。区里围绕苎麻、桂花、粮油、蔬菜、丰产竹木、花卉苗木、标准化水果、新型农庄等"八大特色农业板块"和肉鸡、生猪、奶牛、獭兔、水产健康养殖等"五大特色养殖小区"，培植发展起来农业重点龙头企业79家，农业产业化经营总产值达18亿元，一个个农业产业成为富民产业。

对此，桂源红酒业有限责任公司总经理张四军颇有体会。在区委、区政府的培植下，他的企业由一家只有300平米民房的小作坊成长为拥有5000余平米大厂房的桂花加工龙头企业。随着企业的成长，鲜桂花收购价从每公斤3.6元涨到高峰时每公斤26元，全区种植桂花的花农都成了直接的受益者。

## 从失地农民到城市居民
### ——以引导创业就业转移农村富余劳动力

随着咸宁市和咸安区市区一体化步伐加快，越来越多的咸安农民失去了土地。如何有序转移一批批富余劳动力成为咸安上下绕不开的话题。

浮山办事处10个村中9个村有开发项目，征地面积达3万余亩，许多农民因此失去了赖以生存的土地。

办事处党委书记段永红走村串户对村民们说：开发就是改变命运的机遇；大伙要抓住开发的机遇，从农民变成市民！

村民们豁然开朗。

6年前，浮山村民孙才祥因为长江产业园建设失去土地，他想抓住建园的机遇搞运输生意。办事处了解这个情况后，给他引见产业园协调专班的负责人。负责人听了他的创业构想，立即以协调专班的名义向开发区企业写了推介信。现在，孙才祥创办的湖北广祥物流公司拥有运输车30多辆，几十个失地农民在这里就业。

眼下，以孙才祥为榜样，村里通过创业致富的有 100 多人。

段永红说，办事处从浮山村民创业致富中得到启发，打算借鉴市区工业园的经验，从被征用土地的村中预留土地 500 余亩，以资金入股的方式创建农民创业园，引导农民自主创业，让他们彻底洗脚上岸，成为城市居民。

浮山办事处只是咸安区转移富余劳动力的一个样本。近年来，咸安通过农业、林业、劳动等相关部门组织各种职业技能培训，千方百计让失地农民"就业有岗位、创业有技能、经商有优惠、困难有保障"，已成功转移农村富余劳动力上万人。

年初应聘到银泰百货上班的何细霞说，在咸安中等职业技术学院培训一个月后，她现在和城里人一样按时上下班，按时领工资，日子过得很惬意。

## 从改造"城中村"到共建"村中城"

### ——以城乡互动缩小差别

伴随着市区一体化的加速，"城中村"问题日益突出。咸安人发挥聪明才智，把城市社区移植过来，对"城中村"进行改造。

温泉办事处岔路口社区的杨文珍太婆，在社区建设过程中，身份由村民变居民，成为城乡统筹发展的首批受益者。她说：自从有了社区，路宽了，灯亮了，水净了，晚上没事和老伙伴们一起到休闲广场跳跳舞，心情无比舒畅。

今年，这样的待遇将普及到每一个由"城中村"改造而成的社区。不包括建好的 8 个社区，政府将筹资 1600 万元兴建 16 个社区办公活动场所，完善社区服务体系。

帮"城中村"实现完美转身的同时，区里对远在深山里的村湾开始了"村中城"的建设。去年，全区组织 30 多家文明单位，牵手 36 个村湾，开展"清洁乡镇，卫生村湾；城乡互联，文明共建"活动。

记者在双溪桥镇杨堡村看到，在村民方光志家的大院落里，绿树如伞，样式别致的两层小楼坐落其中，房内三室一厅干净整洁。

他一边带着记者参观屋后近百平米的鸡棚、猪栏、沼气池、鱼池，一边说，鸡粪、猪粪用来喂鱼、制沼气，沼气用来煮饭。

"闲暇时都做些什么？"

"有时看电视，家里的有线电视有一百多个台；有时去镇上的休闲广场，和乡亲们天南海北地聊天。"方光志话到这儿，心中的自信流露出来，说道："现在我们合作医疗也办了，日子比城里人还舒服！"

方光志的感受和在武汉生活了大半辈子的罗永红不约而同。

在武钢工作的金振磊退休之后，回到老家汤塝村的后山建起一座典雅别致的别墅，门前是清幽的水池，屋后是翠绿的果园，鸡欢鱼跳，鸟语花香。记者到他家时，他的老伴罗永红乐不可支地说，当初老金要回老家生活，我一百个不愿意。现在和当地百姓一起生活在"乡村的风光，城市的设施，田野的生态"中，比起都市生活低碳时尚。

原载 2010 年 5 月 21 日 《咸宁日报》

**湖北市州报新闻奖二等奖：通讯**

# 桃花坪社区的"桃花源记"

### 记者 何泽平 陈新 刘子川

**社区名片**

桃花坪社区位于赤壁市蒲纺，成立于 2004 年 8 月。社区居民主体由原蒲纺丝织厂、印染厂、纺织厂等 8 企业、单位的职工及家属构成，有常住户 4700 余户，居民 12500 余人。11 年来，社区实现了由企业管理向社区服务的转变，由企业职工向社区居民的转变，先后荣获"省级文明社区""荆楚最美社区""全国综合减灾示范社区""全国和谐社区建设示范社区"等荣誉称号。

千百年来，一句"不知有汉，无论魏晋"引发了多少人对世外桃源的向往。

在赤壁荆泉山起伏的地势中有一处平地，曾经桃花盛开，故名桃花坪，生活在这里的居民曾经都是下岗职工。

现如今，这些下岗职工已"不知改制之难，无论下岗之痛"了，用他们的心路嬗变，撰写了一篇现实版"桃花源记"。

3 月 6 日晚，记者走进桃花坪社区群众广场，路面平旷，绿树环绕，55 岁的居民王荣琴带着舞伴们，尽情歌舞，怡然自乐，恰似一朵朵绽放的桃花。

知情者说，王荣琴领衔的这支舞蹈队每隔一段时间，都会出现新面孔，大家都觉得"跟王大姐一起玩，心里舒畅"。

面对这样的赞誉，王荣琴总是饱含感恩地说："我这股精气神，是社区党组织滋润的！"

11 年前，蒲纺破产改制下放到赤壁，5000 多人先后办理了提前退休，近万人"买断"工龄，蒲纺被划分为三个社区，桃花坪社区是其中之一。

当了 20 多年纺织工人的王荣琴一下子断了"口粮"。屋漏偏逢连夜雨，白发母亲重病复发，体弱丈夫突然卧床……家庭陷入绝境。

社区党组织知道她家情况后，为王荣琴安排了公益性岗位，为其家人办理了大病救助、低保。社区干部经常上门与她谈心，与她一起做家务，把家里整理得干净整齐，邀请她学跳广场舞，参加各种各样的群众文化活动。

一件一件的小事，温暖着王荣琴的心，帮助她走出人生低谷，她性格变得开朗，并积极向组织靠拢。

2012 年 5 月，王荣琴向组织递交了入党申请书："党一点一滴的关怀，让我的小家挺过了一重又一重难关，我现在想加入共产党，去温暖身边的人。"

发生在王荣琴身上的变化只是成百上千"桃花人"心路历程的缩影。

当年，作为一个破产改制企业型社区，人心浮动，矛盾重重，社区一时无法满足居民对物质生活的追求，只能从一件件小事做起，让他们逐渐心平气顺，从心理上强大起来。

"衣服笑破不笑补。"社区组织从"绿化、美化、亮化、净化"抓起，每一条道路、每一幢居民楼指定专人负责清扫。

为引导居民积极面对生活，社区成立老年协会、花木盆景协会、艺术团等 13 个社团组织，组织开展了一系列群众文化活动，每年的大小演出十几场，将大家重新团结在一起。

针对大部分老人的子女在外工作，社区成立了志愿者殡葬服务队，全程为逝者办理后事。与此同时，建立了居民住院探访制度，高龄老人生日慰问制度，下岗人员联系制度，困难家庭帮扶制度，留守儿童关爱制度等，全方位、多层次地把贴心服务送到千家万户。

如今，在居民心中，社区就是一个"大家庭"，不管是失业就业，还是停水停电，下水道堵塞，甚至钥匙丢了开不了门，都习惯性地找社区求助。前年底，居民程秋林家被一把火烧个精光，社区立即给他另外找了个临时住所，送去衣被，还组织居民捐款，一天就收到捐款近 4000 元。

几分耕耘几分收获。省政府授予桃花坪社区"省级文明社区"称号，民政部授予社区"全国和谐社区建设示范社区"称号。这几年，前往桃花坪参观学习的外市外省兄弟社区一拨又一拨，大家都说："桃花坪不如改名桃花源。"

**采访手记：**"衙斋卧听萧萧竹，疑是民间疾苦声。些小吾曹州县吏，一枝一叶总关情。"桃花坪社区居民都是下岗职工，一度人心浮动，矛盾重重，成为影响一方稳定的不确定因素。11 年来，社区党组织将党的惠民政策，一点一滴送到居民手中，居民有困难，事无巨细都有人关心帮助。社区党组织的贴心服务，润物细无声，重新凝聚起下岗工人的心，使一个问题社区变成了全国和谐示范社区。

原载 2015 年 3 月 9 日《咸宁日报》

第二辑

宣传故事

故事是代入　故事是逻辑

系列："领头雁工程"通城经验解读

# 通城"回归村官"建设新农村显身手
### 李鸿忠：通城的经验值得在全省推广

本报讯　记者何泽平、陈新、通讯员黎艳明报道：10日，通城县委副书记刘明灯前脚送走一家中央媒体的记者，后脚就赶回办公室给我们介绍"回归村官"的情况。

"回归村官"是对返乡担任村干部的"打工能人"的特定称呼。目前，全县有390名"打工能人"回乡担任村两委会成员，占全县村干部总数51%，其中担任村主职的105人，占村支书、主任总数35%。

交谈中获悉，"回归村官"现象曾引起省委主要领导的高度关注。

早些时候，省委副书记张昌尔在一份调研报告上批示：通城大力在回归创业人员中选任村主职，有力提高了村干部"双带"和发展村集体经济能力，有力提高了农村基层组织的凝聚力、战斗力，通城的经验值得在全省推广。

不久，省委书记李鸿忠作出批示：同意昌尔同志意见。

这份调研报告说：近几年来，通城县委为培养选拔外出务工成功人士回乡担任村主职干部，建立信息资源库，网络各类人才"一个也不能少"；用真情乡情友情感召，吸引能人回归"再多也不多"；人尽其才，择优录用，"能覆盖一个村就覆盖一个村"；落实政治生活待遇，解决村干部后顾之忧，"能多给一分就多给一分"。

聊及"通城经验"，刘明灯引用县委书记姜卫东的话说："贵在坚持讲通城普通话"。

通城是个打工大县，常年有10多万人在外务工经商。上世纪末本世纪初，县里大力实施"回归工程",8500名"打工能人"带着项目和资金回乡创业，成为县域经济跨越发展的脊梁。

从县情出发，县委把"回归工程"与中央实施的"领头雁工程"相结合，在打工人员集中的广深、江浙等地，依托当地通城商会开展联谊活动，组建流动党组织，在"打工仔"中发展党员，在"打工能人"中培养村官。

眼下，由"回归村官"当家的72个村共创办了230多个企业，其年收入占全县村级集体收入89%；涌现出全国劳模、宝塔村党总支书记黎锦林，全国时代先锋、七里山村支部书记郑四来，全省创先争优模范、牌合村支书胡秀华……

原载 2012 年 8 月 13 日 《咸宁日报》

系别："领头雁工程"通城经验解读

# 群雁归来

## ——回望"回归村官"返乡之路

### 记者　何泽平　陈新　通讯员　黎艳明

"雁南飞，今日去，愿为春来归"。

大雁嗅着春暖的讯息，飞去，归来，壮丽而雄美。

这一幕，在集山区、老区、库区于一身的通城县生动再现。在改革开放的春天里，全县 10 万"泥燕"南飞。30 个冬去春来，一大批"泥燕"蜕变为"大雁"。发展滞后的家乡，乘着中部崛起的春风，谋求跨越，向他们伸出了橄榄枝。

### 黄埔江畔的乡情聚会

2006 年春，黄埔江畔的一次同乡聚会，改变了黎锦林的人生轨迹。

参加聚会的，一方是在上海的通城籍老板、高管，包括安而雅科技有限公司董事长黎锦林，另一方是从通城赶来的时任县委书记的陈树林和乡邻代表。

家乡话，桑梓情，游子心……茶热酒酣之际，陈树林突然掏出一张请他回宝塔当村官的聘书。

黎锦林是宝塔村的第一个大学生，毕业于武汉大学，在深圳、上海闯荡多年，当时资产逾千万元，是乡亲们心目中的能人。

作为城郊村的宝塔，在他的父亲黎泗保的带领下，发展成全县、全市闻名的亿元村。然而，老书记年事已高，事业后继无人。村里乡亲、镇里领导几次请黎锦林子承父业，都被他婉言谢绝。

聚会上，看到黎锦林惊愕与迟疑，陈树林语重心长地对他说："古人讲，穷则独善其身，达则兼济天下。从个人价值来讲，你是成功的。要是回村里让家乡更富饶，就会放大你的人生价值。"

一席话，深刻透彻，情真意切，黎锦林答应先回去看看。

回乡仅 10 天，父亲突然离世。消息传出，全县数千人前来吊唁，村民们轮流值守，久久不肯离去。

葬礼上流淌的真情，让黎锦林深刻地体会到"什么叫重如泰山"。他在日记中写道："论财富父亲不如我，论富有我不如父亲。小芝麻村官，是放大人生价值的好舞台。"

安葬完父亲后，黎锦林把户口迁回了宝塔村，先是当主任兼村办企业的厂长，后任村党总支书记。2008 年村两委换届，成绩突出的黎锦林再次全票当选村党总支书记。

**采访笔记：**通城县对外出务工经商者实行"十个一"工作法：每年帮助解决家里的一些实际困难，县"四大家"领导与探亲人员吃一餐团圆饭，公布一次自己的手机号码，组织一次同乡联谊会和一次"回归明星"评选；每个乡镇和县直部门设立一个回归招商专班，每年寄一张贺卡、举办一次走访、一次拜年、一次接待等。这"十个一"就是十座"连心桥"，增强了在外通城游子的归属感。

## 珠江之滨的铿锵宣誓

2008 年 6 月 28 日，对左仕和来说，是个终生难忘的日子。

这一天，他与 4 名通城籍务工经商者一道，面对鲜红的党旗，在珠江之滨的东莞市庄严宣誓。

左仕和是通城县左港村人，时任福人药业的江西总代理，兼深圳三九药业的西北市场销售经理，年收入近百万。

因为业务关系，他经常来往于东莞和南昌。往来期间，左仕和发现东莞通城商会党支部开展的联谊、募捐、扶贫帮困等活动有声有色，支部为通城游子解决困难也是不遗余力。他的一位学医的老乡在东莞找不到合适工作，支部出面帮她联系一家医院，如愿当上一名主治医生。

"支部像个大家庭，团结在支部周围，力量大，信心足。"

2007年6月，左仕和把他对党组织的朴素认识写进了入党申请书。经过考察和培养，2008年七一前夕，党支部举行一个简短而又热烈的仪式，左仕和光荣地成为一名预备党员。

入党的喜悦尚未散去，商会副会长黄晖找到左仕和："家乡在'打工能人'中选村干部。你在外闯荡多年，见识广，年富力强，应当试一试。"

左仕和不敢相信自己的耳朵："好不容易在外面站稳脚跟，你要我回去？"

"你现在是一名党员，'服从组织'的誓言还是热的。有组织撑腰，应该干得好。"黄晖几次谈心后，左仕和把药品生意交给爱人，只身回到阔别16年的左港，成为一名只做事不拿工资的村官。担任3年村委会主任后，去年11月当选村党支部书记。

**采访笔记：**通城县先是在广深、江浙、上海、京津、武汉等地组建了10多个同乡会、商会，然后依托同乡会、商会建立了3个流动党总支、23个流动党支部和70多个党小组，这张"红色地图"把十万游子网络其中，对他们中优秀青年跟踪培养，适时吸纳他们加入党组织。

### 隽水河岸的红色手印

隽水河是通城的母亲河。胡秀华的家乡牌合村位于隽水河北岸，42岁的她两次人生抉择都与牌合村紧紧相连。

16年前，为了生计，她放弃村妇女主任的职位，远走上海，从打工开始，盘起小生意，年收入30万元。

7年前，她放弃繁华的都市生活，回到家乡牌合村，任村委会主任、村党支部书记，年收入不到1万元。

水往低处流，人往高处走。胡秀华第一次选择容易理解，第二次选择却有悖常理。"是一排红色手印让我作出了选择。"她深情地回忆。

那几年，广袤农村正掀起新一轮改革发展热潮。牌合村因为村干部年龄偏大、战斗力不强、发展缓慢。退休在即的老支书多次联系胡秀华，请她回来掌舵。已经习惯了大上海生活的胡秀华，生意正处上升期，她借故推脱了老支书的邀请。

2005年春，老支书与镇党委书记一道，千里迢迢来到上海给她拜年，见面礼是印着村里6名老党员手印的联名书。

"这排手印，代表村里 4000 多名父老乡亲的心愿！"

听着老支书发自内心的真情，看着联名书上红彤彤的手印，胡秀华的眼眶湿润了。

不久，胡秀华转让生意，变卖家当，举家搬回到熟悉而又陌生的故土。当年，她当选村委会主任；2009 年当选村支部书记；2011 年又高票当选村支部书记、村委会主任。

**采访笔记：** 对村级急需和群众认可期盼的重点人才，县委、县政府主要领导和有关部门，乡镇主要负责人每年都专程亲自上门拜访，三番五次做工作，动员他们参加家乡建设，吸引了一批有识之士积极投入到农村第一线。

原载 2012 年 8 月 14 日《咸宁日报》

系别："领头雁工程"通城经验解读

# 大雁展翅

## ——直击"回归村官"的兴村之策

记者　何泽平　陈新　通讯员　黎艳明

在外是英杰，归来是脊梁。

"回归村官"经历市场经济洗礼，凭借超前的思想，开阔的眼界，敢闯的劲头，在家乡广袤的田野上展翅飞翔。

数据勾勒出他们美丽的翅膀。在"回归村官"当家的 72 个村中，村级集体收入 50 万元以上的有 3 个，10 至 50 万元的有 17 个，5 至 10 万元的有 52 个。

72 个村村情各异，"回归村官"因村制宜，把建设新农村的进行曲演绎得优美而动听。

### "小康村"建设瞄准全国一流

宝塔村位于城郊，是通城闻名的小康村。

2006 年，黎锦林回到宝塔任支书后，面临种种隐忧：村民相对富足，但思想观念依然落后；7 个集体企业产值过亿，但没有科技含量；地处城郊，基础设施与城市相距甚远……父亲临终前，曾嘱托黎锦林，要保证宝塔村人至少三代富裕。他感到一份沉甸甸的责任。

当时，正值中央号召建设新农村。黎锦林组织村委会一班人，认真学习各项惠农政策，统一思想：抓住机遇，做活"农"字文章，进行"二次创业"，把宝塔建设成为全国一流的社会主义新农村。

思想是行动的先导，"一路三园"的蓝图迅速付诸实施——

筹资 1000 万元重修宝塔大道。村里请来武汉最有名的建筑设计师，重新规划建设村主干道，拓宽、刷黑、亮化、绿化……现在，宝塔大道成为全县第一条功能齐全的景观路、样板路。

筹资 5000 万元新建"农民花园"。"农民花园"占地 50 亩，建设高水准住房 200 多套。花园里，光纤入户，在线监控；小桥流水，鸟语花香。村民买房每平米均价不到 2000 元，搬入后另发补助。

筹资 1500 万元建设"农民生态公园"。以木鱼湖为中心，建成柑橘园、香樟园、翠竹园、枫树园、桂花园，形成集休闲和生态旅游于一体的产业链。公园成为村民休闲的好去处，被授予"湖北省工农业旅游示范点"。

筹资 5 亿元建设"农民科技园"。科技园征地 300 亩，纳入县经济开发区建设规划。目前，园区已"三通一平"，与国外战略投资者共同建设汽车城的框架协议已签订，村里最大的企业——宝塔砂布厂搬入园区，引进德国设备，实现了改造升级。

与此同时，黎锦林不断改革用人、分配和管理制度，高薪聘请高管人员和技术专家，引进现代质量管理模式……

几多辛劳，几多收获。宝塔村入选"全国文明村镇"、"全国民主法治示范村"、"全省新农村建设示范村"，黎锦林也成为新时期的全国劳模。

## "上访村"治理从回应诉求开始

2000 年初，张海晏回到油坊村再次担任支部书记。上任不久，张海晏了解到，"三难二多一空"是村民四处上访的主要原因，他的"三把火"从回应这些诉求开始。

针对出行难，2003 年，张海晏向上争取项目资金，向外募集社会赞助，筹资建成 6 公里长的水泥公路，这是全县第一条村级水泥公路，它串通了村里几个主要湾子，把油坊与县城连接起来。

针对灌溉难，张海晏筹资 500 万元在昌蒲港上游建拦水坝，解决 5000 亩农田排灌；同时，利用冬闲平整土地、挖塘修渠……10 年时间，油坊村基础设施投资逾 2000 万元，村民生产生活条件焕然一新。

针对办事难，油坊村在全县率先建立"五务合一"的党员群众服务中心，劳动就业、土地管理、计划生育等 8 个便民窗口，为村民免费代办大小事务。

依托中心，建立健全了村民代表会议制度、党员议事制度、"一事一议"制度等，将村务政务置于村民监督之下。

针对吸毒人员多，2003 年的端午节，村里与公安部门联系，组织 12 台车，一夜之间抓捕 43 名吸毒人员，送到县戒毒所强制戒毒，两名瘾君子送到劳教所改造。

针对赌博者多，村里召开禁赌大会，实行十户联防、开展十星户评选，村组干部挨家挨户反复宣传教育，让抹牌赌博、好逸恶劳成为"过街老鼠"。

针对集体经济空壳，村里办起了河砂厂、发电站、退耕还林基地，组建生猪专业合作社、蔬菜专业合作社，抱团闯市场……集体经济实力大大增强。

如今的油坊，村民零上访，经济稳步发展，农民安居乐业，成为全县"平安村"、全市"争先创优先进单位"、全省"综合治理先进单位"。

## "老区村"脱贫路在办企兴业

荻田村是革命老区，也是通城最边远的贫困村。"身无多余物，家无隔夜粮"，是荻田人过去生活的真实写照。

2005 年，任某公司高管的汪金熬在父亲和乡亲们的劝说下，回到家乡当上了支书。精明的汪金熬认识到，荻田村土地贫瘠，靠农业脱贫没有出路。

2006 年初，县里开展"村企共建"活动，玉立集团有帮扶老区发展的意向。汪金熬立即争取镇党委的支持，带领村班子两赴玉立集团洽谈"村企共建"。

几番努力争取，玉立集团为这位有头脑、有闯劲的"回归村官"所打动，同意合资在荻田村建设纺织生产线。其中，基础建设 400 万元由荻田村负责筹备，机械设备的 700 万元由集团投资。

回村后，汪金熬带头投资 20 万元入股，村组干部和村民纷纷入股，400 万元资金 10 天内全部到位。

当年 12 月，一个万锭纺织厂一次性投产成功。目前，安排村民"家门口就业"200 多人，劳平年收入 22000 元，同时，村集体也以土地入股，一年有 10 多万元的分红。

棉花是纺织厂的主要原料。从 2007 年起，汪金熬先在自家引种几亩棉花，成功后引导 200 户村民在各家山地里种 300 多亩棉花，既满足纺织厂的原料需求，又增加老区人的收入。

纺织厂办起来了，汪金熬又开始捕捉新的发展机会。荻田村是秋收起义的策源地之一，罗荣桓等老一辈无产阶级革命家曾在此战斗。近几年，随着各地红色旅游的升温，汪金熬敏锐地察觉到，旅游产业大有可为。他筹资兴建罗荣桓纪念馆广场，拓宽通往纪念馆的公路，在风光秀丽的村湾建起了 10 多处农家乐。

如今，荻田村已列入全省 100 个旅游文化名村，成为通城县"爱国主义教育基地"、"廉政教育基地"，每年接待游客 10 万余人次。

数据看变化。去年，荻田村人平收入 6150 元，接近全县平均水平；村集体经济收入 40 万元，成为全县先进村。

**采访笔记：**引回来还要留得住。通城县委、县政府对"回归村官"：一是在政治上提高待遇，有 3 人被推选为全国时代先锋、回归创业之星，3 人被评为省、部级劳动模范，7 人录用为乡镇公务员，60 人次被县委评为优秀村党组织书记。二是增加工作经费，从集体收入中拿出一定的提留作为工作经费。三是提高工资待遇，为 301 名村主职干部办理养老保险，解决他们的后顾之忧。

原载 2012 年 8 月 15 日《咸宁日报》

系别："领头雁工程"通城经验解读

# 雁过留声

## ——问切"回归村官"的心灵之脉

记者 何泽平 陈新 通讯员 黎艳明

雁过留声，人过留名。

"回归村官"告别繁华都市、回到贫穷乡村，除了盛满乡音的真情牵引，心灵深处的脉动，决定了他们无悔的选择。

390名"回归村官"拥有不同的心路历程，"富翁支书"郑四来、"复出支书"张海晏、"红娘支书"黄晖是他们中的典型代表，他们的得失观、荣辱观和名利观，折射出"回归村官"报效桑梓、敢于担当、奉献社会的价值取向。

### "富翁支书"的得与失

36岁的郑四来，拥有两种身份：深圳亚科电子、湖北亚科微钻公司总经理；通城县麦市镇七里山村党支部书记。

因为双重身份，这位"富翁支书"三分之一的时间在村里，三分之一的时间在深圳，三分之一的时间在路上，工作生活紧凑而充实。

今年年初，小儿子打来电话："老爸，老师不让我当学习委员了。"他在深圳一所寄宿小学读三年级，成绩好，表现优秀，一直是班干部。

"都怪你！同学的老爸经常来学校，还请老师吃饭，你连家长会都不参加。"儿子在电话那头边哭边责怪郑四来。

从2006年担任村支书后，郑四来与远在深圳的妻儿离多聚少，至今连孩子的班主任老师是谁都不清楚。

对朋友也是这样。由于经常不在深圳,朋友约他打高尔夫,他常常因为忙于村务无法赴约,与朋友的联系日渐稀松。

当支书前,每次回家几百几千救济困难户,村民都记着他的好处;当上支书后,他每年为村里办事仅招待费、差旅费要花四五万,没有在村报过一分。这些"好处"村民们不再记得,在他们看来几万元对他来说是九牛一毛,当了支书,为村里花点钱是应该的。

尽管如此,郑四来对6年的支书生涯仍"感恩戴德"。

因为当支书,他常怀敬畏之心。常年穿梭于繁华都市与闭塞山村之间,富贫的反差让郑四来深感民生之艰、人生之难,时刻警醒不能迷失自己。他看到几位比他富有的朋友因为嗜赌、吸毒,人财两空,庆幸自己当村官的选择。

因为当支书,他获得了诚信之名。2006年9月16日,作为"全国时代先锋",郑四来的事迹上了中央新闻联播,长达8分钟。凭着"时代先锋"这块金字招牌,他公司的生意顺风顺水,销售收入由6年前的3000万增至1亿元。

因为当支书,他有了"二次创业"的成就感。6年间,他创办了七里山村工业园区,改写七里山村没有工业的历史。去年,园内企业年产值过亿元,缴纳税收600多万元,成为全县发展最快、实力最强的村之一。

## "复出支书"的荣与辱

2000年,张海晏再次担任油坊村支书遭到了他妻子的竭力反对。

1991年,张海晏首度担任油坊村党支书记。军人出身的他利用战友关系,筹资80万在村里办起了茶场、砖厂,村级集体年收入超过了8万元。油坊,一跃成为全县的明星村。

人怕出名。在他任支书的第三年,别有用心的人说他耍风头,指使他人四处告他假公济私搞贪污。乡政府派出调查组,查出两个"小问题"和一个"大问题"。

"小问题"是,建村小学时向战友要了两棵树,没有入账;他父亲去世时收了村小学200元的礼金。

"大问题"是,办两个企业借了13万元,"让油坊背上一身的债"。

在封闭的山村，任何解释都显得苍白无力。张海晏一气之下，辞去村支书职务，举家到外面打工，后来做餐饮生意，日子过得平静而殷实。

1999 年，油坊村几名老党员找到张海晏，请他"复出"。

原来，张海晏离开油坊后，两个村办企业经营不下去，先承包后变卖，村集体经济成了空壳。

老党员们还告诉他，村里公路坏了无人修，赌博吸毒无人管，千亩水田无水灌……油坊村成了出名的"上访村"。

老党员们说，他们受全村人的委托，请他回去重新当家。"做子做孙也不再做支书。"张海晏的妻子态度坚决。

无果而终的老党员们请来乡党委领导上门。身为油坊村人的张海晏，想到曾经的屈辱，他不想回去；面对乡邻的真情，他狠不下心再次拒绝。

几天几夜，他给妻子讲述乡亲们欢送他去当兵的热闹情景，给妻子讲述自卫反击战时 100 多名战友为国牺牲的故事，他要让妻子明白曾经的屈辱相对于乡邻的感情，相对于战友的生命，算不得什么，何况事情已过了五年。

回村那天，400 多名村民打着横幅，燃放鞭炮，在村口夹道迎候他。此情此景，让张海晏感到比当年入伍时还要荣耀。

在村民的鼎力支持下，张海晏重修进村公路，整修水利工程，兴办实体实业，整治赌博吸毒。

"组合拳"催生新油坊。村委会荣誉墙上省市县颁发的"平安村""先进村""优秀党支部"等奖牌，诉说着油坊村的变化。

每每看到这些奖牌，张海晏心中充满无上荣光。他的情绪感染着妻子，她这样夸奖自己的丈夫：男人的眼光就是比女人家看得远。

## "红娘支书"的名与利

"二人同心，其利断金"。在左港村，这句成语被村民改成了"两支书同心，其利断金"。村民们说的支书一个是"红娘支书"黄晖，一个是当选支书左仕和。

左港是一个交通闭塞、经济落后的库区村，3000 多村民散居在数十个山旮旯。2007 年，渴望脱贫致富的左港人找到湖北瀛通电子有限公司董事长黄晖，想请他回村当家。

黄晖是左港走出去的"打工富翁",他的公司遍布通城、东莞、昆山、香港等地。当时,他在通城投资 1.5 亿元的湖北瀛通电子一期刚刚启动。

面对乡亲的盛情,黄晖有些愧疚地说:"我得把主要精力放在项目上,瀛通发展了,才更有能力支持左港。你们看这样好不好,我帮村里物色一位当家人,我自己在村里当副主任,参与谋划村里的发展。"

黄晖兑现了诺言,从 2008 年起,他在村委会担任副主任一职。

同时,他主动当起"红娘",在广深、江浙一带"打工能人"中物色左港当家人。

来往于南昌和东莞、从事药品区域代理的左港人左仕和,进入了黄晖的视线。他认为,左仕和在外闯荡十多年,见识多,观念新,人脉广,回村当家,能够给封闭的家乡带去一股新空气;他认为,左仕和在东莞党支部入党,说明他上进心强,政治上成熟,回村当家,可以成为左港可靠的带头人。

回村当家,左仕和担心观念的冲突束缚手脚,资金瓶颈制约发展。为打消他的顾虑,黄晖承诺说:"我现在帮村里当'红娘',你回去了,我当你的'红娘'。我当你的副手,村里的决策我会支持你,村里的发展会尽我所能。"

2008 年左仕和只身回到左港任村主任。三年来,村里修路架桥,通了班车,村民出行方便了;盖起了汉英日三语教学的寄宿小学,库区的孩子"不再输在起跑线上";建起了板栗冻库,村民不再为鲜板栗上市"三分卖,三分送,三分烂"闹心;利用左港水库拦坝围库养鱼,流转荒山发展特色种植基地……

左仕和亮丽的成绩单赢得了村民手中的选票,去年,他当选村支书。

当选那天,他动情地对村民们说:"左港三年的变化,'红娘支书'黄晖董事长立了头功。"他告诉村民,这几年,通过黄晖牵线搭桥共引来项目资金 1000 多万元。

当选那天,他向村民们承诺:"我会以黄董为榜样,为左港的发展不计较名利。"

原来,村里修宝太屋大桥、沙坪桥,黄晖私人捐助了 40 多万元,乡亲们想在桥头立功德碑,他不让花这笔"冤枉钱";为解决库区孩子读书难,黄晖先后出资 700 万元建学校,村里想把学校的名字命名为"黄晖小学",他坚持用"左港小学"命名。

　　左仕和的话传到出差在外的黄晖耳里，他跟左仕和在电话里说："身为左港人，为左港出点力是尽义务，也是兑现请你回来时的诺言。我现在是市人大代表，这名远重过我为村里谋的利。"

原载 2012 年 8 月 16 日 《咸宁日报》

系别："领头雁工程"通城经验解读

# 贵在坚持讲"通城普通话"

## ——通城县委书记姜卫东纵谈"回归村官"

记者 何泽平 陈新 朱哲 通讯员 黎艳明

"通城地处湘鄂赣三省边界，方言独特，仅声调就有七个之多。改革开放以来，常年有 10 多万通城人操着'通城普通话'，走南闯北，闯出了一片新天地。"

8 月 10 日，县委书记姜卫东用一口流利的普通话谈起了他的"通城印象"。这位安徽籍"父母官"快人快语：通城实施"领头雁工程"能取得的一点成绩，贵在坚持讲"通城普通话"。

**讲通城普通话，就是贯彻上级精神敢于从通城的实际出发**

姜卫东说，"领头雁工程"旨在加强基层组织建设，致富一方百姓，是全国推行的"普通话"。要让这一"普通话"在通城推广，必须敢于从本地实际出发，讲好"通城话"。

推而广之，"普通话"就是上级的精神和要求，"通城话"就是通城固有的资源禀赋和人文精神。讲好"通城话"，首先要讲好"普通话"，也就是说，要吃透上级的精神和要求，这是讲好"通城话"的前提；同时，只有会讲"通城话"，才算真正讲好"普通话"，因为贯彻上级精神和要求不能停留在"传声筒"、"复印机"的层面上，必须从县情出发，创造性地开展工作，让上级精神和要求在通城落地生根、开花结果。

姜卫东进一步阐释说，近几年来，县委从外出务工成功人士培养选拔村主职干部，这些"回归村官"带着信息、技术、办法回到家乡，与村情民意结合，带领乡邻致富，成为新农村建设的"领头雁"。可见，"回归村官"是"领头雁工程"与"回归工程"相结合的产物，虽然讲的是地道的"通城话"，但体现了"普通话"的要求。没有这样的"通城话"，"普通话"在通城这块土地上就会变成一句空话。

### "回归工程"是讲"通城普通话"的代表作，
### "回归村官"是姊妹篇

"一方水土养一方人"，姜卫东认为，通城特殊的区位，培育出特殊的人文底蕴，"回归工程"就是通城最具代表性的人文现象。

8 年前，省里提出以"一主三化"推进县域经济发展的总体要求。为落实这一要求，县里实施"回归工程"，吸引"打工能人"返乡创业，促进了县域经济的发展。"回归工程"被《半月谈》总结为湖北省县域经济发展的三大模式之一。

对此，姜卫东深有感触："一主三化"是在全省推广的"普通话"，当时的县委避开"区位不优，交通不便，资源贫乏"的短处，挖掘"常年有 10 多万人在外务工经商"的长处，为通城找到了一条跨越发展之路。

现在，赵书记唱山歌，钱书记唱民歌，王书记唱流行歌，是一种普遍现象，但在通城，两届县委、四任书记坚持高唱"回归工程"这支歌，歌声越唱越洪亮。到 2011 年底，回归人员创办的企业税收占全县总税收的 55.1%。

在坚持中，"回归工程"的内涵得到丰富。现在，全县半数以上的村两委会成员、三成以上的村主职由"打工能人"担任，使"回归工程"从促进经济发展拓展到加强基层党建。可以说，"回归村官"丰富了"回归工程"的内涵，是"回归工程"的姊妹篇。

### "回归村官"讲一口流利的"通城普通话"，
### 受到群众的普遍欢迎

在姜卫东看来，"回归村官"生长在通城，"通城话"讲得地道；"回归村官"经过市场经济的洗礼，"普通话"讲得流利。他们先天具有把这"两种话"合为一体的本领，所以带领乡邻建设新农村，群众很欢迎。

通城有养猪习俗，又有"两头乌"品牌，牌合村支书胡秀华从上海回来后，引导群众办养殖小区，办大规模的养殖场，成了远近闻名的养猪专业村，群众把她推到全省"创先争优模范"的位置上。

郑四来担任七里村支书的 6 年间，创办了七里山村工业园区，改写七里山村没有工业的历史。去年，园内企业年产值过亿元，缴纳税收 600 多万元，成为全县发展最快、实力最强的村之一，群众让他当上了"全国时代先锋"。

宝塔村总支书黎锦林在深沪这两个全国经济、金融中心创过业，站得更高，看得更远。他引导已经小康的宝塔瞄准建设全国一流新农村目标，走国际化道路，引进法国勒芒亚洲系列赛项目，该项目将拉动宝塔村跨越式发展，群众推举他为"全国劳模"。

像胡秀华、郑四来、黎锦林这样的支书在通城有 72 人，他们有的受到国家级、省级表彰，有的当选市级、县级人大代表或政协委员。荣誉背后，反映了"回归村官"受欢迎的程度。

### "回归村官"是首优美的进行曲，写好了开头，<br>还要继续写好词谱好曲

姜卫东说，党的执政基础在基层。实践表明，一个"回归村支书"就是一方经济的领路人，广袤的田野就多了一个坚强的堡垒。所以说，"回归村官"是首优美的进行曲，现在写好了开头，还要围绕"留得住、干得好、做得大"写好词、谱好曲。

首先，拓展"回归村官"的价值空间。推选全国、全省劳模，国家级、省级创业精英，市级、县级人大代表、政协委员向优秀"回归村官"倾斜，让他们更充分地融入社会、奉献社会，丰富他们的思想境界，拓展他们实现个人价值的空间。

其次，提升"回归村官"的整体素质。一方面，培养、选拔村官要把好关，不只在发达地区"办过作坊"，还要有企业管理经验；另一方面，对现有"回归村官"加强培训，宣讲党的惠农政策、廉洁纪律和县域经济发展战略，使他们更好地在一线体现党的纯洁性和先进性。

再次，帮扶"回归村官"致富一方。县委、县政府从财政挤出一些资金扶持"回归村官"办项目，还将组织部分企业家建立"回归村官发展基金"，进

一步解决"回归村官"兴办项目、带领群众致富的问题。

　　姜卫东意犹未尽。他说，当前，湘鄂赣联手打造"中三角"，岳九咸"小三角"率先启动，通城已迈开"建设'中三角'节点城市先行区、幕阜山综合开发示范区"的步伐，"回归村官"施展拳脚的舞台更加宽广，宽广的舞台必然会吸引更多的"回归村官"，"通城普通话"必将更具生命力。

原载 2012 年 8 月 17 日《咸宁日报》

**消息**

## 把故事搬到餐桌上　把人文泡在茶杯里
## 赤壁文化创意产业巧打"三国牌"

　　本报讯　记者何泽平、陈新、黄柱、特约记者彭志刚报道：18 日，三国赤壁景区的广场上，摆着百余张桌子，千余名游客正在品尝当地名厨制作的"三国宴"。

　　其中，来自湖南长沙的某企业旅游团围坐了 4 桌，桌桌都点了一份"曹操下江南"。导游雷蓉讲解说，"曹操下江南"采用黄盖湖老鸭和本地薯粉丝、酸萝卜调制而成，喻示当年曹操下江南，不习水性，好比旱鸭子陷入绝境，酸萝卜讽喻曹操失败后的心情。

　　"曹操下江南"是赤壁市精心打造的"三国宴"菜谱中的一道菜。"三国宴"采用本地特色食材，由武汉大学民俗专家、五星级酒店名厨和当地"土专家"共同研制，共有 18 道菜，每道菜讲述一个三国故事，完整地演绎了从"火烧赤壁"到"三国鼎立"的历史。

　　对此，首届鲁迅文学奖获得者王久辛感叹说，品"三国宴"，仿佛穿越千年，回到英雄逐鹿的三国时代。

　　砖茶上的三国文化同样赢得了喝彩。赤壁是欧亚万里茶道起点、中国青（米）砖茶之乡。过去，刻印"川"字标识的青砖茶满足了边疆少数民族生活之需。如今，忠义关羽、智慧诸葛、赤壁诗词等三国人文和"川"字标识一起，刻印在茶砖上，赋予了青砖茶旅游产品和艺术藏品的新功能。

　　从此，青砖茶销售市场快速拓展。赵李桥茶厂第四代传承人甘多平说，赤壁青砖茶已从单一边贸，扩展到国内市场，并远销到英国、俄罗斯等 20 多个国家，占据国内外砖茶 90% 以上的市场份额。

从"三国宴"到"三国茶"，显现出对本土企业转型升级的"助推效应"，激发了赤壁市巧打"三国牌"，发展文化创意产业的雄心。

近年来，赤壁市在发展新兴产业上做足"三国文章"。赤壁热线通过举办"三国杀"全国总决赛，点击量呈几何级增长。目前，热线日访问独立 IP1.7 万，pv12 万人次，一跃而成为全国最具影响力的县级网站之一。依托骤增的点击量，热线旗下的"绿购网"，开启了一种购销新模式，成为赤壁文化创意产业的领头羊。

向内挖潜的同时，赤壁开始对外叫卖创意。"三国漫画"创意吸引了中国肖像漫画家协会会长、著名漫画家张汉忠的目光，双方正在洽谈建设大型三国人物肖像基地。与此同时，"三国古街"创意也激发一家香港公司的投资热情，古街可望成为全国非遗文化产品入驻平台。

面对文化创意产业的良好势头，赤壁文体广新局局长马景良雄心勃勃，正忙着论证规划赤壁文化创业产业园。

原载 2016 年 6 月 25 日《咸宁日报》

**消息**

### 为发展存入"绿色本金" 为明天积攒"生态生息"
## 咸安派发"生态红包"厚植绿色优势

本报讯 记者何泽平、邓昌炉、张敏、特约记者胡剑芳、李旻媛报道：6 日一早，趁着凉爽，咸安区东源村村民章细清来到大幕山樱花谷，按照天然林管护责任牌的要求，给自家的 6 亩野樱花林清除灌木杂草，查看有无病虫害……

曾经，这片野樱花林在章细清的眼里，唯一的价值就是砍回家当柴火，熏制腊肉特别香，从不为它劳力费神。

两年前，区人大通过《关于建立天然林保护示范区的决定》。不久，区政府出台了《咸安区天然林保护示范区实施办法》，划定 2 万亩保护示范区，由区财政连续 10 年，每年投入 100 万元，按照每亩 50 元的标准，补偿给纳入保护区的天然林户主。大幕山樱花谷被纳入保护示范区。

这项决定改变了大幕山樱花谷的命运。被保护野樱花一年比一年开得美艳，吸引了大批游客前来观光。每到樱花季，章细清在路边卖土特产，一天能卖 500 多元。与此同时，她每年可以得到 300 元生态补偿费。

这些额外收入，改变了章细清对野樱花林的看法。章细清说，管护好野樱花林就是管护好"摇钱树"。

包括大幕山樱花谷在内，到 2014 年底，在天然林保护示范区内，共划定林地小班 245 个，面积 19825 亩，涉及 13 个乡镇 78 个村 187 个村民小组。在全区 37 块重点天然林保护区，均立起管护责任牌。

林权所有人承诺：全面停止商业性采伐林木，搞好山林防火和病虫害防治，严禁在林地开垦、采石、采沙等行为。

正是由于"章细清们"对保护天然林价值的再认识，如今，示范区内近 2 万亩天然林，林木葱郁、植被茂密，立木量以每年约 5% 的幅度增长。

"作出《关于建立天然林保护示范区的决定》，是为发展存入了'绿色本金'，为明天积攒了'生态利息'。"区人大常委会主任黄大明说。

2014 年春，区人大组织开展"绿满咸安"专项视察时，发现一些群众为追求经济效益，对天然林地进行毁灭性开垦后种植经济林木，引发水土流失等多种生态问题。长此下去，咸安的绿色优势将逐渐失去。

绿色是咸安发展的最大本钱，生态是咸安前进的最佳引擎。基于此，同年 9 月，区人大决定在全区 29.6 万亩天然林中，先划定 2 万亩保护示范区，实行严格封山育林政策。

与此同时，区人大每年对天然林地管护合同落实情况组织一次考核，对违规责任主体进行追究，实行严格的淘汰制。

近两年的保护示范效应，坚定了咸安区加快示范区建设的步伐。区里准备再增加 1 至 2 万亩保护示范区，眼下，区林业局正在制定方案，为新增天然林进行规划设计。

原载 2016 年 6 月 15 日《咸宁日报》

**消息**

食品安全预警行业风险　无硫加工开启产业升级

# 咸宁桂花抢占安全高地快人一步

本报讯　记者何泽平、江世栋、查生辉、特约记者胡剑芳报道："规模化无硫加工把咸宁桂花推向行业安全高地。"20 日，咸安区桂花镇镇长李子牛聊起桂花产业的前景，欣喜之情溢于言表。

李子牛的判断来自广西客商灵敏的"安全嗅觉"。

今年桂花上市后，往年此时遍布镇上的广西客商难觅踪影。原来，面对日益严苛的食品安全要求，广西客商认为，有硫干桂花因为塑化剂、氧化硫超标，极有可能成为下一个舆论风口。

有硫干桂花是受制于桂花特点的产物。一般而言，桂花花期只有 4 天左右，投资建设标准化厂房利用率低，因此，流动式硫磺熏烤成了全行业默认标准工序。

广西因为当地有苦瓜片、柿子干、罗汉果等加工市场，每当桂花上市，一大批广西客商带着这些现成的简易设备来到咸宁，收购新鲜桂花就地用硫磺熏烤，然后以广西桂花地域品牌卖到全国。

李子牛认为，"安全嗅觉"是今年难觅广西客商踪迹的主因。

有别于广西客商的"安全嗅觉"，桂花镇人选择了规模化无硫加工应对行业风险。

去年，镇里引进湖北本草汇农业开发有限公司。该公司根据我市桂花鲜花产量和花期集中的特点，设计、建设了低温汽流烘干生产线，4 天采花期满负荷生产能加工鲜桂花 30 万斤以上，生产无硫干桂花 4 万斤，可消化我市六成的鲜桂花。

当年桂花盛开时，该公司收购鲜桂花 16 万斤，加工无硫干桂花 2 万斤，占国内无硫干桂花总量的 80%，在国内率先实现了新鲜桂花规模化无硫加工。这些无硫干桂花上线淘宝、京东、一号店等网络平台后，当季完成销量逾八成。

一炮走红的无硫干桂花，今年受到行业龙头青睐。公司董事长程日升介绍，上个月，艺福堂、七家蓝两家花茶龙头订购了公司今年 10% 的无硫干桂花，另一个行业龙头徽仁堂与公司签订了 500 万元的销售合同。

面对良好的市场前景，程日升打算 2015 年抢先获得绿色食品认证、2016 年获得有机食品认证。未来 5 年，品牌包装销售实现年增长不低于 50%，年度总利润增长不低于 38%，把咸宁桂花抢占安全高地的文章做好做足。

原载 2015 年 10 月 26 日《咸宁日报》

**消息**

放大名人效应　提升生活情趣

# 咸安引导干部八小时外育新风

　　本报讯　记者何泽平、邓昌炉、通讯员吴裕舜报道：工作 8 小时之外的业余生活干什么？追剧、逛街、打麻将？如今，这些常规选项正在被咸安干部冷落，取而代之的是"谈书论画"。

　　22 日，区委宣传部文明办主任石莉说："自从参加区里组织的书画培训后，工作之余、茶余饭后总是觉得有一双无形的手把我牵到画桌前。"

　　向阳湖奶牛场场长余腊英感同身受。她从干部书画培训班毕业后，为了进一步提高创作水平，和几位学员专门拜市里一位美术家为师，已累计创作美术作品近百幅。

　　石莉和余腊英的"情趣生活"是咸安区利用优质资源，引导干部八小时之外育新风的结果。

　　所谓"优质资源"是指董继宁美术馆。该馆由湖北省美术院院长、中国当代山水画领军人物董继宁先生个人出资兴建，集美术创作、展览、收藏、公益培训于一体，已成为咸安区对外交流的"文化名片"。

　　中央八项规定和六项禁令出台后，咸安区决定利用董继宁美术馆，每周六组织干部分期举办"中国书画入门"培训班，丰富干部业余生活，提升干部生活情趣。董继宁获悉后，不仅答应免费提供场地，还亲自无偿授课。

　　名师授课产生了强大的磁场效应。首期干部书画培训班于 2014 年 4 月开班，学员为区四大家领导干部，共 24 人。第二期干部书画培训班于 2015 年 4 月开班，学员为区直机关主职干部，共 28 人。

50 多位"关键的少数",像 50 多颗种子,在咸安催生了一股八小时之外"谈书论画"的新风尚。这股新风促进了家庭和谐,带出了机关新气象。

移动公司总经理石利玲是第二期培训班学员。她每天业余时间潜心研究和创作花鸟。在她的影响下,老公告别了麻将桌,边陪她边学画;儿子学习也用心了,成绩不断进步,而且也爱上了书法、美术,全家共同学习、共同进步,一时传为佳话。

区环保局局长祝敏柏参加培训班后,学习热情高涨,将局里的政治、业务学习由一个月 4 次增加到一个月 5 次,增加了文学、书画等学习内容,局里今年还开展了环保、法律等知识演讲比赛,全局系统形成了浓厚的学习氛围。

名人效应持续扩大。区财政局、卫计局、司法局、社保局、老干部局等单位决定,2016 年单独或联合到董继宁美术馆开办书画培训班。董继宁英才计划启动,从 2016 年开始,力争 5 年内通过各种途径培训干部、职工、教师、学生 2000 人,为咸安区争创"中国书画之乡"打好基础。

原载 2015 年 12 月 29 日《咸宁日报》

**消息**

# 赤壁拓展"融资疆土"再下一城

## 10亿元"16赤壁债"上市发行 全场认购2.69倍

本报讯 记者何泽平、邓昌炉、黄柱、特约记者童金健报道：9日，期限7年的10亿元"16赤壁债"上市发行，全场认购2.69倍，票面利率4.38%，创近期同类债券利率新低。

"16赤壁债"的发行主体是赤壁蓝天城投公司。公司董事长陈立新说，该债券的低利率发行，不仅为赤壁城市基础设施建设开拓了直接融资新渠道，也大大提升了"赤壁"在全国资本市场中的信誉度和影响力。

近年来，赤壁市大力实施"转型升级、绿色崛起"战略，随着发展提速，城市基础建设面临资金缺口。去年5月，赤壁市迎来新机遇。省发改委将赤壁市纳入长江流域县域城投债券发行申报对象，并很快得到国家发改委批复。

6月起，赤壁市成立以市长李朝曙为组长的债券发行工作专班，全面启动发债工作。

对照发债要求和程序，赤壁将蓝天城投公司确定为发债主体，并把市内的优质资产注入公司，使公司净资产增长了1.2倍，达到28亿元。与此同时，先后通过公开招标、询价、竞争性谈判等方式，确定了债券发行主承销商、会计师事务所、可研编制机构、资产评估机构、律师事务所、信用评估机构和担保机构等；通过精心遴选，确定"双创"孵化园、科技产业园、绿色产品交易中心等一批绿色项目为募投项目。

赤壁市委书记江斌认为，"16赤壁债"的成功发行是赤壁市创新融资模式的新成果，为赤壁实现绿色崛起注入了新能量。

此前，该市在抢滩"新三板"和"四板"、试水民间融资、引进"蚂蚁微贷"、建立绿色产业基金等方面均取得了可喜成果。

原载 2016 年 8 月 12 日 《咸宁日报》

通讯

# 赤壁：解放思想再出发

记者 何泽平 甘青 刘子川 特约记者 彭志刚

"思想的闪电一旦彻底击中这块素朴的人民园地，德国人就会解放成为人。"

13 日，记者结束在赤壁市的采访后，脑子里突然闪现马克思这句至理名言。细细想来，个中原因也许是赤壁市始于去年 10 月的解放思想大讨论活动，为这句名言作出了生动的注解。

## 龙头老大的警醒

仿佛在一夜间，赤壁人惊异感到世界变了。

放眼全省，赤壁近年在全省县域经济排名连续下滑；曾经与之比肩的大冶市吹响向全国百强冲刺的号角。

放眼全市，周边地区发展态势咄咄逼人：通山县脱贫奔小康，咸安区城乡一体入画来，通城县工业经济快速增长，崇阳县县域经济发展提速，嘉鱼县经济社会发展又好又快；咸宁经济开发区主要经济指标大幅增长。

2010 年 10 月 11 日，履新不久的咸宁市委副书记、赤壁市委书记丁小强向全市干部发出提醒：赤壁经济增速滑坡，龙头老大地位正在受到挑战，优势正在消失。

这提醒触动了赤壁人敏感的神经——

有人说：我们有华润电力、晨鸣纸业、华新水泥、银轮起重、大升蒲纺、帝艺啤酒为龙头构建的六大工业，谁可比肩？省委巡视组说"赤壁经济总量不够，发展质量有待提高。"

有人说，我们地方一般预算收入过了 5 亿元，守着摊子也是老大。省委巡视组说"赤壁财政增收不够，发展支撑有待加强。"

有人说，我们这几年发展速度比不上周边地区，是因为上级抢了赤壁的项目和资源。省委巡视组说"赤壁产业结构不优，发展方式有待转变。"

有人说，我们城镇人均可支配收入早过了 1 万元，农民人均纯收入也过了6000 元，日子过得宽裕。省委巡视组说"赤壁统筹协调不够，民生事业任重道远。"

省委巡视组的意见深深撞击着赤壁人的心灵，撞击中共识悄然诞生——

自我欣赏的傲气、小富即安的懒气、不负责任的怨气、得过且过的暮气是赤壁加快发展的"四大"拦路虎。

## 扭开发展的阀门

于是，一场全方位、多层次的思想大讨论活动在赤壁展开。

在自我审视的过程中，各单位、各部门以"弃傲气、戒懒气、除怨气、卸暮气"为重点更新思想观念，细致梳理工作的难点和症结。

在请进来的过程中，专家、教授们在全国甚至全球的视角下把脉赤壁，让干部们理清了发展思路。

在走出去的过程中，赤壁人从黄冈发展经验得到启示：区位优势先天不足可以靠"精神区位"来弥补；"硬资源"不够可以靠"软资源"来弥补；先期基础不够可以靠后期奋斗来弥补。

在自我审视和"请进来、走出去"的过程中，赤壁干群清醒地认识到：赤壁具备良好的区位优势、交通优势和资源优势，也面临沿海地区产业向内地转移以及国家促进中部地区崛起战略、武汉城市圈建设和长江经济带开放开发，以及各方关注度较高带来的众多机遇，赤壁的发展理应更快一些、更好一些。

经受洗礼的赤壁人，迈开了解放思想，用足优势，用活机遇，推动赤壁新一轮大发展的步伐，开始在优势的挖掘和发挥上，在机遇的抓抢上动起了脑筋。

## 新征程上再出发

2010 年 12 月 29 日，赤壁市拿出了《推动赤壁新一轮大发展的若干意见》，雄心勃勃地抛出了"44321 工程"，即到 2015 年，全市生产总值达到 400 亿元、城镇化人口达到 40 万人，财政总收入达到 30 亿元，城镇居民可支配收入不少于 2 万元，农村人均纯收入不少于 1 万元。

紧盯着"44321 工程"，赤壁市掀起了"大放开、大开放"热潮——

捏着培育市场主体大头的赤壁市工商局局长张建武这段时间忙得团团转。

他说，过去有些部门热衷于固守"一亩三分地"，不愿改革放权，表面上是所谓的依法办事，实质是部门利益在作怪，僵化思想在捣鬼。

他认为大放开是针对这一症状的一剂良药。大放开，就是放开一切能放开的领域、行业，放开一切不利于发展的捆绑、约束、政策、习惯、文化，放开一切资源，为投资者、创业者所用、共享，实现"双赢"和"多赢"。

他拿着新鲜出炉的《关于充分发挥工商职能促进赤壁经济新一轮大发展工作措施》，笑称每页纸可都是真金白银。

和张建武一样，该市经济和信息化局局长吕兴元也是忙得不亦乐乎。

吕兴元说，培育市场主体，一靠招商引资，二靠发展草根经济。

一组组合重拳砸向工业。"老大管"——重心向招商引资转移、干部向招商引资集中、资源向招商引资倾斜；"低门槛"——不论企业大与小，不论产业轻与重，不论技术高与低，只要符合国家产业政策，符合环保要求，有税收贡献，能带动就业，都要大力引进；"硬着陆"——在考核结账上，建立以招商引资论工作好坏、以招商引资论干部政绩、以招商引资论个人能力的考核体系，奖惩分明，严格兑现。

老大管、低门槛、硬着陆，催促着一个个项目纷至沓来。

近两个月内，投资 4 亿元的长城碳素扩建项目、3 亿元的大升蒲纺 20 万锭项目、3.5 亿元的凯迪生物发电项目、3.2 亿元的华盛纺织 20 万锭项目，相继敲定落地。

包括这些项目在内，赤壁共引进 15 个项目，落实资金 20 多亿元。

对此，市长熊征宇欣喜不已：赤壁新一轮大发展迈出的步伐坚定而实在！

原载 2011 年 1 月 20 日《咸宁日报》

通讯

# 步步争先

——赤壁市扎实开展创先争优活动纪实

记者  何泽平  周荣华  甘青  刘子川

时间的脚步总是永不停息地向前赶，匆忙间留下的印迹记录下赤壁人在创先争优活动中"领先一步"的脚印——

4 月 6 日，中央要求全国广泛开展创先争优活动。

5 月 23 日，赤壁市出台了争创活动总体实施意见和 8 类基层党组织争创活动方案，简称为"1 + 8"方案。

6 月 10 日，赤壁市在全国县市区创先争优座谈会上作经验交流后，中央政治局委员、中组部部长李源潮要求赤壁市继续出经验、出成果。

6 月 22 日，省委出台全省创先争优活动"1 + 9"方案。这一方案较之"1 + 8"增加了高校党组织争创活动方案。

此前，赤壁市作为中央和省委领导联系点，科学发展观学习实践活动也曾"领先一步"。

咸宁市委副书记、赤壁市委书记丁小强认为，"领先一步"带给了赤壁荣耀，但赤壁必须自我警醒，走一步看二步，才能步步争先。

## 一条经验：分类指导解困惑

人心不稳的李家港村调整支部班子后扯皮的少多了；开发项目多的南山村今年征地拆迁风平浪静；借房办公的洪水铺村前不久搬进了新办公楼……金秋时节，中伙铺镇处处洋溢着喜庆祥和。镇党委书记宋慧宇说，这是开展创先争优活动讲求针对性，注重实效带来的回报。

在创先争优活动中，该镇分类提出要求：主职干部把谋发展作为第一要务，一般党员重在做好本职工作；各个村支部特点不同，重点也不一样。

宋慧宇坦言：中央刚提出开展创先争优活动时，她曾一度有些困惑：学习实践活动刚刚结束，创先争优活动会不会搞形式、走过场？

赤壁市劳动局长万子贤也困惑不已：劳动部门涉及的都是弱势群体，该如何结合职能创先争优？

面对大家的困惑，赤壁市确定了"争当创先争优活动的排头兵，建设科学发展新赤壁"的活动主题，要求全市各级党组织把创先争优活动当作巩固和拓展学习实践活动成果的重要举措，以建立科学发展的长效机制。

紧接着，赤壁市委出台了"1+8"活动方案。该方案既制定了全市总体实施意见，又分农村、机关、社区、"两新"组织等8类基层党组织，分别制定活动方案。

看到"1+8"方案后，万子贤眼睛一亮，立刻在全局开展了"一名党员一面旗"活动，在每个党员服务窗口实行亮牌服务。

就这样，赤壁市创先争优活动紧贴实际，分类确定活动主题：经济落后的村，以脱贫致富为主题；相对富裕的村，以建设全面小康村为主题；矛盾多的社区，以创建和谐平安社区为主题……不同的主题，确定不同的载体和方式，形成了百花齐放的局面。

### 一诺千金：立足岗位促发展

"落实国家惠农政策；加大建设绿色生态农业；加强干部廉政教育；实行阳光政务工程………"10月14日，余家桥乡书记李军平指着乡政府宣传栏醒目的公开承诺书说："这份承诺书力量可大了！"

今年6月，该市创先争优活动铺开后，市委在全市1068个党组织和24000多名党员中推行公开承诺活动。

乡干部们对此议论纷纷：这不是给自己套紧箍咒吗？

"都是为群众服务，公开承诺也是干，不承诺也得干，非干不可。"李军平在会上拍了桌子，一锤定音。

承诺的力量是巨大的。如今，余家桥乡1万亩低丘岗地改造已竣工，180万元直补资金到农户，28户倒房户如期住进新居……

车埠镇芙蓉村村支书潘淼春对公开承诺带来的好处也深有感触。

潘淼春是车埠镇第一个在公开承诺书上签字的村干部。当初签字时，他感觉手中的笔仿佛有千斤重。

有压力才有动力。潘淼春带领村民千方百计筹备了上百万元资金，将2公里外的办公场所搬到了马路边。村里解决了最后100多户的安全饮水难题。

"公开承诺就是让村民看到实实在在的目标，劲往一处使。"望着3层980平方米的新办公楼，潘淼春笑容爬到了脸上。

和基层党组织一样，赤壁市委面向全市公开承诺，市"四大家"的领导、干部和党员带头承诺，把工作置于市民的全程监督之下。

立足岗位办实事促发展。目前，全市95%以上的村和社区建起了功能齐全的服务中心，80%的村集体经济年收入达到5万元以上，一个个民生问题迎刃而解。

### 一种机制："一月一评"倒逼效能

自从建立"上级评下级，一月一点评"的倒逼机制后，蒲圻办事处党委书记廖志军感到手下的干部更好用了。

一月一评，就是每月要求办事处干部在大会上，人人汇报上月工作情况，并就本月工作疑难做出解释，对下月工作进行安排。

廖志军认为，这一机制对那些"南郭先生"是致命的考验，对勤奋干事的干部则是展现才华的舞台。

大田畈社区主任刘超富对此深有体会。刚开始搞月评时，他们社区各项工作落在后面，每到月评，刘超富就坐立不安。

一次次的如坐针毡，让刘超富想方设法带领群众办实事。在前不久的一次月评会上，刘超富汇报：困扰已久的社区征地难题解决，社区办公场所建好了……侃侃而谈的刘超富让在座的100多名干部刮目相看。

在这种比学赶超的氛围里，办事处的党员干部们干事铆足了劲。今年办事处17个村、社区的办公场所全部改造一新，盘活资产200多万元。

该市建设局和蒲圻办事处的做法略有不同，实行"一周一学、一月一督办"。即每周五，局机关所有干部、二级单位一把手集中开会，就一周的工作进行点评学习，并确立下周学习主题，每月底督办上月督办件情况，提交下月督办选题。

今年 4 月以来，该局已下发 5 次督办件，涉及供水、园林、市政、拆迁等事项，问题个个得到解决。

"无论是'一月一评'，还是'一周一学、一月一督办'，目的只有一个：加强监督，提高效能。"市长熊征宇说，倒逼机制使赤壁经济社会发展保持了又好又快势头。今年 1 至 10 月，赤壁规模工业总产值、地方一般预算收入、固定资产投资同比分别增长 17.3%、19.7%、41.4%。

### 一项活动：解放思想再争先

"领先一步"逼着赤壁人开始谋划下一步的先手。

10 月 11 日，该市 1000 多名副科以上干部经受了一次强烈的心灵撞击。这天，丁小强发出警示：今年前三季度，全市除生产总值居咸宁首位外，规模以上工业增加值、地方一般预算收入、全社会固定资产投资、外贸出口总额等主要经济指标增速在咸宁分别排名第五、最末、第四和第三。

"赤壁在咸宁龙头老大地位受到挑战，优势正在消失。主要症结在于一些干部存在着自我欣赏的傲气、小富即安的懒气、不负责任的怨气、得过且过的暮气。"

丁小强的这番话在赤壁掀起不小波澜。"在全市干部面前把问题拿出来晒，很受震动。"该市水利局长项鹏说，"市委决定以解放思想为动力，以创先争优为载体，全力推动赤壁经济社会新一轮大发展，抓住了关键。"

眼下，该市正在开展为期两个月的解放思想大讨论，以"弃傲气、戒懒气、除怨气、卸暮气"为重点更新思想观念，以"培育壮大市场主体、转变发展方式、挖掘资源优势"为重点创新发展思路，以招商引资、优化环境、盘活生产要素等为重点破解发展难题，以城乡规划、产业发展、基础设施建设、公共服务、文明创建"五个一体化"促进城乡统筹发展，全力推动赤壁在新的起点上大开放、大发展。

与此同时，促使领导干部沉下去的"三进（进农村、进企业、进社区）、三同（和群众同学习、同劳动、同生活）、三送（为群众送政策、送科技、送项目）"和"三亮一树（亮身份、亮职责、亮承诺、树形象）"活动，正在全市如火如荼地开展。

官塘驿镇党委书记贺飞认为，市委开展这项活动，就是要发挥党员干部的带动作用，引领群众自觉参与创先争优活动，使创先争优成为一种社会价值取向。

目前，赤壁各级党组织正按照市委的要求落实着"下一步"。

解放思想再争先，赤壁人的眼光盯住了下一个"领先一步"。

原载 2010 年 11 月 8 日《咸宁日报》

**通讯**

# 扑下身去暖民心

## ——来自赤壁市"三进三同三送"活动的报道

### 记者 何泽平 甘青 刘子川

阳春三月，草长莺飞。

赤壁市教育局工会主席刘电波无暇欣赏眼前的春景。为管好放学后"真空时间"里的留守儿童，他正忙着在茶庵岭镇再筹建6所"5点半学校"。

刘电波说，自去年10月到今年2月，他带队的工作组已在茶庵岭镇建起了3所"5点半学校"，本以为可以松口气，但市里最近的新要求又让他们紧张起来。

3月2日，咸宁市委副书记、赤壁市委书记丁小强要求全市紧密结合全省2月28日启动的"万名干部进万村入万户"活动，巩固和扩大"三进三同三送"活动已取得的阶段性成果。

"三进三同三送"是"进农家、进企业、进社区"、"和群众同学习、同劳动、同生活"、"送政策、送科技、送项目"的简称，这项活动于去年10月启动，一直要持续至今年7月。

面对为期10个月的活动，刘电波坦言，在农村工作虽然苦点，但看到留守儿童的笑颜，成就感油然而生。

刘电波的感受是赤壁干部转变作风的一个缩影。市长江斌认为，通过"三进三同三送"，机关干部了解了群众的苦与盼，为群众办事少了些冷漠懈怠，多了些雷厉风行。

## 三进：干部在深入一线中锤炼作风

从家门到校门再到衙门，赤壁政府研究室主任赵咸闻戏称自己是典型的"三门干部"。

去年 10 月 18 日，赵咸闻走进赤马港办事处莲花塘村 70 岁的老党员肖长久家：40 平米的土瓦房里，凹凸不平的泥土地上，一张方桌，几把旧椅子。眼前的一切，让赵咸闻对"家徒四壁"有了现实的理解。离开时，肖长久紧紧握住他的手长达两分钟，不停地说："对不住啊！我家没有好茶水招待你们，感谢政府还挂念着我们这些老党员。"

赵咸闻说，肖老的话让他感到前所未有的心灵震撼。回去的路上，他不断地反思，平日里因为赶写材料加点班，自以为辛苦，私下里还发点牢骚。与肖老的境界相比，自己差远了。

赵咸闻从此开始更多地关注农村，身影也更多地出现在基层，完成了《赤壁小城镇建设的调查报告》等一系列农村调研，给领导决策提供参考。

"进农家"让赵咸闻重焕工作活力，赤壁市卫生局局长王新焕也有同样的感受。

8 年前，王新焕从乡镇党委书记岗位上调到机关工作。8 年多的机关生涯让他对农村对基层有了些陌生感。

去年 10 月 13 日，王新焕第四次来到赤壁镇青山村看望肝病患者宋甘林。30 岁的宋甘林为治病已耗尽 20 万元积蓄。这次王新焕给宋甘林带来一个好消息：大病医疗救助已经办理下来。宋甘林艰难地爬起床，给王新焕倒上一杯白开水，轻声说道："我拿不出什么表示谢意，请您喝杯白开水。"

"一杯白开水，饱含群众对我们的认可。"王新焕说，从机关再到基层，群众的每一次感动让他重新找回了当年与群众亲近的感觉，也获得了久违的满足感。目前，他们正在加快赤壁市医改的步伐，以惠及更多的"宋甘林"。

**记者手记：**"三进"逼着干部勤跑基层，让干部在深入一线中转变作风。"再回基层"的王新焕、"三门干部"赵咸闻的感与悟，表明基层是干部转变作风的实践课堂。

据了解，赤壁市"四大家"领导带头挂点联系 14 个乡镇的 30 个村，同时要求干部每人都有一本记录薄，详细记录联系对象情况、帮扶计划、活动日记、心得体会、调研报告等情况。有了领导示范和制度约束这两手，截至目前，全市有2275名干部或进农村、或入社区、或到企业，共6100多人次。

## 三同：干群在打成一片中越来越亲

2010年12月31日，陆水湖办事处芳世湾村村民杨平华来到赤壁扶贫办副主任沈志宏家"走亲戚"。

芳世湾村地处偏僻，从村里到市区一趟，要爬山涉水3个多小时。修桥成为群众最热切的期盼。

那天，沈志宏带着水利专家，踏着盈尺的大雪，在河边选址修桥。这恶劣的天气，让带路的杨平华心里打起了退堂鼓。他找沈志宏商量回撤，沈志宏边走边说："老杨，专家请来不容易。"扛着40多公斤重的测绘仪器，沈志宏喘着粗气继续艰难地行走在雪地里。在河面测绘时，寒风卷起的大浪拍击着测绘船剧烈摇摆，沈志宏差点滑进冰冷的河里。与严寒奋战了3个多小时，采集完所有数据，沈志宏才带着专家们返程……

目前，该工程已被正式立项，当地村民有望在不久的将来，踏上一条出山的坦途。

春节前，芳世湾村扎了3条龙灯，大年初八，150多个村民来到扶贫办舞动他们诚挚的祝福。杨平华说，亲戚不走不亲。

和扶贫办一样，赤壁司法局副局长叶志刚也"认了亲"。

去年农历小年晚上，赵李桥镇雷家桥村的农民陈四清带着4只土鸡，来到叶志刚家。叶志刚硬是塞给他200元钱，陈四清死活不要，说："亲戚串门哪里能要钱。"

陈四清是远近闻名的贫困户，"三进三同三送"活动开始后，叶志刚和他结成了帮扶对子。

腊月二十二，陈四清因债主逼债，深夜打通叶志刚的电话求助。"你不是养了两百多只鸡吗，可以卖掉啊。"次日一早，叶志刚就租车来到陈家帮忙卖鸡。

看着叶志刚站在嘈杂的菜市场，大声地吆喝叫卖，生疏地过秤讲价，陈四清感动得差点掉下眼泪。一天下来，叶志刚卖了140只鸡，陈四清收入了6000多元。

"叶局长卖鸡"一时传为佳话。

　　**记者手记**：和群众"三同"，干部才能沉到基层，与群众打成一片。芳世湾村与扶贫办结亲，陈四清与叶志刚结亲都说明了这一点。

　　赤壁市规定，干部不但拿起农具干活，端起粗瓷碗饮水，而且"三同"时间每月不少于一周，在此期间要一律吃农家饭、睡农家床；同时，干部要"结穷亲"，穷亲不脱贫，帮扶不脱钩。这些刚性规定，让干部在"三同"中，了解了民情，密切了关系。

## 三送：帮扶在解决短板中温暖民心

　　赤壁农业局的联系点是赤壁镇九毫堤村。这个村青壮劳力大多外出打工，300多位妇女赋闲在家，打麻将是她们打发时间的主要方式。

　　村妇女主任曾长兰想改变这个现状，专门找到局长王光清。

　　"女同志做事细腻，又会一手针线活，能不能办个服装厂，让农闲季节变成黄金档。"曾长兰的想法得到王光清的肯定回答："这个主意不错，我尽全力支持。"

　　在王光清的谋划下，有钱的出钱，有力的出力，2010年10月中旬，服装厂开工了，50多名妇女就业后人平月薪近千元。

　　这一下就引爆了村里闲暇妇女的热情。村里为此专门拨出废置的学校改建技能培训基地。

　　王光清见此情形，带着村支书王际寿，找到赤壁天利服装有限公司，就服装厂的扩产问题洽谈合作事宜。扩建后的服装厂今年10月可开工生产，届时全村赋闲妇女将基本实现在家门口就业。

　　王际寿说，王局长为我们村解决了发展的大问题。现在村里妇女忙的忙上班，忙的忙培训，麻将声少了，他这个支书也轻松了好多。

　　王光清忙发展，帮到了九毫堤村村民的点子上。赤壁水利局局长项鹏忙民生，也暖在了车埠镇熊家岭村2876位村民心窝里。

　　熊家岭村地处双合垸区，一下雨就深受排渍之苦。去年7月的一场连续性暴雨，将仅有4000多亩田地的熊家岭淹没了一半。

　　2010年10月20日，项鹏来到熊家岭村，实地考察后，水利局投入了160万元为村里改造和新增了9台排渍泵，根治垸子的排渍之苦。

　　"项局长一下来，就解决了我们的心头苦。"村民叶艳新说话的声音很大。

就在去年的洪水里，叶艳新承包的 40 亩田地、20 亩鱼池全部被淹，损失惨重。

前不久，熊家岭村又收到一个好消息，水利局、环保局今年将投资 80 多万元，解决该村安全饮水难题。

消息一传开，村民无不欢欣鼓舞。

**记者手记**："三送"逼着干部为基层解决实际问题。发展和民生是当前基层的两块短板。王光清忙发展，项鹏忙民生，帮到了点子上，暖到群众的心窝里。

据统计，目前，全市参加活动的党员干部帮助村、社区、企业制定发展规划 213 份，扶持致富项目 900 多个，解决群众反映突出问题 1000 多个，帮扶资金 600 多万元。

结合全省"三万"活动，3 月 7 日，该市决定拿出 3800 万元，帮助联系单位建立党员群众服务中心，全面推行村民议事决策"五议五公开""群众说事恳谈"等制度，推进"三进三同三送"活动向纵深发展。

原载 2011 年 3 月 15 日《咸宁日报》

通讯

# 躬身"接地气"

## ——赤壁"三万"活动从短期成果到长效机制的新实践

### 记者　何泽平　刘文景　甘青　特约记者　彭志刚

**编者按：**"万名干部进万村入万户"是一场新形势下的干部"进村赶考"。3 个月的活动，各级工作队员送政策、访民情、办实事，受到群众的欢迎，交出了一份满意的答卷。如何巩固和扩大活动取得的成果？赤壁市采取"村头办公"、"部门服务周"、"3 + 1"连心卡等办法，探索让干部沉到基层的长效机制。本报今日特予以报道，以飨读者。

赤壁市被省委、省政府评为全省"万名干部进万村入万户"活动先进市。

这一荣誉是对赤壁市"三万"活动的最高褒奖。

8 月，消息传到陆水湖畔，泛起阵阵涟漪。

今年春，赤壁市 2400 余名干部积极投身"三万"活动，亲民爱民汇聚发展合力。元至 6 月，全市实现规模工业总产值 121.4 亿元，同比增长 64%，实现规模工业税收 1.83 亿元，同比增长 58%。

短期取得的成果没有蒙住赤壁人"远眺"的目光。

"三万"活动刚结束，赤壁市便迈开了把短期成果转化为长效机制的步伐……

### 村头办公：让领导少点"官架子"，多一点"泥土味"

进入 8 月，柳山湖镇易家堤村村民雷盛家就掐着指头计算咸宁市委副书记、赤壁市委书记丁小强这个月到村里来办公的日子。

在雷盛家的记忆里，丁书记每个月到村里都和他们拉家常，嘘寒暖，解决实际问题。

至今，丁书记第一次到村里办公的情景，雷盛家仍历历在目。

4月14日，雷盛家和乡亲一早就来到了村委会。头天村委会通知他丁书记9点将到村里现场办公。

"车来了！"9点刚到，丁书记如期而至，原本热闹涌动的人群安静了下来。

"大家怎么都这么客气，今天我来是和大家拉家常的，端着架子可拉不了家常。"丁书记的"见面礼"让严肃的气氛缓解开来。

"见面礼"给雷盛家壮了胆，他率先发言。"书记，您好！现在我们通村公路都已修好，可组与组之间尚未联结，生产生活有些不方便。"

"这个意见提得合理。"丁小强嘱咐在场的赤壁交通局负责人落实。

简短的对话一下子打开了村民的话匣。

"我们村是血吸虫病疫区，市里能否在村里设治疗点，方便我们就近看病。"

"现在农田水利设施年久失修，能否加紧修复？"

……

村民们你一言我一语，丁小强一边听，一边记，一边问。他和相关部门负责人逐一作了解答，一起研究解决办法。

"村民反映的问题，相关部门必须在一周内落实开工！"丁小强对相关科局负责人下达了硬任务。

问题个个有了回音，村民们喜笑颜开。

领导干部"村头办公"是赤壁市在"三万活动"中取得的成果之一。

"三万活动"结束后，赤壁市的"红头文件"规定：市级领导要积极把驻点村作为村头办公活动的联系点，一般每月不少于1次。

据统计，自"村头办公"机制运行以来，全市30余名市级领导受理了群众反映的347件各类矛盾和问题，目前已落实责任逐步解决了339件。

**采访手记**：走出空调房，亲近大自然；离开会议室，围坐农家桌。"村头办公"，少了"官架子"，多了"泥土味"，群众欢迎。

### 部门服务周：让机关少一些"衙门气"，多一份"爱民情"

7月25日上午8点，赤壁市卫生局长王新焕来到玄素洞村走访农户，村民普遍反映村卫生室条件差，村民看病难。

玄素洞村由两个村合并而成，有 2600 多人。王新焕实地调查中发现，因历史原因，该村的两个卫生室租用的是两间破旧农房，与国家对村卫生室"四室一房"的要求相去甚远，就医条件十分简陋。

弄清情况后，王新焕拉上了陆水湖办事处的干部，顾不上午餐，一起在村里选址谋划建设新卫生室。最后决定把新卫生室定在九组路边的一块空地上，初步拟定建筑面积 150 平米，为一层砖混结构平房，全部按《湖北省村卫生室设置标准》设计施工。

选好址，王新焕当着村民的面表态："村里的新卫生室将在年内投入使用。"村民们喜出望外，争着请王新焕到自家午餐。

事后，王新焕不无感慨地在工作日志中写道："部门服务周"既让干部沉到基层了解民情，又融洽了与群众的关系。

"部门服务周"是赤壁市巩固"三万活动"成果的又一"规定动作"。它规定市直机关单位每周不少于一次深入到驻村开展社情民意调查，结合群众需要和部门职能，为农民群众解民忧、办实事。

目前，赤壁市直单位机关干部已有近 5000 人次深入全市 187 个村，解决群众反映突出问题 3100 余个，落实资金 5000 余万元。

**采访手记：**"部门服务周"让职能部门与基层"亲密接触"常态化，在"亲密"中，部门少了"机关病"，多了"爱民情"。

### "3 + 1"连心卡：让干部戒除"老爷气"，持久"接地气"

提起"3 + 1"干群联心活动，蒲圻办事处凤凰山社区 74 岁的孤寡老人张旺生的眼圈湿润了。

原来，他试着打了一个电话，20 多年没解决的难题迎刃而解。

张旺生本是黄陂人，靠捡破烂维持生计。现在年事已高，干活不再利索，生计成了问题。他想在赤壁申请低保，但户口没有转到当地，一直难以办理。

一天，他收到了一张"3 + 1"连心卡。卡上写着处、村、组三级干部的联系方式，让村民有困难打上面的电话。他抱着试试看的心情，拨通了卡上的电话。

驻点干部、办事处党委委员、妇联主任熊丽梅获悉后，迅速与黄陂联系，帮他转来了户口，让老张吃上低保，还给他送来棉絮、棉衣，帮他找了个看守泵站的活，现在老张一个月有 300 多元的生活费。

蒲圻办事处党委书记廖志军介绍说，"3＋1"干群联心活动，就是抽调全处 91 名处干部、91 名村干部、91 名村组长，然后各选 3 名组成一组，派驻到全处 91 个村组，发放"干群连心卡"，并制定了督查制度、三级汇报制度、考核通报制度。

今年 5 月，省委书记李鸿忠在赤壁调研时，对"3＋1"连心活动给予了高度评价，认为这是建立基层群众工作长效机制的新探索、新模式。

眼下，"3＋1"干群联系机制在赤壁 14 个乡镇厂区办事处全面推广。

**采访手记：**"3＋1"连心卡让基层干部进村入户"接地气"，密切了干部与群众的联系，提高了服务群众的效能，促进了社会的和谐。

原载 2011 年 8 月 12 日《咸宁日报》

**通讯**

# 暴风骤雨涤荡古战场

## ——赤壁市治庸问责活动纪略

### 记者　何泽平　甘青

岁初，当人们为"盘点收获、播种希望、合家团聚"而忙碌时，赤壁人社局的工作日程里悄然增加了"两个忙碌"——

因为"治庸问责"活动启动早、效果好，省市两级的人社部门纷纷到局里考察学习，全局上下忙着梳理心得体会。

因为要与咸宁市"治庸问责"活动相对接，赤壁启动了"治庸问责回头看"活动，全局上下忙着查漏补缺，以巩固"治庸问责"的成果。

人社局是赤壁市开展"治庸问责"活动的一个样本。

8 个月前，一场声势浩大的治庸问责活动在赤壁展开。这场持续猛烈的暴风骤雨，把 1723 平方公里的古战场涤荡得面貌一新。

### 舞活龙头　关键在人

2011 年 5 月 4 日，省委书记李鸿忠来到赤壁调研，提出了"把赤壁建设成为强而优的中等城市"的殷切期望。

瞄准这一目标，赤壁上下展开了大讨论——

赤壁有华润电力、晨鸣纸业、华新水泥、银轮起重、大升蒲纺、帝艺啤酒为龙头构建的六大工业，但赤壁经济总量不够，发展质量有待提高。

赤壁地方一般预算收入过了 5 亿元，但赤壁财政增收不够，发展支撑有待加强。

赤壁城镇人均可支配收入早过了 1 万元，农民人均纯收入也过了 6 千元，但赤壁统筹协调不够，民生事业任重道远。

……

咸宁市委副书记、赤壁市委书记丁小强告诫全市干部：要建设强而优的中等城市，重在必胜的信心和奋发有为的精神状态。赤壁不仅要在经济规模和总量上当"龙头"，更要在精神状态、工作作风、干事创业的激情等方面发挥示范引领作用！

共识在热烈的探讨中诞生：赤壁有基础，有资源，有优势，建设强而优的中等城市并非遥不可及，关键在人。

找准了切入点，一项项决定迅速发出——

5 月 6 日，赤壁组织相关单位赴武汉硚口区学习"治庸经验"。

5 月 23 日，赤壁治庸专班成立。

5 月 24 日，赤壁召开严肃治理庸懒散提高干部执行力动员大会。

6 月 28 日，赤壁治理庸懒散明察暗访组开始行动。

7 月 18 日，赤壁启动百名股长群众评活动。

8 月 28 日，赤壁启动行政服务部门企业评活动。

10 月 10 日，赤壁对"庸懒散"行为进行责任追究。

11 月 19 日，赤壁结合咸宁市治庸问责工作动员会精神部署"回头看"。

"治庸风暴"以摧枯拉朽之势，席卷全市上上下下的每一个角落、每一位干部！

### 干部自危　精神涅槃

12 日，在赤壁行政服务中心工商窗口，工商管理员袁云霞面带微笑地办理着营业执照。从接手到办理完结，袁云霞花了半个小时。

永通能源公司经理刘义宽从她手里接过执照，顺口而出："真是快。"

袁云霞对刘经理的称赞报以一笑，她心里清楚，要是"慢作为"，随时有可能被暗访组曝光。

前一段时间，袁云霞从报纸电视上了解到，明察暗访组通过针孔摄像等手段，暗查迟到、早退、走读、公车私用等不作为，乱作为和慢作为现象，已通报处理 92 人。

袁云霞说，在这之前，她以为治庸问责活动也就是走走过场，下不了多大的雨。现在她时刻担心自己成为第93个通报处理的人，每天不得不像绷紧发条，竭尽全力为客户服务。

袁云霞的"自危"折射出当下赤壁干部和部门的精神涅槃。

自治庸问责活动开展以来，赤壁市委频频亮剑——

由"三支一扶"人员等刚走上工作岗位的大学生组成明察暗访组，对明察暗访中发现连续两次以上违纪违规的工作人员，按相关法纪规定严肃处理。

抽选100余名股室主要负责人，接受群众评议。对"群众不满意股长"，免去现职。目前，8名股长被通报批评，并免去职务。

让149家规模企业的老板坐上评委席，对49家市直行政职能部门进行评议打分。定为"不合格"单位，主要负责人两年内不予重用和提拔。

这些硬措施让赤壁3000余名公务员感受到暴风骤雨般的压力。

落户光电产业园的老板朱君山直言不讳："干部们'自危'，我们对在赤壁的投资更有信心。"他说，坐上评委席决定职能部门领导的"仕途"，体会了一回"企业家老大"的滋味，这是20年经商生涯的第一遭。

## 建章立制 治本长效

朱君山的感受，神山兴农公司董事长曹平峰感同身受。两年前，曹平峰就携资从上海来赤壁从事猕猴桃的种植、开发、加工，可谓赤壁的资深客商。

去年4月，赤壁动工兴建生态新城，神山公司欲落户新城，但100多户居民的拆迁安置，让曹平峰观望起来。

出乎曹平峰的意料，一个月后，所有居民完成搬迁，土地完成平整。

"新城速度"加快了神山公司入驻新城的步伐。

去年5月，神山公司紧急上马冷藏基地建设。一个月时间，建设用地规划许可证、建设工程规划许可证、建筑工程施工许可证、国有土地使用证就全部办理完毕。

曹平峰说，过去办好这些审批手续的工作日不会少于半年。

面对行政服务突然做起了加速度，有几分困惑的曹平峰从市长江斌那里找到了答案。

江斌在一次市直职能部门负责人会上强调，治庸问责决不能搞一阵风，要通过制度建设与机制创新，建立长效机制。

一项项规章制度相继出台。

在行政服务窗口，一次性告知制、首问责任制、窗口奖惩制、服务预约制、项目跟进制、延时服务制、绿色通道制度，让行政服务中心做了加速度。

在市委市政府，领导干部联系市政府直通车服务企业和督查政府投资重大项目制度，明确了领导干部的责任；"两推一述"干部考核机制，完善了干部选拔任用机制；进一步优化经济发展环境的规定，建立了经济发展环境督查制度和通报制度。

治庸问责活动开展以来，赤壁共制定岗位责任制1600余份，完善相关制度300余条，实现了治标问责向治本长效转变。

数据有力地印证了这一转变：2011年全年客商到位资金同比增长147.5%；规模以上工业增加值同比增长30%；生产总值同比增长23.3%。

原载2012年1月17日《咸宁日报》

通讯

# 争当排头兵

## ——赤壁市加强基层党组织建设纪实

### 记者　何泽平　周荣华　甘青

初春的寒意尚未退尽，古城赤壁已是春意盎然。

3月1日，来自全省的300多名基层党建工作者会聚赤壁市，学习赤壁基层党组织建设经验。

去年9月，党的十七届四中全会就加强和改进新形势下党的建设作出决议。赤壁市迅速行动起来。

中共中央政治局常委、中纪委书记贺国强在批阅赤壁市的一份汇报中肯定了赤壁党建工作，希望赤壁以改革创新精神加强和改进基层党的建设，为全市改革发展稳定提供坚强政治保证。

此后不久，省委书记罗清泉和省委常委、省委组织部长潘立刚分别作出批示。罗书记要求赤壁市不要辜负中央领导的殷切希望，认真贯彻落实批示精神。潘部长希望赤壁争当全省基层党组织建设的排头兵。

面对中央的决策，领导的要求，赤壁市委自我加压，对全市的基层党组织建设提出了新要求，迈出了新步伐。

### 巩固工程：让发展步伐更稳健

2009年9月15日，党的十七届四中全会召开。赤壁市委书记王铭德一边收看电视，一边思考：赤壁作为中央领导同志深入学习实践科学发展观活动试点和省委联系点，经济社会发展发生了巨大变化。如何以贯彻全会精神为契机，巩固学习实践活动成果，保证赤壁经济社会健康持续发展？

会议闭幕当天，赤壁市委就召开党委专题会议，学习领会全会精神，形成了"以学习贯彻四中全会精神为契机，以巩固科学发展成果为目标，以加强基层党组织建设为抓手，推动赤壁经济社会健康持续发展"的共识。

认识有高度，行动就有力度。

王铭德和市长熊征宇带头，市委常委每人一个专题，深入农村、乡镇、社区及企业，经过一周的集中调研，形成了30多篇基层党建工作调研报告。

紧接着，包括《2010年—2012年赤壁市基层组织建设工作规划》和《关于进一步加强党的基层组织建设的意见》在内的5个牵头管总文件相继出台。

"一把手"工程迅速启动。市委、市直部门、乡镇办纷纷成立了以书记为组长的党建工作领导小组，形成了"书记亲自抓、常委经常议，组织部门具体管，部门单位抓落实"的工作机制。与此同时，由纪委、政法委、宣传部、统战部、工青妇团等部门联抓联管的党建工作联席会议制度，将各种资源迅速整合起来，一个齐抓共管党建工作的新局面在全市形成。

党建工作经费随之水涨船高。从2009年起，不包括建立村一级党员群众服务中心投入的500多万元，市财政按照人平4元的标准增加村级工作经费，并逐年提高标准；在今后的五年里，市财政将投入1000万元支持10个村（社区）的阵地建设。

### 覆盖工程：让每个党员有了"家"

2月25日下午，赤壁城区下了一场倾盆大雨。三国城鞋店老板周平望着店前不远处的广场，心中的惬意禁不住流露在脸上。去年6月以前，广场下水道由于排水不畅，经常积水。周平主动向蒲圻办事处西街社区支部反映了这一问题。支部找到相关部门更换了下水管道，彻底解决了积水问题。

家住凤凰山的周平是一名有15年党龄的党员，9年前进城经商。"流动"多年的周平钱袋子殷实了，心里总觉得空空的。

自打社区党支部让他填写了《流动党员登记卡》，支部不仅每季度通知他参加形式多样的党日活动，还为他支招解难，这让周平体会到有"家"的感觉真好。

和周平一样，赤壁市2700名流动党员通过基层党组织"形散而神不散"的管理，在"流动"中发挥着一个共产党员的作用。

在赤壁，通过不断延伸基层党组织的触角，哪里有党员，哪里就有党组织。

大型企业蒲纺2004年改制，数千工人下岗，矛盾交织，极不稳定。当年8月，这里组建了桃花坪等3大社区，各社区成立了区党委、小区党总支、居民组党支部和门栋党小组四级党组织，为下岗工人办实事、解难题。

今年元月，老上访户但兴国给桃花坪社区党总支送去一面"为困难职工撑起一片天"的锦旗。原来，但兴国的儿子在外打工。无法回来办理低保手续。迎阳小区党总支了解这个情况后，多方协调，帮他办好了有关手续。

像但兴国一样，许多困难职工把社区党组织当作了他们的依靠。

眼下，改制后的蒲纺已浴火重生。

延伸，延伸，党组织的触角延伸到了各种新型社会组织。在官塘驿，从事竹木加工的39名党员成立了竹木营销党支部；在沧湖开发区，党员们以"企业+农户"形式，成立了湘莲生产协会党支部；在中伙铺和新店，养猪的党员们成立了养猪协会党支部……全市依托产业链建立党支部89个，网络党员2300多人。

延伸，延伸，党组织的触角延伸到了非公企业。依托社区党建联席会，先后组建了5家大中型企业社区党总支；通过单独组建、联合组建、挂靠组建、派入组建等多种形式，有3名以上党员的非公企业党组织的组建率达到100%，消除了非公企业党组织设置"空白点"。

在延伸中，赤壁党组织实现了全覆盖，鲜艳的党旗红遍了这片古老的土地。

## 创新工程：让基层党建更有活力

2009年12月8日，对于赤壁市组工干部是一个特别难忘的日子。

这一天，在全省党的基层组织建设工作经验交流会上，省委组织部全文转发了赤壁市《关于推进村级民主决策"五议五公开"的实施意见》、《关于加强村级组织办公活动场所规范化建设的实施意见》2个文件。

省委组织部副部长胡志强说：赤壁的党建工作富有创新精神，所以，省委组织部破例向全省全文转发一个县级单位的两个文件。

创新赋予了赤壁殊荣，也给赤壁基层党建注入了新的活力。

杨家岭村村支书余世豪是"五议五公开"的直接受益者之一。

去年 12 月，镇里打算修一条连接杨家岭村和中伙铺镇区的公路。该公路的建成可让原本 40 分钟的路程，缩短到 15 分钟，老百姓说这是条"民心路"。

可麻烦也就来了——想承包修路的人太多。

"宋书记，我该怎么办？现在我是有家都不能回啊。"杨家岭村的支书找到镇委书记宋慧宇诉苦：早上自己一打开门就有人拦在门口请求承包修路，晚上回到家里就有人守着家门送礼说情。

宋慧宇告诉他说：市里给了你"五议五公开"的"尚方宝剑"，你都不晓得用。"五议五公开"规定：村级事务全部要经过"村民建议，支部会提议，村支部大会提议，'两委'商议，党员大会审议，村民代表大会决议。"实行"程序公开、决议过程公开，决议结果公开，实施方案公开，实施结果公开"。

宋书记的一番话，让余支书豁然开朗。

他回去后，照"五议五公开"的要求，搞了个竞标会。11 名竞标人大部分来自本村，小部分来自外地。村民潘赛峰抱着试一试的心理参加了竞标会。中标后，潘赛峰喜出望外，激动地说："是'五议五公开'帮了我！"

据统计，赤壁市通过推行"五议五公开"，共决策道路、学校等公益事业和计划生育、低保、"三荒"承包租赁、财务管理等重大事项 12 类 1600 多件次，这些项目群众评议满意率达 95% 以上。

如果说，"五议五公开"使村民有了更多的话语权，那么"党员群众服务中心"让村民对"便民"有了更深切的体会。

余家桥乡村民魏仁忠 10 年前盖了新房。为了办证，他跑到 40 公里外的城里，一一找到城建、土管、工商、计生、公安等单位盖章，前后进城 20 多趟，花了 7 个月时间才将房产证办好。而前年，他儿子盖新房，凭着村里开具的证明到服务中心走了一遭，半个月后就拿到了房产证。

乡党委副书记周湘波介绍说："服务中心请进了民政、计生、城建等 11 家涉农单位，入驻单位工作人员工资与乡政府考核挂钩，给群众提供 12 项便利高效的服务。"

目前，全市 181 个村（社区）都建立了集远程教育室、信息服务室、文化娱乐室、卫生室、农资综合服务超市等"十室"为一体的党员群众服务中心，基本实现了生产生活"小事不出村、大事不出镇"。

针对群众诉求渠道不畅的问题,赤壁市也想出了自己的办法。

一个个"群众说事恳谈中心"在全市 181 个村(社区)纷纷建立起来。村干部在恳谈中心轮流坐班接访,"有话请你说,有气请你发,有结我来解,有难我来帮",一个个矛盾化解在萌芽状态。通过"说事恳谈"方式,全市共收集意见建议 800 多条,及时化解矛盾纠纷 600 多起,农村信访总量明显下降。

据赤壁市委常委、组织部长徐仕新介绍,全覆盖的基层组织网络和不断创新的工作方法,使赤壁党组织堡垒更加坚固,有力地推动了赤壁经济社会的发展。2009 年,全市地区生产总值和财政收入分别比上年增长 15% 和 16.8%。

原载 2010 年 3 月 2 日《咸宁日报》

通讯

# 抢占绿色高地

## ——赤壁建设中国绿色生态产业展览交易基地观察

### 记者 何泽平 刘子川 特约记者 彭志刚 童金健

10 月 28 日上午，赤壁市农办主任方育才被该市市委常委、组织部长陈海莲"约谈"。

"约谈"的内容是：协调相关部门，为赤壁曙光农业合作社申请办理绿色食品认证手续。

一天前，该合作社负责人余曙光找到分管农业的陈海莲，递交了一份请求协助办理绿色食品认证手续的申请。

在方主任的记忆里，自从去年 6 月，赤壁扛回"中国绿色生态产业展览交易基地"这块金字招牌后，赤壁农企申请有机和绿色认证的积极性空前高涨，被陈部长"约谈"已成"新常态"。

数据证实方育才的话并非夸大其词。一年多来，赤壁市有 5 个有机食品、12 个绿色食品、27 个无公害产品、3 个地理标志保护产品获得认证。

陈海莲说，她和方主任一样，在这一年多里，也常常被赤壁市委书记江斌"约谈"。每次"约谈"，江书记都强调，赤壁要通过建设展览交易基地，抢占绿色生态产业发展高地，走出一条"转型升级、绿色崛起"的新路子。

### 立标杆 定标准 引领绿色产业

10 月 20 日，赤壁神山兴农公司技术员王世佳来到基地，例行检查猕猴桃生长情况。

他打开 3 号机房，数字猕猴桃果园信息管理系统显示着果园土壤湿度、气象环境、水肥投入等指标，看到一切参数正常，他关上房门，前往下一个机房。

有着 20 年猕猴桃种植经验的王世佳介绍，以往，种植优质猕猴桃得请专人看园，水肥投放凭经验，难以实现大面积种植。

现在，通过果园数字化管理，一株猕猴桃种苗，从萌发生长，到开花坐果的信息，一并录入数据库，系统智能决策，进行精量灌溉。

王世佳透露，兴农公司共有猕猴桃基地 10080 亩，大多处于生长阶段，公司按照赤壁市制定的质量控制标准，种植猕猴桃，产品质量得到了保证，已通过有机认证。

因为有机性，公司 20 吨的试果产品一上市便被一抢而光。

消息传开，当地农民"红了眼"，附近 100 多户果农到兴农公司取经。漆水平是其中的"眼红者"。他主动跑到公司的基地打工，"蹭"回一些新技术。凭借新技术，他家承包的 20 亩猕猴桃，毛收入比以前多赚了 2 倍。

兴农公司有机猕猴桃基地是该市有机农业示范基地之一。眼下，赤壁市已建成陆水湖 6 万亩有机水产品基地、1000 亩有机茶园基地，已完成有机香莲、稻、猕猴桃、琵琶基地建设共 7000 亩。

与兴农公司有机猕猴桃基地一样，这些基地都按照《赤壁市有机产品认证示范区创建通用规范》的要求建设。目前，该市制定的《米砖茶加工生产技术规程》和《赤壁竹笋》两个省级农产品地方标准，已通过省质监局立项审批；赤壁质监局联合省标准化研究院完成了质量追溯系统开发。

## 买全国　卖全国　打造现代物流

10 月 29 日，养鸡专业户龚耀华来到绿购网，与该网负责人郑绍方洽谈，扩大五黑乌鸡在绿购网的销售。

郑绍方打开电脑网页，链接绿购网，各类绿色农产品分布其中，内容直观。其中，绿壳鸡蛋网页包含了产品简介、营养分析、生产过程、同类产品对比、推荐食用做法，每一项内容都配有图片、销售记录、售后评价，供消费者参考。

四年前，龚耀华投资 20 多万，在中伙铺镇董家岭村建立了娘娘山生态养殖场，专养五黑乌鸡，兼售鸡蛋。

为让产品走出去，他跑遍了赤壁的饭店、农庄，每次都要详细介绍产品、谈价格，车来车往很是麻烦。

自从他的产品在绿购网摆上"货架"后，龚耀华便告别了这些麻烦，坐在家中，轻点鼠标，产品就销往全国各地。

龚耀华只是尝到"绿购网"甜头的一分子。据悉，绿购网自9月1日上线试运营以来，已入驻商家150多家，上线产品5大类、16小类、1000多种商品，销售额达200多万元。

绿购网是赤壁绿购电子商务有限公司旗下的电子商务平台，该公司是赤壁市与湖北三国鼎盛网络传媒有限公司共同组建的新型混合所有制企业。

在打造线上交易平台的同时，赤壁线下平台建设也热火朝天。该市大润发华中区物流配送中心已投入运营，赤壁康华物流园、赤壁国际农贸城、赤壁港蒲圻港区望山兴达货运码头3个物流项目正在建设中，预计2015年将全部建成。

畅想未来，市长李朝曙雄心勃勃。他说，以电商和物流园为基础平台，赤壁正倾力打造中国绿色生态产业展览交易基地商贸物流体系，这一体系集水陆物流配送、贸易信息发布、展示交易、电子商务、农产品加工、仓储保鲜、优选分级等功能于一体。届时，"买全国、卖全国"对于赤壁来说不再是梦想。

## 政策扶 科技帮 撑起保障平台

10多年来习惯于"小步慢跑"的魏艳香开始甩开膀子大干快上。

魏艳香是湖北赤壁赵李桥茶业有限公司董事长。去年，她的公司一口气流转1200亩茶基地，使公司的茶基地规模扩大了一倍。

16年前，她从承包了825亩茶基地起步，经过10多年的滚动发展，到2012年公司拥有茶基地1100多亩。

魏艳香自嘲说，公司15年的"小步慢跑"赶不上一年的大步跨越。

促使魏艳香跨出这一步的，是赤壁市出台的三个文件，分别是《关于加快推进茶业产业发展的意见》《赤壁茶叶发展奖励办法》《关于加快推进茶业产业发展的实施办法》。

依据这三个文件精神，魏艳香算了一笔账：每亩茶园，成本投入4500块钱，然而，只要新茶园验收合格，奖补资金累计2500元！相当于一亩茶基地节约一半以上的成本。

与魏艳香同样精明的赤壁茶企老板们，在"政策红包"的刺激下，加快了发展步伐。一年多来，全市共新建茶叶示范基地 2.1 万亩。

如果说政策扶持让中小茶企产生做大效应，那么，科技帮扶让龙头茶企产生做强冲动。

羊楼洞茶业股份有限公司是一家以生产砖茶为主的省级龙头企业。一直以来茶砖由于体积过大，硬度过高，煮泡耗时过长，让许多消费者望"砖"兴叹。

为此，公司总经理陈波一直琢磨：能不能开发一种"体积小、冲泡快"的即溶茶。

市科技局了解这一信息后，牵线搭桥，借助高校和科研院所的力量，组织攻关，把陈波的想法变成了现实。即溶茶面市后供不应求。

尝到甜头的"羊茶公司"决定投资 1000 万元筹建省级工程技术研发中心。在政府和科技部门的支持下，经过一年多的努力，该中心已通过验收。

陈波说，借助这一平台，公司与华中农业大学、安徽农业大学、湖北大学等科研院校达成产学研合作机制，解决企业技术难题，促成科技成果转化。

目前，该公司"适制青砖茶良种产业化关键技术集成与推广"科技富民强县计划项目，已获国家批准立项；研发的 23 款新品，已成为国内砖茶消费市场的"引领"。

江斌认为，政策携手科技撑起的保障平台，正为赤壁建设中国绿色生态产业展览交易基地提供源源动力，加快了赤壁"转型升级，绿色崛起"，迈向强而优中等城市的步伐！

原载 2014 年 11 月 6 日《咸宁日报》

**通讯**

# 破立之间开新局

## ——赤壁抢滩金融要素市场启示录

### 记者 何泽平 邓昌炉

融资难是当下中小企业发展面临的共同难题。

探寻解决之道，去年赤壁市交出了新答卷。

2015 年 7 月，赤壁企业挂牌"新三板"实现零的突破，此后相继有 2 家企业登陆"新三板"，4 家企业挂牌"四板"，一批企业向资本市场发起冲锋。

对此，赤壁市委书记江斌一语中的：重建破立之间新平衡，引导改制转型新发展。

### 破旧局面立新形象　赤壁企业抢滩资本市场

一直以来，赤壁是咸宁县域经济的龙头，但没有一家企业登陆"新三板"。这令赤壁的决策者们倍感压力。

2015 年 7 月 23 日，随着董事长但海敲响的锣声落地，赤壁本土企业——武汉金牌电工股份有限公司成功挂牌"新三板"。

业内人士说，但董事长的一锤定音，不仅打破了赤壁没有"新三板"挂牌企业的局面，而且结束了咸宁市没有"新三板"企业的历史，树立了县域龙头的新形象。

对于"锣声"的解读，但海的视角迥然不同。

2009 年行业景气度迅速上升，从父亲那里接手金牌电工不久的但海，琢磨着抓住行业机会，扩大生产规模，但 1000 多万的资金缺口让他犯难起来。

但海拿着扩规方案，找亲戚，托朋友，跑了七八家银行，才解了燃眉之急，这一次他深切体会到"融资难"的分量。

锣声落地，但海始料不及：金牌电工一夜间成了各大银行眼里的"香饽饽"。自挂牌后的半年多，已有8家银行上门洽谈股权质押和信用担保事宜，最高授信额达3亿元。

但海说，锣声敲掉的是家族企业的旧帽子，立起的是公众公司的新形象，因此才有了金牌电工今天"香喷喷"的新局面。

紧跟金牌电工的步伐，"改制转型，直接融资"成为赤壁企业家们的新追求——

9月，赤壁"人福药辅"挂牌"新三板"；

11月，赤壁"嘉一高科"现身"新三板"；

此间，羊楼洞茶业、畅响万圣贡莲、凯信传媒、华瑞线业等先后在"四板"登陆；

眼下，"羊群效应"持续放大：三国旅游、神山兴农向"新三板"发起冲刺，蔡氏农场等企业正紧锣密鼓筹备"四板"。

## 破旧思维立新观念　改制转型经历浴火重生

武汉金牌电工股份有限公司的前身是武汉金牌电缆塑料厂，2005年通过招商引资落户赤壁，是一家典型的家族企业。

尽管如此，其生产的电缆电线和绝缘材料市场广阔，到2012年，企业销售收入增长了10倍。凭借"高成长性"，2013年被纳入赤壁首批"新三板"挂牌后备企业。经过两年多"责任包保、对口培育"，去年4月，股份制改造程序启动。

但是，三道坎横在但海的眼前。

第一道坎，舍权。股改后，企业由姓"但"改姓"公"，在证监会等部门严格监管下规范运营，相当于自己给自己找了一群"管家婆"。

第二道坎，舍利。股改后，不仅股权被稀释，个人关联交易必须全部放弃。

第三道坎，舍情。股改后，不得不劝说占据核心位置的三亲六故让贤。

面对难以割舍的"权、利、情"，但海记不清有多少个日子彻夜难眠，记不清有多少次想过放弃。

但海的犹豫，赤壁市领导和部门看在眼里。一方面找他谈心，劝他放下包袱，一方面安排他参加不同层次的培训，改变观念。

经过谈心和培训，但海的心宽了，眼阔了。他认识到，一旦挂牌"新三板"，企业的信用度大提升、公信力大提升、运营效率大提升，获得远大于割舍。

谋而思动。在 5 个月后的挂牌上线仪式上，但海兴奋地宣告：金牌电工，今天浴火重生。

在赤壁，但海的心路历程并非孤案。为此，市长李朝曙要求政府部门首先要做的就是引导企业主破除旧思维，树立新观念。

自 2013 年起，该市采取走出去和请进来相结合的方式，组织近百名企业主到华中科技大学学习现代企业管理知识；邀请武汉股权交易中心、楚商资本、国鼎投资、长江证券技术顾问实地走访企业，邀请专家为本市企业主授课，帮助企业主转变思想观念，坚定改制转型信念。

与此同时，赤壁市采取部门"责任包保、对口培育"的形式，帮助企业解决"改制、入库、托管、挂牌、上市"中遇到的各种问题，为企业主鼓劲打气。

### 破旧办法立新机制　分段奖励放大激励效应

发挥资金的杠杆作用，引导企业到资本市场直接融资，是各级政府普遍采用的办法。通常的做法是：企业挂牌成功后给予一次性奖励。

为了让政府推手真正发挥"四两拨千斤"的作用，赤壁在加大奖励额度的同时，对企业上市或挂牌采取"分段奖励"的办法。

以新三板为例。拟挂牌企业与主办券商签订在"新三板"推荐挂牌报价转让协议，并完成股份制改造及工商注册的，市政府给予一次性奖励 40 万元；成功在"新三板"挂牌的企业，市政府给予一次性奖励 60 万元；成功在"新三板"融资的，对其中用于本市固定资产投资部分给予投资额 1% 的奖励。

市金融办进一步举证说，例如有家企业新三版挂牌费用为 150 万元，政府的 100 万奖金分阶段颁发，不仅及时帮助企业分担了挂牌的成本，而且把一次性奖励改为分段次奖励，放大了奖金的激励效应。

据悉，为鼓励企业上市和挂牌"四板"，赤壁采取的也是类似的分段奖励机制。

自去年 7 月以来，赤壁市已向 7 家企业发放奖励资金 460 万元。

除了在资本市场开疆拓土，去年赤壁市在开拓其他融资渠道上也有诸多新看点——

成立了全省县市区首家民间融资登记服务中心和民间资本管理公司；湖北银行总行在赤壁设立地市首家微贷中心；"蚂蚁微贷"入驻赤壁；引进成都海高财富在赤壁设立绿色产业发展基金，资金规模为 20 亿元；赤壁城投公司启动发行 10 亿元城投债，被省发改委列为发债重点企业扶持。

金融创新助推经济提速。去年来，赤壁经济逆势上扬，产业结构进一步优化，企业创新能力、发展活力和竞争实力明显增强。

原载 2016 年 2 月 9 日《咸宁日报》

通讯

# 军民融合一家亲

## ——赤壁市双拥模范城工作纪实

记者　何泽平　邓昌炉　黄柱　特约记者　童金健

古城赤壁，军民一心以少胜多的佳话流传千年。如今，50 万赤壁人民通过拥军优属赋予了这段佳话新的时代内涵。

7 月 29 日，赤壁市第四次荣获"全国双拥模范城"。

对此，赤壁市委书记江斌感言："连续四届授予赤壁这一国字号荣誉，是对赤壁军民融合一家亲的最高褒奖，进一步增强了赤壁建设强而优中等城市的底气！"

### 拥军文化浸古城

"军爱民，民拥军，军民团结一家亲"，"创建双拥模范城，助推赤壁绿色崛起"……

8 月 10 日，记者驱车行驶在赤壁市迎宾大道、发展大道等路段，一块块大型双拥标识牌不断跃入眼帘。

"军队离退休干部、烈属、现役军人、残疾退役军人优先"……

走进赤壁市政务服务中心、人民医院、火车站、客运站，军人优先的标志牌随处可见。

这一幕幕折射出千年古城浓浓的拥军优属文化。

民政局长钱红星说，浓郁文化背后是赤壁 13 年来以创建"全国双拥模范城"为载体，将双拥工作与经济社会捆绑发展，探索军民融合发展之路的结果。

这种文化可从近三年的创建工作窥见一斑。

这三年双拥工作步入"四化"轨道。3 次常委会、3 次军地例会和 6 次市长办公会,专题研究双拥工作,制定了 10 多个拥军优属规范性文件,使双拥工作走上规范化、制度化、常态化和法制化发展轨道。

这三年双拥工作实现人人有责。成立以市长李朝曙为组长的双拥工作领导小组,市"四大家"领导分头建立双拥工作责任联系点。全市成立各级双拥工作领导机构 18 个,拥军优属服务小组 176 个,拥政爱民服务小组 38 个,形成了市、镇、村三级联动、部门协调配合、社会共同参与的双拥工作格局。

这三年双拥工作营造氛围措施多。每年结合征兵工作举办国防、双拥教育月,结合"八一"纪念活动举办军民座谈会、文艺晚会,以及过军事日、烈士公祭日等活动。并利用电视、报纸、网站、"村村响"广播等媒体开辟宣传专栏、播放滚动字幕、播放影视片、编发短信等形式,开展全方位、立体式宣传。

久久为攻,潜移默化,拥军优属在赤壁已然成为一种文化,融入人们的心里。

### 排忧解难做加法

当日,走进赤壁军供站,一流的保障设施让记者眼前一亮。

"军供站占地近 20 亩,土地由市政府无偿划拨。每年政府还要安排一笔经费,保障军供站正常运转。"军供站站长鲍华民介绍说。

军供站的建设是赤壁市支持驻军的一个缩影。近几年,该市先后为人武部解决经费 4000 万元,用于民兵训练基地、民兵武器装备仓库建设以及人武部办公大楼的改建,重点加强"三室两库"规范化建设,安装了视频监控系统,完成了作战值班系统建设。同时,大力支持消防大队建设,市财政列支 678 万元用于专项业务经费和购买消防装备,投入 3000 余万元,划拨土地 28 亩,建成县级一流的应急救援指挥中心。

和支持驻军一样,赤壁在落实优抚安置政策方面也只做加法。

按照"民政提供标准、财政划拨资金、银行实行代发"的模式,对抚恤定补实行社会化发放,累计发放抚恤定补 4631 万元。

按照"人武部提供名单、民政复核资料、财政核拨资金、财政所实行代发"的模式,累计优待城乡义务兵家属 2374 户,发放优待金 1954 万元。

对重点优抚对象农村合作医疗、门诊补助、住院补助、大病救助实行一站式结算，累计投入医疗补助救助资金 319 万元。

积极救助困难优抚对象。每年拿出 140 万元解决重点优抚对象的生活难、住房难、医疗难等问题。

全力落实安置政策。全市军队转业干部和军队离退休干部安置率达到100%。同时，培训退役士兵 733 名，每人都掌握了一至二门实用技术。

维护军人合法权益。人武部设立"两维"工作法律咨询站，法院组成了"涉军案件"合议庭，市公安局、司法局设立军人军属合法权益法律援助服务中心，连续 10 年实现退伍军人零上访。

## 第二故乡写佳话

滴水之恩，涌泉相报。赤壁人民对子弟兵的深情厚谊，激发了驻军部队保卫和建设第二故乡的热情。

今年 7 月 5 日，赤壁市发生特大暴雨灾害。当得知赤马港办事处砂子岭社区 1000 多名群众被洪水围困，赤壁市消防大队 30 多名官兵，立即带着冲锋舟和橡皮艇，第一时间赶到现场，经过近八小时的营救，将被困群众全部转移至安全地带。

当日 13 时，赤壁市黄盖湖段长江水位达到 31.33 米，逼近堤段坝顶。赤壁人武部接到调度令后，迅速组织民兵突击队赶往一线，与当地干部群众一起抢筑子堤，加固大坝。经过 10 多个小时的艰苦鏖战，及时消除了险情。

哪里有灾情，哪里就有人民子弟兵的守护；哪里工作有需要，哪里就有人民子弟兵的支持。

赤壁消防大队始终筑牢人民生命财产防火墙。近年来，共检查社会单位 1280 余次，帮助社会单位整改隐患 3217 处，共处置火灾事故 120 余起，各种事故抢险救援 70 余起，抢救财产价值 2558 余万元。

驻赤武警部队积极协助地方政府维护社会稳定。先后担负"1·10"专案赤壁庭审安保任务和"东方之星"搜救和善后维稳工作；在重要节日组织开展城市武装巡逻，多次担负赤壁高铁站、火车站春运安保任务，累计安全输送旅客 16 万人次。

同呼吸、共命运、心连心。驻赤部队相继与 10 多个单位签订了共建协议，包保 153 名贫困对象，并制定了具体帮扶措施。官兵学习训练之余深入到福利院、敬老院、社区看望慰问孤残儿童及孤寡老人 20 余次，以缴纳"特殊党费"、"送温暖、献爱心"、资助贫困学生、免费发放药品等形式，向灾区群众和贫困家庭慷慨解囊，爱心捐款 20 余万元、物资 10 余吨，资助贫困学生 154 名。

军心民心融为一心，成为无坚不摧的力量之源，为赤壁实现绿色崛起注入了强大正能量。

原载 2016 年 8 月 19 日《咸宁日报》

通讯

# 打造枢纽拓空间

记者 何泽平 甘青

2013 年，咸宁因为一条铁路而载入湖北发展的史册。

是年 12 月 28 日，武咸城际铁路全线开通。这是湖北历史上首条城际铁路。

从此，香城咸宁到江城武汉只需 20 多分钟的车程，"香江同城效应"给正在推进"省级战略咸宁实施"的泉都注入了新动力，咸宁与大武汉共舞成为可能。

## 咸宁速度

### ——日均修通公路 3.5 公里

武咸城际铁路只是 2013 年我市交通建设的一个分镜头。

咸通高速和咸黄高速今天投入运营，这标志着我市境内的 4 条高速公路（京港澳、杭瑞、咸通、咸黄）实现联网运营，区域交通枢纽城市已显雏形。

与这两个标志性事件同样让人印象深刻的还有——

这一年，是咸宁交通投资史上力度最大的一年：全市交通基本建设投资将完成 50.19 亿元，占年计划 38 亿元的 132%。

这一年，是咸宁交通修通道路最长的一年：全市修通公路 1250 公里，其中高速公路里程数达 72 公里。

这一年，是咸宁完成交通项目最多的一年：49.585 公里的咸通高速、22 公里的咸黄高速工程已竣工。7.5 公里的武咸快速通道城区段和 12 公里咸崇旅游公路咸安段已通车。新增码头泊位 2 个，年港口吞吐能力 120 万吨。

曾几何时，咸宁的交通被诟病为"交而不通，有区无位"。

京珠高速、杭瑞高速、107国道、106国道从咸宁穿境而过，却因为没有线连接"交而不通"；长江黄金水道依境而过，却无像样的港口码头，紧邻武汉，可进武汉的路易堵，"有区无位"。

上个月底，省交通运输厅厅长尤习贵在咸宁调研时感慨：咸宁的交通优势正在变成产业优势，自然优势，真正让群众得实惠。

## 咸宁力度
### ——书记市长解难题督进度

展开《咸宁交通规划地图》：5条铁路穿市而过，8大港口、10条高速公路及一级公路纵横交错。市区的中心地位日益凸显，与长三角、珠三角、大西南的交通联络更加便捷，以一小时车程为半径，可以覆盖辐射1亿人口。

这张虚实线交织的地图，向世人诉说着咸宁交通的变化，这变化也得到省里的充分肯定。

在2013年全省交通运输工作会议、全省高速公路建设推进会、全省普通公路建设推进会和全省交通运输形势分析会上，市交通部门分别作了典型发言，推介咸宁经验，其核心就是"领导重视带来的咸宁力度"。

新一届市委市政府始终把交通牢牢抓在手上，提出了"树立发展大目标，建设交通大枢纽，推进交通大改革，加快新港大发展，推进城区大拓展，构建交通大和谐"的宏伟蓝图，争取3到5年，交通投资超过400亿元，加快建设"四铁""十路""八港""一枢纽"，争取一年一变，三年大变，五年基本将咸宁建成贯通南北、连接东西、辐射全国的区域性综合交通运输枢纽。

市委书记任振鹤、市长丁小强亲临一线解难题，督进度。任振鹤连续4年去中交集团争取支持，推动中交集团这个世界500强的央企大鳄，在咸宁投入巨资。

中交集团公司原董事长周纪昌在省交通运输厅组织的政企合作项目对接会上表示，咸宁市特别是市领导坚韧执着的办事风格，坚定了公司落地湖北、投资交通，更广泛、更深入、更全面开展互利互惠合作的意愿。

# 咸宁模式

*——构建小支点撬动大资本*

绘就区域性综合交通运输枢纽的蓝图，需要巨量的资金。钱从哪里来？市委书记任振鹤的批示给出了答案：解放思想、创新模式是我市交通事业发展的一大法宝，创造了神奇的"咸宁现象"。

对于批示的创新模式，交通局长汪凡非这样解读——

**模式一**：借力打力。把传统的"招商引资重在资金"变为"招商引资重在资源"。

思路变了，天地豁然开朗。中交集团来了、省交投来了。这些交通和基建领域的行业龙头企业带着雄厚资金、先进技术，纷纷到咸宁投资建设交通基础设施，吸引他们的是咸宁交通以情招商，以诚招商，以"投资、建设、管理、营运"的四位一体模式。

中交集团先后在咸宁投资32亿元建设咸通高速，投资13亿元建设通界高速，投资82亿元建设武深高速通城至嘉鱼段，拟投资20亿元建设咸宁城区南外环高速和潘家湾通用综合码头。

在武深高速公路嘉鱼至通城段开工奠基仪式上，省委常委、常务副省长王晓东在讲话中说，该项目的建设，是咸宁创新交通投资建设的典范，为全省高速公路建设提供了良好的借鉴和示范。

**模式二**：滚动发展。以现有交通存量土地房产作为抵押，向银行贷款，用于收储新批土地，实现良性发展。2013年市交通投资公司成功运作土地3块共276.9亩，筹资1.19亿元；通过公平公开公正的市场化运作方式，目前共计收储土地2000余亩，挂牌出让12宗土地1139亩，共筹资5.16亿元，有效满足了市管交通重点工程的资金需求。

**模式三**：攀亲结盟。为做大做强交投公司，交通投资公司借央企在咸宁投资高速公路的契机，与500强的交通龙头老大"攀亲结盟"，创造性地争取到入股武深高速嘉鱼至通城段10%，依托央企进一步做大做强交通融资平台，壮大交通企业实力，为咸宁交通运输事业持续、跨越发展夯实基础、增强后劲。

## 咸宁效应

### ——置业潮兴业潮喷薄涌现

道路的贯通，拉近了内陆与海洋的距离，拉近了工厂与市场的距离，拉近了知识与实践的距离，拉近了人与人的距离。

咸宁立体交通的贯通，区位优势的凸显，车流、人流如潮水般涌入南鄂大地。

梓山湖新城规划面积137平方公里，其中省联投集团与咸宁市共同开发45.66平方公里滨湖片区，是"1＋8"武汉城市圈城际铁路"一站一城"的首个标杆性试点。

随着城铁时代的临近，梓山湖新城已成为吸引八方要素的磁石。奥克莱斯现代商业城、华中科技大学智慧城、武汉大学产学研基地和省科技成果转化基地等项目均已落户，即将动工。

而在滨湖片区，早有地产商捷足先登——若非随处可见的"咸宁"二字，您会以为置身欧洲风情小镇。一幢幢精巧的别墅旁，绿树成荫，草坪如毯，鲜花绽放，到售楼部看房的私家车一拨接着一拨，其中不少挂着安徽、湖南、上海、广东牌照。

随着京港澳、杭瑞、咸通、咸黄高速公路的联网运营。咸宁亦成为产业转移的聚集地。

中国玻璃行业最具竞争力和影响力的大型企业——南玻集团携资15亿元在咸宁兴业。中国企业500强之一——雨润控股集团斥资16亿元，在咸建设农副产品物流交易中心。

武汉东湖高新区把光谷生物城的园外园设在咸宁，并携手咸宁投资30亿元建设光谷生物城咸宁医药园……

市经信委主任张晓先说，咸宁区域交通优势的凸显，增强了咸宁与武汉等周边城市在资金、技术、人才等生产要素的交流和市场融合，这有利于咸宁在承接中升级，在转移中创新，与周边大城市进行良性的生产要素再配置。

原载2013年12月26日《咸宁日报》

**通讯**

# 旅游强市在崛起

### 记者　何泽平　盛勇　通讯员　孔祥轶

顶着"全国首批旅游标准化示范城市"的光环，咸宁向建设全国旅游强市的目标再出发。

今年 1 月 11 日，市委出台《关于加快旅游产业跨越发展建设旅游经济强市的决定》。

这是建设旅游经济强市的号角，是擂响旅游跨越发展的战鼓。

从此，一个个旅游规划相继出炉，一个个旅游项目接踵而至，一个个旅游产业纷纷启动，一个个旅游产品不断延伸。

咸宁，正成为旅游的热土；旅游，正成为咸宁的希冀。

## 大担当：孕育飞向旅游强市翅膀

国字号的光环没有遮挡咸宁人远眺的目光。

市委书记任振鹤说，放眼湖北"建成支点、走在前列"的大格局，咸宁旅游要有更大的担当。将全域咸宁作为旅游目的地来规划建设，在推动"五区"并进、建设"六城三区"中充分考虑旅游功能，植入旅游基因，赋予旅游内涵。

市长丁小强说，咸宁旅游要实现四个突破：在旅游项目建设上实现新突破；在旅游品牌建设上实现新突破；在旅游服务体系建设上实现新突破；在旅游营销宣传上实现新突破。

担当凝聚共识。建设旅游经济强市的决定迅速出台：以建设旅游经济强市为目标，大力实施旅游跨越发展战略，把旅游产业发展成为全市国民经济的战略性重要支柱产业，努力将咸宁建设成全国优秀旅游目的地，打造"香城泉都"、建设美丽咸宁。到 2017 年，全市旅游接待人数达 5500 万人次，旅游总收入达 390 亿元。

这是市委市政府对我市旅游产业发展的新谋划、新布局、新思路。也是市委市政府发出的第一道旅游发展动员令！

从此，香城泉都有了一双飞向旅游强市的翅膀。

2013 年 8 月 22 日，在全市旅游发展大会上，市委市政府再次提出：抢抓机遇，紧扣"2 个 1"的奋斗目标，力争到 2020 年接待旅游人次突破 1 个亿，旅游总收入突破 1000 个亿，强力实施旅游跨越战略，全面打造全国优秀旅游目的地，早日建成旅游经济强市，力争省级战略咸宁实施取得突破性进展。

决策已定，决心已下，决战已始！

各级党委、政府都把旅游业发展摆在咸宁经济社会发展全局的高度加以推进，出台扶持政策措施，破解旅游发展难题；各部门把落实自身职责和推进旅游发展结合起来，明确目标责任，为旅游发展办实事；各县市区，无论是先行的赤壁市、通山县，还是后发的嘉鱼县、崇阳县、咸安区、通城县，都在旅游业发展上出实招，求实效。

这是一种勇于担当，这是一种砥砺前行。

市旅游局局长郑华成认为，到 2020 年旅游收入突破 1000 亿元，相当于再造一个咸宁。这是对这种担当最好的注脚。

### 大跨越：书写建设旅游强市新篇章

建设旅游经济强市的顶层设计，来自于战略格局，来自于历史必然，来自于自然禀赋。

去年，省委、省政府将支持和推动咸宁实现绿色崛起、建设鄂南强市、打造香城泉都、构建中三角重要枢纽城市纳入全省一元多层次战略体系，为咸宁的跨越崛起带来了浩荡东风。

这是咸宁建设旅游经济强市的战略保证。

2012 年，全市接待各类游客人次、实现旅游总收入，均已进入全省第一方阵。全市拥有 A 级景区 23 家，全省排名第四；拥有星级酒店 53 家，全省排名第五。

这是咸宁建设旅游经济强市的坚实基础。

今年，赤壁市入选第2批全国旅游标准化试点城市。在"灵秀湖北十大名片"中，咸宁占有温泉和赤壁古战场2席；在"灵秀湖北的十大新秀"里，咸宁仍然占有九宫山和隐水洞2席。

这是咸宁建设旅游经济强市的重要支撑。

共识统一思想，思想决定行动！

市委市政府把旅游项目建设作为引领旅游业的跨越发展的突破口。

市区启动全域规划、全域景区化建设——

十六潭公园、桂花公园、青龙公园等大型园林景观工程落成，20个中型公园、30个小游园、50个社区公园等"百园"工程启动，城区居民"300米见绿、500米见园"。

地处淦河上游的占地15平方公里的温泉生态旅游新城，正由一纸蓝图逐步变成现实。

投资1.2亿元的旅游集散中心项目，建筑面积2.3万平方米，即将试运营。

投资38亿元的百盟温泉欢乐天地，占地2100多亩，集温泉水上乐园、温泉会议酒店、山地别墅区等于一体。

投资60亿元的香泉映月项目，以香为主题，以桂花为主线，打造集旅游观光、休闲娱乐、度假养生、文化体验于一体的国家5A级旅游度假区。

在通山，九宫山风景区正在升级改造，建成"避暑天堂"；银河谷等5处漂流景区正在大力开发，打造"华中漂流之乡"。

在嘉鱼，海航集团将斥资105亿元，整体开发三湖连江核心风景区，长鹿集团将投资60亿元，开发陆溪渗子湖，把嘉鱼建成"梦里水乡"。

崇阳"一河两岸"景观、隽水河温泉、影视城等一批亿元旅游项目，正在强力推进；赤壁三国古战场再借东风唱大戏；通城云溪漂流、大溪湿地公园等景区建设迈大步；咸安金桂湖开发追波逐浪涌大潮。

据统计，今年开建的重点旅游项目数和投资额均占全市项目建设的20%以上。

咸宁绿色崛起正在跳动着旅游的脉搏。

## 大气场：香城泉都升腾喷薄朝阳

与项目建设齐头并进，我市探索出一套节会营销和整合营销城市形象的新模式。

连续成功举办的四届中国·湖北咸宁国际温泉文化旅游节，使香城泉都实现了从"养在深闺"到闻名全国的蜕变。

2012 年 12 月 29 日，中国·湖北咸宁国际温泉文化旅游节喜获"首批中国最具影响力品牌节庆"，是全省唯一一项获此殊荣的节庆活动。

声誉鹊起之后，也给第五届文化旅游节提出了一个现实而又迫切的题目：如何在节会营销中继承创新、争先创优、寻找突破？

市委市政府果断提出：以节促建、以节促变的办节理念，以文化人、以节聚力的办节特色，办节为民、为民办节的办节宗旨，应急谋远、远旨近施的办节原则，把旅游节办成"旅游的盛会，人民的节日"。

于是，区别于前四届旅游节的办节新模式应运而生：社会主办、政府帮办！

9 月 27 日，"全国百强旅行社牵手咸宁"活动启动仪式在第五届国际温泉文化旅游节期间正式启动。

活动期间，来自高铁沿线 13 个省市的旅游协会、全国百强旅行社代表 230 多人共聚咸宁，香城寻梦，泉都问道，共商高铁沿线旅游发展大计，以实现合作共赢的目标。

当日晚开始，我市城市形象宣传片先后走上中央电视台综合频道（CCTV - 1）和湖北卫视，在为期一个月的时间内，对我市城市形象和旅游特色进行一次集中的对外展示。

同一时间，北京西客站 LED 屏以每日 75 次频率滚动播出，广东、武汉高铁也一并推出，我市秋季旅游推广形成高潮。

第二天，2013 长江中游城市群建设研讨会在我市举行。来自湖南、江西、安徽、湖北四省的有关专家，岳阳、九江、安庆、咸宁四市的领导，相聚香城泉都，共同探讨推动长江中游城市群建设问题。

同日，湖南岳阳市、江西九江市、安徽安庆市与我市签订战略合作协议，形成了《咸宁共识》，携手打造长江中游城市群建设的先行区、示范区。

……

令人炫目的一系列节会营销和城市形象整合营销，使咸宁旅游与全国旅游联动更加活跃，使国际温泉文化旅游节更具魅力，也使香城泉都更加璀璨。

目前，我市与全国 130 多家旅行社达成了深度合作地接协议，签订组团合同 130 多个。仅 11 月份，来自上海、安徽、江西、河南、湖南、广东、深圳等高铁沿线城市游客开始大量涌入咸宁，落地消费越来越多。

元至 11 月份，全市共接待各类游客 2520 万人次，实现旅游总收入 129.6 亿元，同比分别增长 26%、24.5%，呈现出组团互动、客源互送、线路共推、合作共赢的火热态势。

昨日，记者在互联网上输入"咸宁温泉"，找到相关结果约 895 万个；输入"中国香城"，找到相关结果约 83.8 万个；输入"香城泉都"，找到相关结果约 14.8 万个……

数字向世界宣告：咸宁旅游，正以前所未有的大气场拥抱海内外来客，香城泉都正升腾起一轮喷薄的朝阳！

原载 2013 年 12 月 25 日《咸宁日报》

通讯

# 跳起摘"新"桃

## ——解析我市高新技术产业发展的"倍增密码"

### 记者　何泽平　王莉敏

一年里 38 家企业通过高新技术企业认定，至此，全市高新技术企业总数达到 99 家，高新技术产业增加值占 GDP 的比重达到 8.36%。

3 月 30 日，这份从市统计局获悉的全市 2015 年高新技术产业发展成绩单，令人欣喜——

3 年前，我市高新技术企业总数仅 18 家，增加值占 GDP 的比重仅 4%。

业内人士称，高新技术产业发展水平已经成为衡量一个城市综合竞争力的重要标准。3 年间，咸宁高新技术企业数量和增加值占比都实现了倍增，这样的增速在全省屈指可数。

### 政策领跳　创新热情空前高

近来，湖北牧鑫家居老板陈津辰一直忙着张罗一件事——在咸宁高新区整一块地，扩大生产规模。

在"经济寒冬"里，陈津辰逆向扩张的底气来自手握智能电动家具的 50 多项专利。

牧鑫家居原本是一家传统的家居生产企业，2010 年落户肖桥工业园。3 年前，在科技部门的引导下，向智能家具转型，研发生产的智能电动餐桌机芯、餐桌音乐喷泉系统、智能感应旋转装置等产品畅销全国，牧鑫成为电动家具行业的领导品牌。2015 年被认定为国家高新企业。

除了专利，牧鑫进入高新企业行列，还迈过了另外 5 大门槛：产品必须在高新产品目录、3 年产值每年递增 10%、科技投入达销售收入的 6%、技术人员占职工总数的 15%、财务管理规范。

以 6 大标准为支点，我市不断撬动"政策杠杆"，调动企业创新热情。为此，我市先后制定了《咸宁市高新技术产业发展工程奖励办法》、《市人民政府关于加快科技创新体系建设的实施意见》，对高新技术企业、工程技术研究中心等创新平台给予 10 万元奖励。

与此同时，市科技局把高新企业认定由 1 人"顺带管"，扩大到 6 个业务骨干组成的专班"专门管"。专班从抓基层培训开始，带着 6 大标准，带着各项政策，深入企业手把手地教他们向高新企业迈进。

政策领跳，专班推动，我市企业跻身"高新企业"的热情空前高涨，去年的数据足以为证：我市申报高新企业 48 家，通过认定 38 家，通过率 79.2%，申报数、通过数均达到历史最高。

### 服务助跳　拆除产研隔离墙

武汉喜玛拉雅光电科技股份有限公司坐落在咸宁高新区。董事长郭桂华有个梦想，将咸宁变成世界燃料电池之都。

去年，喜玛拉雅公司与清华大学合作燃料电池项目，成立了车用燃料电池研究院，成为清华大学在地级市设立的首个科研机构。校企合作以此为平台，初步完成燃料电池催化剂生产、双极板生产、膜电极生产、电堆组装生产试制工艺条件，掌握了其核心技术，并实现销售零的突破。据悉喜玛拉雅公司已与东风汽车等多个汽车生产厂家达成合作。

背靠清华雄厚科研实力，手握燃料电池核心技术，面对良好市场前景，郭桂华对实现自己的梦想信心满满。他把 2015 年定为公司的"燃料电池元年"，计划今年底实现批量生产，做到燃料电池中国第一、世界前五。

郭桂华说，牵手清华，要感谢市科技部门乐当"红娘"。

一直以来，横在企业和高校及科研机构之间有堵无形"隔离墙"，隔断了两者之间互通有无。

对症下药，我市积极推进湖北省科技成果转化示范基地建设和"百名专家联百企""双百工程"工作，为产学研合作牵线搭桥，建立技术需求信息和科技成果转化的服务平台，促进校企联姻，促进科企联姻。

管中窥豹，自 2013 年开展"百名专家联百企"活动以来，各县市区科技管理部门有组织地深入 126 家企业，征集到 188 个项目难题，利用咸宁市生产力促进中心的信息平台，与高校、科研院所联系，通过掌握最新的科技动态、科技创新趋势，面向企业发布新技术、新成果，帮助企业破解技术难题，转变发展方式。

截至目前，101 个项目与清华大学、北京大学、华中科技大学、湖北工业大学、湖北农业科学院、中船重工 701 研究所等 40 多所高校、科研院所实现成功对接；组织科技成果转化 56 项，科技成果转化金额 6280 万元，转化产生的经济效益逾 20 亿元。

### 高台起跳　孵化引擎马力足

抢抓创建国家高新技术产业园区机遇，2015 年咸宁高新区高新产业再上新台阶：新增高新技术企业 9 家，高新技术产业增加值占高新区 GDP 的 29.5%。

自从咸宁经济开发区升格为省级高新区，高新产业一年一个新台阶，迅速形成了"以互联网产业为先导，以生命健康、智能装备、新材料为支柱，以现代服务业为支撑"的科技型企业聚集地。

创建国家高新区旨在实现由生产要素驱动向创新要素驱动转变。3 月 17 日，科技部专家调研组对我市坚持"以升促建"，举全市之力创建国家高新区给予了充分肯定。

从经济开发区到省级高新区到创建国家高新区，更换的不只是牌子，更换来了"高增长"。赤壁经济开发区深谙个中道理，成为县市开发区第一个"跟进者"，2015 年升为省级高新区——

这一年，高新技术产业和新兴产业向赤壁高新区加速聚集。目前，园区内近 4 成企业为高新技术型企业。

这一年，各类资金不约而同流向赤壁高新区。各类金融机构、社会基金和政府基金全年为区内企业实现融资 2.59 亿元。

这一年，不同人才涌向赤壁高新区。据统计，园区企业 90% 以上拥有自己的自主研发和管理团队，百余名高新技术人才落户高新区。

赤壁经济开发区升级后的"孵化效应"，激起了"跟进潮"。去年底，通城经济开发区创建高新区通过省科技厅组织的专家评审，省政府批准为省级高新技术产业园区，目前嘉鱼、崇阳等县市也在积极开展申报准备工作。

与打造"高新区孵化引擎"同步，创新体系建设成效明显。2015 全市省级以上研发中心达 14 家。依托这些中心，全市建有省级院士专家工作站 26 个，省级博士后科研工作站 12 处，省级博士后产业创新基地 8 个，国家级众创空间 1 家，省级孵化器 4 家，共同搭建起绿色崛起的创新平台。

原载 2016 年 4 月 4 日《咸宁日报》

通讯

# 特大暴雨中的"赶考"

## ——应对前四轮强降雨的赤壁答卷

记者 何泽平 陈新 黄柱 特约记者 彭志刚 童金健

70 公里的大堤上,分布着 6 个防汛分指挥部,每个指挥部坐镇两名县级领导;48 个防汛哨所昼夜监测水情汛情;48 个临时党支部带领 36 支抢险突击队和 4000 多名干部群众巡堤查险。

10 日下午,记者驱车在赤壁市长江大堤和连江支堤上,看不见一丝懈怠,眼见的每一幕都宣誓着赤壁众志成城打赢 98+长江防汛抗灾攻坚战的决心。

### 防汛重点因势而变体现"赤壁责任"

5 天前,赤壁把防汛重点转向长江干堤和陆水河沿线。

这是服从大局的抉择。

7 月 5 日以来,长江水位快速抬升,赤壁市面临长江洪峰、陆水河河汛及众多水库库水的三重压力。

尽管如此,赤壁的决策者强调,河库防汛虽然压力仍在,但长江防汛事关全局,必须全力以赴,众志成城,确保安澜。

这是基于科学应对前四轮强降雨,取得阶段性成果的果断抉择。

入汛以来,赤壁防指先后 16 次召开专题会、会商会、电话会,分析研判雨情水情汛情。

前 3 轮强降雨袭来,赤壁汛情相对不重,但境内有 207 座水库,其中高帮塘 49 座、未整险加固水库 36 座。这 85 座病险水库(高帮塘)大多分布在京广铁路、武广高铁、京港澳高速、107 国道的两旁，一旦出险，将危及国家交通大动脉。

保护交通大动脉，赤壁重点防范水库险情。

该市科学调度水库库容，一般水库降至汛限水位 1 米以下，病险水库和高帮塘空库度汛。各水库防汛责任人加强对水库清杂和除障，保障溢洪道畅通。市防指建立覆盖每座水库、每个责任人的微信群，及时通报雨情水情。与此同时，市委、市政府主要领导多次突查，分管领导分片逐库排查，市纪委和组织部专班督查。前三轮强降雨过后，境内每座水库都安全度汛。

7 月 3 日，第 4 轮强降雨突然袭来，赤壁成为重灾区。

这一天，赤壁境内普降暴雨到大暴雨，局部特大暴雨，24 小时最大降雨量达到 332 毫米。陆水水库泄洪量最高达到 2500 立方米/秒。

河库告急、民堤民垸告急、城市防洪告急。

赤壁防指立即把工作重点转向河库、民堤民垸、城市防洪。

这是基于保障民生的考量：启动防汛二级应急响应。一方面，强化抢险救援，保障群众生命财产安全。另一方面，强化城区防汛抢险排涝，尽快恢复城市家园。

### 与洪涝灾害赛跑书写"赤壁速度"

应对前四轮强降雨，赤壁干群同心，与洪涝灾害赛跑，共同书写了"赤壁速度"。

7 月 3 日后的城市排涝战，是"赤壁速度"的集中体现。

那天，城区广电路口、金三角路口、周画路等低洼地段内涝严重，临街房屋严重进水、汽车熄火、公交停运……千年古城遭受创伤。

抗洪救灾第一时间启动。市委、市政府迅速紧急调度，80 多家责任单位、2846 名工作人员全力投入抢险救灾。住建部门出动人员 800 余人次，全面启动城市防洪排涝应急措施，在多处暴雨积水路段同时排涝作业。交警部门组织 80 多名警力疏导交通，在主干道设置标识温馨提醒。

受灾群众第一时间转移。3 日 23 时起，市防指连夜开始组织城区内涝救援，投入消防官兵、人武干部和抢险突击队员 150 名，紧急调用冲锋舟和橡皮艇，奔赴城区防洪险段，转移被困群众。4 日，3 个城区办事处组织动员社区党员干部挨家挨户安抚情绪，发放帐篷、矿泉水、方便面、棉被等救灾物资，保证受灾群众"有饭吃、有衣穿、有住处、有干净水喝"。

生活秩序第一时间恢复。4日凌晨，市政部门调拨20多台潜水泵，组织100多名工作人员，清掏沉井落栅，抢修排水设施，全力排除积水，22时，城区8处积水全部排完，交通、供电、供水恢复。环卫、园林部门全体出动，清理清洗街道，修复受损园林设施；供电部门及时修复城区道路、居民小区线路；卫生防疫部门"洪水退到哪，消毒跟到哪"，确保大灾之后无大疫。

不到3天时间，城市恢复了"洁、净、亮、美、畅"，居民生产生活秩序井然。

## 党员干部冲锋在前彰显"赤壁担当"

大汛大灾面前，赤壁市各级党组织和党员，把防汛作为"两学一做"学习教育课堂，把大堤作为"主题党日＋"会场，洪水在哪里、群众在哪里、党员干部就跟到哪里，让党旗在大堤上飘扬，党徽在激流中闪光。

4日凌晨，神山镇马铺村党支部副书记余志刚冒着大雨，进组入户查看受灾情况。

在五组时，他看到渠道涵洞被冲刷而来的树枝杂物堵塞，毫不犹豫跳进过腰深的水中。为稳住身形，他不得不用手扒着渠道，然后用脚一点一点艰难地将杂物挑取出来。

经过3个小时的努力，渠道畅通了，清理上岸的杂物，三轮车来回跑了8趟。期间，湍急的水流好几次险些将他吸进涵洞。

余志刚爬上岸后，才发现腿上多处被划伤正流着血。他说："这点划伤不算什么，只要能保障渠道畅通，让村民庄稼少受损失就值了。"

在赤壁防汛救灾一线，到处活跃着像余志刚这样的党员干部。

水浒城村支部书记赵平球坚守防汛岗位三天没回家，年迈多病的父母需转移，他让亲戚去帮忙，而自己却去转移村里的孤寡老人。

党员余曙光家3027亩水稻受灾，但仍不忘帮助乡邻，免费为50余名受灾转移群众提供吃住。

党员雷盛国自家西瓜大棚被淹，损失近2万元，村支部动员大家防汛时，他二话没说上了柳山大堤……

防汛重点转向长江干堤和和陆水河沿线后，市林业局党员干部踊跃报名，局机关党支部按每批次 12 人，轮流上堤值守。市民政局 21 名党员干部组成突击队，排查险情，吃住在简易帐篷里，上堤后一直没有离开……

精神在状态，战斗在岗位；冲锋在前面，党群在一起。赤壁市各级党组织正以 98 的抗洪决心和意志，迎战新一轮暴雨和洪水。

原载 2016 年 7 月 14 日《咸宁日报》

通讯

# 抢夺收成

## ——来自咸安区抗灾自救一线的报道

### 记者 何泽平 周荣华 王莉敏 特约记者 谭辉龙

入梅以来，咸安遭遇历史罕见的暴雨袭击。"全面受灾，反复受灾"给全区14个乡镇办场23万多人造成直接经济损失17.9亿元。

当雨情、汛情刚刚缓口气，区委区政府就制定下发了《关于切实加强抗灾救灾工作努力实现"五保一夺"目标的若干意见》，用26条指导全区抗灾自救工作；区委书记袁善谋来不及消除防汛抢险的疲惫，就穿梭在"两湖三库、四河四垸"重灾区，指导干群恢复生产；区长谭海华要求区直部门围绕"抢修、抢排、抢种"集中人力财力物力；区四大家领导带领全区万名干部迅速下到田间地头，联户帮扶灾民生产自救。

一幅抗灾自救画卷在咸安大地上有序展开。

### 抢修：八方齐援"缝合伤口"拼速度

7月27日，在马桥镇高赛电站扒堤泄洪处，十多台挖机、农用车、碾路机穿梭作业，撕口的河堤已基本修复，冲毁的路基也碾压成形。

望着这一切，镇党委书记周和平长舒了一口气。

自16日起，周和平就"泡"在了抢修工地上。他说，肆虐的洪水造成淦河马桥段多处漫堤、决口。汛情一缓，区里就安排交通、水利、农机等相关部门，帮助抢修水毁工程。为此，镇里成立了三个协调专班，在同时开工的5个工地配合抢修。

高赛电站扒堤泄洪后，李家畈 5000 群众与外界隔绝，区交通局仅用一天时间架起了一座铁索便桥；八一堰和贾陆畈溃口急需修复，短短 3 天内，水利部门即制定修复方案，组织专业施工队，抢建河堤便道；淦河马桥段排水泵站受损，农机抢修队迅速赶来，昼夜排查检修；配合抢修，当地百姓要田给田，要地给地，不讲任何价钱。

周和平说，正是干群手拉手，肩并肩，拧成了一股绳，马桥水毁工程修复目前已基本完工，确保了灾后正常灌排。

和马桥镇一样，官埠、桂花工程水毁严重。区里在这三个镇分别成立了抗灾自救指挥部，区委常委牵头、区直单位包保、镇村干部协调，全面推进"三抢"工作。

15 日，官埠滨湖围垸溃口，垸内万亩良田和鱼池被淹。堵口复堤工作迅速启动。区交通局仅用 24 小时就建成运料公路，区电力局快速架设 1.5 公里临时照明线路，官埠桥镇 3 天时间完成 2000 方堵口土方，区民兵应急分队连续三昼夜抢装堵口备料编织袋近 3 万包……20 日，水势刚刚平稳，指挥部组织 100 名武警官兵、400 多名民兵应急小分队和数百名干部群众，连续奋战 6 个小时，成功筑堤堵口，为抢排围垸积水赢得了宝贵时间。

与此同时，在南川水库、四门楼水库、三湖圩垸等受灾严重、发生次生灾害概率大的堤防、库坝、涵闸，抢修工程也在不分昼夜地进行着。至 28 日，已恢复 60% 的水毁工程。

### 抢排：特事特办增容扩能"挣"时间

28 日，一台崭新的变压器运抵官埠桥镇滨湖围垸，十多名供电工人正在紧张作业。这里原本只有 470KVA 的变压器就要增容到 800KVA 了；

滨湖泵站附近，十台从武汉调运过来的 25KW 电机已由区农机局技术人员组装完毕，只等变压器换好，就可开足马力排渍。

"增容扩能后，10 天内，我们可以排完围垸内全部积水！"官埠桥党委副书记余瑜信心十足。

滨湖围垸积水严重。上万亩良田和鱼池泡在水中。靠仅有的 2 个泵站排干积水要 50 多天。

非常时期，必须有非常之为。

16 日，围垸一停雨，咸安农机局局长庞甲午带领 5 名农机员赶到滨湖泵站救援。他们潜水捞起湿淋淋的电机，用电炉烘干，仔细检查更换损坏的零件……6 个人忙了一整夜，终于修好了电机，第二天开始排涝。

同一天，咸安供电公司总经理王志宏带领 20 余人，连夜抢通了围垸线路。第二天又架设了 1.5 公里的临时照明线路，保证了泵站的安全运行。

18 日，还是农机、电力两支队伍，乘船涉水到达齐心泵站，与当地干部群众一道打围堰、烘电机、架专线、购设备，用最快的速度让齐心泵站两台机组和六台流动泵一起启排渍水。

如今，滨湖围垸淹没的 8 个组已经退出了 5 个。28 日，记者在渡船村看到，区农业局调来的 3 台耕作机正在刚退水的田里翻耕，1 组村民张保和在自家退水的 6 亩田里撒播了稻种，这位种了一辈子田地的老农说，"撒播稻种从来没有弄过，不过区农业局帮着翻耕，又送种子送技术，抢种下去至少可以挽回八成的损失。"

据统计，截至 28 日，咸安已投入排灌机械 1000 多台套，完成抗洪排涝面积近 5 万亩，排渍量上千万立方米。

加速排涝排渍为各地恢复生产赢得了时间。

## 抢种："五送"并举千家万户忙整耕

28 日，双溪桥镇杨堡村蔬菜大户普晓明分外高兴。这天，镇里组织 50 名镇干部帮他挖沟、整地。翻耕完后，他被洪水冲毁的 200 亩冬瓜地就可改种延秋辣椒了。

此前，杨仁村的蔬菜大户郑经华也是在镇里组织的劳力帮助下，200 余亩土地已翻耕一新。郑俊华说："新育的椒苗已长出叶片，移栽下去，下半年能夺回 80 万元损失！"

洪灾造成双溪桥 2000 亩蔬菜基地遭受灭顶之灾，影响到成千上万农户。镇党委书记田海湖意识到问题的严重性。大雨停后的第二天，镇党委紧急召集 5 位蔬菜大户商量对策。大家你一言我一语，最后商定：抢种延秋辣椒。

镇里迅即派人到江西、武汉等地考察市场。镇里协调 5 位大户分工，辣椒种植技术最拿手的郑俊华负责育苗，擅长销售的刘景良负责外销。劳力不够，政府组织干部帮忙；技术力量薄弱，下派农技人员驰援；肥料不足，紧急调运 5

吨化肥送给蔬菜大户。

在镇里"送技术、送信息、送物资、送劳力"的帮助下，双溪桥的蔬菜大户逐渐摆脱了灾害阴影，新的希望开始升腾。

双溪桥镇只是咸安抢抓农时，抗灾自救的一个样本。

为了抢抓季节，减轻灾害损失，区委区政府举全区之力，开展"送信心、送技术、送信息、送物资、送劳力"活动，帮助受灾户生产自救。在横沟，受灾户抢种秋玉米和晚熟西瓜；在官埠桥，水稻翻秋、晚稻补种全面铺开；在桂花，镇政府组织农户种蔬菜、杂粮……哪里有病虫害，哪里就活跃着农技人员的身影；哪里需要种子，哪里就有呼应；水退到哪里，水产部门的鱼苗联系到哪里……目前，全区已发放玉米种子2.5万斤，水稻种子1万斤，蔬菜种子0.4万斤，耕整绝收面积33920亩。

抗灾自救，咸安如火如荼。

原载 2010 年 7 月 31 日《咸宁日报》

**通讯**

# 铸丰碑

## ——赤壁市灾后倒房重建工作纪略

记者 何泽平 甘青 刘子川 特约记者 彭志刚

8月28日，赤壁市新店镇朱巷村的熊仁春夫妇坐在新家门前，一脸憨笑，望着堂兄熊仁斌汗流浃背地忙里忙外，帮他们搬迁新房。

"他们这是高兴呢！"熊仁斌见到记者停下了手里的活。原来，熊仁春夫妇患有先天性痴呆。7月11日，祖上传下来的几间土屋被洪水冲垮，他们失去了居所，便借住在熊仁斌家。

不到两个月，堂弟就乔迁了新居。熊仁斌说："做梦都没有想到会这么快。"他一再请求记者转达对政府的感激之情。

熊仁斌朴实的言行代表了赤壁市受灾群众的心声。这心声告诉我们：一栋栋重建房，就是一座座耸立在百姓心中的丰碑。

### 创先争优：帮扶重建一线就是最好的舞台

7月的一场持续性强降雨袭击赤壁，四处泽国。全市1029户2267间民房不同程度受损，其中，420户受灾倒房户需要重建。迅速开展灾后重建成了摆在赤壁市委市政府面前的现实命题。

"要把灾后重建与创先争优结合起来，帮扶重建一线就是党员干部争创的舞台！"8月2日，在全市因灾倒房恢复重建工作动员大会上，市委书记王铭德发出号令。

会前，四大家领导分别带队走村入户，一边慰问灾民，一边征求灾后重建意见；8 个专班的 70 名干部，过河蹚水，翻山越岭，挨家挨户核对倒房情况。

情况一摸清，市里先后召开了 10 余次专题会研究倒房恢复重建工作。经过反复斟酌，《因灾倒塌民房恢复重建工作方案》和《市直单位联系包保因灾倒塌民房恢复重建安排》两个指导性文件相继出台。

紧接着，成立了以市长熊征宇为组长的"市倒房重建工作领导小组"。在领导小组的统筹下，市主要领导每人包保一个乡镇，副科级以上单位包保一个村，乡镇副科级以上干部每人包保一户，全市恢复重建工作迅速形成合力，全面推进。

与此同时，市里主要领导深入到四个重灾村帮助倒房户恢复重建，办点示范。

一支支党员帮扶队，一个个帮工互助组，一队队青年志愿者快速汇聚，全市 5000 余名党员干部的身影活跃在恢复重建一线。

### "三帮"竞赛：爱的暖流在重建一线流淌

车埠镇斗门村四户倒房户是建设局和国土局的包保点。2 日，全市动员会一结束，两个局的负责人就带着工作人员来到了点上，帮助倒房户选址、平地、测量。

两天后，市建设局工作队再次来到包保点上，发现重建房没有打地基，墙体已做了近一米高。副局长贺升曙当即要求，拆除墙体，重新建造。

村施工队有人反驳说："农村里做屋一向都是这样砌的。"

贺升曙解释道："基础牢房子才经事。帮倒房户建房是做好事，好事就要尽力做好。请大家严格按设计施工。"

在场的村支书马炎林接过话说："大家晓得重建房资金不足的部分都是由建设局和国土局帮着筹的。现在又帮着把质量关，这是把我们村里的事当作自家的事操心，大家没有理由讨价还价。"

自此以后，贺升曙让城建股长每天现场负责技术指导和质量监督，他自己也隔个两三天就到施工现场促进度督质量。

村里的党员干部也把倒房重建当作自家事。马炎林带着 11 名党员干部在重建工地义务帮工 11 天。这期间，老党员黄清泰花钱请人抢种补种自家受淹的水田，义务帮工一天也没耽搁。

　　像建设局、国土局一样，市直153家包保单位为420户重建户"帮资金、帮技术、帮劳力"。大家各尽所能，开展帮扶竞赛，一股股爱的暖流在重建一线汇聚。

　　为减轻倒房重建户的负担，国土、建设、规划等部门在建房审批手续上，实行零收费制，免收各种建房办证手续费和规费8万多元；为有效化解劳力资源和建筑材料困难，镇、村联系专业基建队承担恢复重建工程；为强化工程进度，市委、市政府组织8个工作督查组，每2天进行一次现场检查督办，每3天通报一次情况；为严把质量和资金使用关，纪委、监察、审计及组织部、机关工委提前介入，全程监督……党委政府的关怀，如涓涓暖流，在受灾群众心田流淌。

## "四个一点"：圆了三代人的新房梦

　　一份份关爱，绽放出一张张灿烂的笑容。

　　8月24日正午，车埠镇斗门村低保户熊道洪顶着烈日走了十多里山路，从借住的岳父家来到重建点看新房。村里干部告诉他新房今天完工。

　　红瓦白墙，坐北朝南，熊道洪迫不及待地打开新房的大门，从客厅摸到厨房，再到洗漱间，最后到卧室，足足磨蹭了十多分钟，才摸遍了60多平米的新居。

　　"电通，水通，电视通，新房建得这么好，真是没想到啊！"熊道洪边说边笑，不断释放着心里的惊喜。

　　7月13日，突如其来的大水将老熊家三代同堂的土屋彻底冲毁。大雨过后，熊道洪谋划着在冲毁的废墟上搭个草房安身。

　　7月底的一天，村干部告诉他："特困户将由国家补助1万元，政府配套2000元，镇村帮着出工出料，包保单位帮扶不少于3000元，重建新房。"

　　熊道洪没有把村干部的话当真，继续筹划着搭建草房。直到新房建成，老熊还感觉是在梦中。

　　余家桥乡洪山村3组的宋保堂和熊道洪有着相同的感受。

　　7月13日的那场大雨冲垮了祖父传下来的三间土屋。我们去采访时，宋保堂正在帮着施工队粉刷新房。有些木讷的老宋见到我们，只是乐呵呵地笑，不经意间以自己的方式表达了心中的喜悦："刷墙的时候老觉得在帮别人家做事。"

村支书李昌立介绍，老宋家的土屋原先建在对面的山垅上，生产生活都不方便，征得他的同意后，新房迁建在邻近他家水田的公路边。60多平方米的房子老宋只需花万把块钱。

据了解，赤壁对420户倒房户，通过"国家补助一点、政府配套一点、部门帮扶一点、镇村支持一点"的办法，已统筹安排重建资金800多万元，确保在9月30日前全部住进新房。

原载 2010 年 8 月 30 日《咸宁日报》

**通讯**

# "难"字尖上话拆迁

## ——咸安区三名"拆迁干部"采访实录

### 记者 何泽平 盛勇 特约记者 谭辉龙 胡剑芳

拆迁是城镇化进程中绕不开的一环。每当因拆迁引发上访闹访或群体性事件，基层干部往往在一片"暴力拆迁"的谴责声中，被推到舆论的风口浪尖。

俗话说，一个巴掌拍不响。从这个逻辑出发，疑云油然而生：社会舆论是否客观公正？"拆迁干部"是否有难言的委屈？

带着问号，7月底8月初，记者先后三次深入到承担市区两级拆迁工作的咸安区"拆迁干部"中间采访，试图打开心中的问号。

让我们先认识一下受访"拆迁干部"中的三位代表——

龙栋，5年前开始从事拆迁工作，现年41岁，咸安区浮山办事处副书记，先后参与7个重点项目的征地拆迁还建工作，涉及6个村，28个村民小组580余户

王天龙，8年前开始从事拆迁工作，现年58岁，咸安区文体局主任科员，先后参与5个重点项目的征地拆迁还建工作，涉及6个村，17个村民小组800余户。

胡成祥，4年前开始从事拆迁工作，现年50岁，温泉办事处党委委员，先后参与4个重点项目的征地拆迁还建工作，涉及1个村9家商贸企业，3个村民小组300余户。

接下来，让我们一起静心倾听他们的辛酸苦辣——

## 任务繁重完成难

### ——胡成祥：疲劳过度和用脑过度引起脑萎缩

近年来，市委市政府 20 多个重点项目中，温泉办事处承担了其中 18 个的征用拆迁任务，加上咸安区的 6 个重点项目的拆迁征用任务，办事处 7 个班子成员，平均每人要承担 3 个多项目，要面对几百户拆迁对象。

完成这么重的任务，我们没有休息日，没有白天黑夜，工作到晚上 11 点算是收了早班。

财贸新都汇项目的拆迁时间紧，工作量大。接到这个任务后，我反复到拆迁户家中做说服工作，收效甚微。因为心里着急，连续四天四夜没有合眼。第五天晚上，自己在家中喝了三杯酒，想借酒意入睡，但满脑子想着明天的说服工作，仍然一夜未睡。次日，在中午上班签到时，突然晕倒在打卡机前。被同事送到医院后，医生诊断为：疲劳过度和用脑过度引起脑萎缩。医生说，如果不是这次晕倒及时发现了病症得到及时医治，半年之后，人就会有瘫痪的可能。

**话外音**：随着市区一体化，市里重点项目的拆迁任务最后几乎全部落到咸安城区的几个办事处，面对繁重的拆迁任务，"拆迁干部"长期处在"五加二，白加黑"工作的状态，象胡成祥这样不堪其压，不堪其累住进医院的基层干部并非个案，给"拆迁干部"多一点人文关怀是他们共同的心愿。

## 利益至上签约难

### ——龙栋：个别拆迁户非理性利益诉求令人头痛

在拆迁过程中，为了追求利益最大化，个别拆迁对象蛮不讲理的拆迁诉求，令我头痛不已。

香泉映月实景剧项目，是市里的重点项目，涉及 99 户拆迁。经过前期充分的协调，今年 7 月上旬开始入户评估签订协议，因为其中一户的胡搅蛮缠，整个项目的拆迁签约延误了 20 多天。

这户是龙潭村 9 组的女儿户，叫刘丽芳。她家的两间简易平房占地面积 41.9 平方米。之前，我多次上门宣传相关政策，并告诉她还建时将给予相同面积的房屋补偿，刘丽芳基本答应了。

没有想到的是，就在签协议的前几天，刘丽芳找到我，要求给予 120 平方米的还建面积，理由是：邻居家同样的占地面积还建的是 120 平方米，她们家也应该还建同样的面积。

我解释说，邻居是三层楼，你家只有一层楼，政策规定按建筑面积补偿，还建面积当然是不同的。

她反驳道，不管是三层楼还是一层楼，拆了都是一堆没有用的砖瓦，有用的只有土地。占地面积一样，补偿的面积一应当一样。

面对她的"理直气壮"，我哭笑不得。

指挥部考虑到整个项目的进度和她们家的实际困难，同意主体及多项补偿置换给她家 80 平方米的还建面积。我带着指挥部的意见，多次上门做工作，刘丽芳再次同意签订拆迁协议。

然而，就在签协议的前一天，刘丽芳又反悔了，坚决要求按 120 平方米拆迁还建。对此，我坚决表示不可能。

此后的两天，刘丽芳缠住我不放，我到办公室，她就跟到办公室；我上厕所，她就等在厕所外面；我回家，她就跟着我一起回家。

被逼无奈，我只好表态，按 120 平方米的房子还建可以，但另外 40 平米的差价到时要补上。在这样的情况下，刘丽芳总算签订了协议。

**话外音：**"一户一基、货币补偿、集中上楼"是拆迁过程中通行的三种模式。拆迁户无论选择哪种模式，追求的都是利益最大化，而"拆迁干部"只能按拆迁政策执行，利益与政策间的天然矛盾加大了拆迁工作量，加之目前市区拆迁补偿农村与城市一样集中上楼，拆迁户无法理解，认为区位不同，还建方式应该相应调整，这进一步让"拆迁干部"要多费不少脑子和口舌。

## 公权缺位拆除难
### ——胡成祥：遭到围攻软组织多处受伤

白茶村的城中村改造项目涉及该村 3 组 147 户拆迁对象，去年底有 54 户签订了拆迁协议，拆了 38 户。

然而，今年年初，由于拆迁补偿的原因，全组村民开始抱团抗阻拆迁。这些拆迁户组织女人和老人出面，围住项目指挥部，不让拆迁工作人员进出，并且围攻拆迁工作人员。他们围住我一个人，我的衣服被撕破，我的手表被扯掉，全身软组织多处受伤。指挥部的同事打电话报警，但接警人员到现场后说：拆迁的事我们不宜出面处理，你们自己解决。

**话外音：** 一部分拆迁户抱着"小闹小解决，大闹大解决，不闹不解决"的心态，为达到目的，就组织有共同利益诉求的人反复闹事，以对抗手段制造影响。面对这样的钉子户和抱团户，"拆迁干部"工作人员缺乏强有力的措施，只能孤军奋战，人身安全难以得到保障。他们建议成立一个依法拆迁征用联合办公室，市区两级相关职能部门都参与进来，特别是法院和公安等"公权力"部门要参与进来，对以对抗手段制造影响者，形成无形的威慑作用。

## 理解缺乏安置难
### ——龙栋：差点被拆迁户用汽油烧身

西河片区的棚户改造工程涉及 178 户拆迁居民。2012 年 9 月，拆迁指挥部按照工作安排，对第二批拆迁还建房进行分配，总原则是先签协议先分房。

发放还建房钥匙那天，拆迁户徐四平找到我，要求对还建房重新分配。

由于徐世平签约较晚，所以他家的房子分在 3 楼和 5 楼。徐世平要求分在 2 楼和 3 楼。他的要求显然不符合分配原则，我当面给予拒绝。徐四平闻言后，破口大骂，扬言让我等着瞧。

半个小时后，徐四平提着一桶汽油，来到了指挥部。从 2 楼到 3 楼，沿路泼洒。到我办公室后，徐世平一只手提着汽油往我身上泼，一只手拿着打火机，准备点燃。

见此情景，我立即扑了上去，按住他的打火机，其他的同事也马上上来按住他，一场火灾得以幸免，我本人也幸免烧伤。

**话外音：** 拆迁工作是一个周期较长的系统工程，如果把这个系统按 100 分来量化，签订拆迁协议占工程量的 40%，拆除房屋占工作量的 20%，还建房分配分占工作量的 20%，分房后办证占工作量的 20%。这里面，任何一个环节如果缺乏拆迁户的理解和配合，都会引发矛盾甚至冲突，造成前功尽弃。

## 一城两策协调难
### ——王天龙：同城不同策人为增加了拆迁工作量

这些年虽然市区一体化进程明显加快，但在拆迁补偿标准上，并没有实施同城同策，使拆迁工作常常陷入被动。

市中心医院二期工程建设于 2008 年正式启动，但由于补偿标准问题，一直到 2010 年该工程拆迁工作一直无法启动。

2011 年，二期工程拆迁工作移交咸安区后，区里指派我负责。该工程涉及旗鼓村 1 组 35 户村民，村民们说：同样在旗鼓村的范围，既有市级重点工程项目，也有区里的重点工程项目，前者的补偿标准都比后者要高出 10% 到 20%，他们要求就高不就低，统一按照市里的标准执行。

为了协调补偿标准，我先后召集 1 组村民，开了十几次协调会，最终的结果是双方各让一步，采取折中办法，既不按市里的标准执行，也不按咸安区的标准执行，拆迁工作才顺利进行。

**话外音**：目前在征用拆迁的实际操作中，市区两级除了价格评估统一了标准外，拆迁的补偿、安置、上浮、奖励等，都没有一个统一的标准。例如，在咸安城区，实际的拆迁补偿上浮标准一般按拆迁房主体价上浮 10%，而市里项目拆迁上浮标准达到了 20% 或以上。由于市区标准不同，扰乱了房屋征收拆迁市场，影响了房屋征收拆迁工作的有序开展。

## 历史欠账化解难

——王天龙：征地拆迁成新旧矛盾的交汇点

2007 年，我在负责碧桂园项目拆迁工作中，一起因土地征用补偿费引发的矛盾让我忙活了 4 年。

当时，浮山办事处余佐村 9 组村民郑祖全一栋房产要被拆迁，但是，郑祖全死活不同意签订协议，理由是，他承包的几亩田地征用补偿费没按规定到位。

郑祖全 1957 年由外地迁移到该组。第一轮和第二轮土地承包和延包时，他承包了组里的几亩田地。碧桂园项目启动后，这几亩田地也在征用范围内。

但是，9 组几十户村民不同意给郑祖全足额的补偿，理由是他是外来户，只能给部分补偿。其补偿差额达到了十多万元。为此，郑祖全不服，向法院起诉。经过多次庭外调解未能及时解决。

作为项目拆迁负责人，我做了四年的工作，上了 100 多次门，最后，由咸安旅游新城、浮山办事处、余佐村三方协调补齐了郑祖全的土地征用补偿款，2012 年才最终签订了拆迁协议。

**话外音**：农村一栋房子的拆迁，村民们常常把坟墓迁移、与村组干部的矛盾、土地款分配、林地权属、房屋权属、计划生育等方方面面的历史遗留问题捆绑在一起，与"拆迁干部"讨价觉成了新旧矛盾的交汇点。面对这些历史遗留问题时，"拆迁干部"除了发挥村组干部疏通的作用，坚持多次上门沟通，打好感情牌外，别无他法，这无形中增加了征用拆迁的工作量和难度。

## 一人拆迁全家难

### ——王天龙：一人搞拆迁影响家人正常生活

我今年58岁了，搞了8年拆迁工作，老伴和孩子都劝我不要再搞了，他们说自从我搞拆迁工作以来，家里正常的生活秩序被打乱。

老伴和孩子的话并不是夸大其词。

2012年5月，旗鼓村1组的村民桂清平在拆迁还建安置好了之后，以地基不够用为由，偷偷在还建点擅自挖土奠基。

我组织人员强拆后，桂清平儿子桂智兵带着家人，拿着不锈钢脸盆，晚上到我家里不停地敲打，吵得家人无法睡觉，家人不得不报警。警察离开后不久，他们就搬运泥土，把我家的门堵住，不让我家人进出，还把我家的电停了。

**话外音：**"拆迁干部"家人的生活受到影响是他们共同的经历。除此，拆迁户还常常辱骂他们是土匪，没有卵用才搞拆迁。辱骂过后，来自拆迁户的威胁电话和短信成了家常便饭。如此情况下，个别"拆迁干部"难免产生激燥情绪，和拆迁对象发生冲突，社会舆论便口诛笔伐，本来就"任务重、责任大、压力大"的"拆迁干部"难免心灰意冷，愿意从事拆迁工作的干部越来越少。

原载2014年10月9日《咸宁日报》

通讯

# 填平城乡教育鸿沟

## ——以标准化促进义务教育均衡化的咸安实践

### 记者　何泽平　盛勇　特约记者　谭辉龙　胡剑芳

7月2日上午，咸安区汀泗桥镇中学校园内，八（三）班的王昌瑾正在篮球场上打篮球。这个暑假，他没有去父母打工的上海。去年转学回来后，他就爱上了这里："这个学校比我在上海的学校还要漂亮！"

同日，在咸安区桂花镇刘祠小学教学点，62岁的老人朱财金说："去年两个孙子从7公里以外的南川小学转回来后，老伴再也不用陪读了。"

在桂花镇的另一个教学点——苏家坊，两位90后的年轻女老师吴泉和商琳异口同声："这里教书育人条件和城里相差无几，空气还比城里好！"

学生回来了，家长满意了，老师留下了……

面对农村义务教育发生的变化，咸安区教育局长陈文钢一言以蔽之：标准化促进均衡化的结果。

### 一份建议承载群众期盼

去年3月初，咸安区人大转过来一份《关于改善现有农村小学办学条件的建议》，让陈文钢再次陷入了沉思。

就在几天前，桂花镇刘祠村村支书带着几位老人，专门来到了他的办公室，要求恢复他们村原来的小学教学点，让村里的孩子能够就近入学。

老人们热切的目光和建议中冰冷的现实，形成了巨大的反差。

一方面，不少农村学校现在使用的还是"普九"期间的校舍，破损严重，教学安全得不到保证；另一方面，由于教学环境和待遇，农村老师待不住，教育质量得不到保证。双重因素叠加造成大量的农村孩子涌向城镇，城镇学校拥挤不堪。

群众的期盼不能落空，教育的大计不能耽搁。

"通过标准化建设，改善农村学校和薄弱学校的办学条件，有效地缩小义务教育城乡以及校际差距。"陈文钢把自己的思考写成报告，递交到区委区政府。

报告引起了区委区政府的高度重视。当月，区里成立了以区长李文波为组长的全区义务教育均衡发展领导小组，下设若干个标准化建设工作专班。

各专班按照"小学就近入学、初中相对集中、提升办学水平"的基本原则，在实地调研、反复论证的基础上制定了全区义务教育学校布局调整规划，对永久性保留学校和需要保留的教学点，统一建设标准，统一装备水平，通过改建、改造和新建等方式实现标准化；对过渡性学校，原则上以消除危房、添置必要的教育装备为主；对条件差、规模小、质量低的学校予以撤并或合并。

全区义务教育标准化建设，在群众的期盼和关注中，迈出了坚实的步伐。

目前，城区学校布局调整后有效缓解了择校和大班额现象；农村学校布局调整明年可以完成。届时，全区义务教育阶段所有学校，小学控制在45人左右，初中控制在50人以下，基本可实现就近入学和优质入学的统一。

### 一张床铺折射支教力度

学校标准化建设，牵动着区委书记谭海华的心。

去年6月份，谭海华专程到高桥镇李铺小学调研，她在学生寝室一张缺了一只角的竹板床前停了下来，轻轻用手一摇，整个床铺就晃动起来。

"我小时候住读时曾经从这样的床铺上摔下来的，现在，我们的学生还在用这样的床铺，农村义务教育现状必须得到根本改变！"谭海华动情地说。

随后，在区长办公会、部门联席会、学校标准化建设专题会上，区长李文波多次指出：建设标准化的学校要花钱，现有的财力再困难也要千方百计、想方设法支持学校标准化建设。

一个月后，第一批40所义务教育学校的标准化建设项目启动，32所初小和教学点的建设项目同步启动。

与此同时，"政府主导、教育牵头、部门配合"的工作机制，把教育标准化建设推向一个又一个高潮——

区土管局将双溪中心小学旁边的旧办公楼无偿转让给学校，为学校让出宽阔的大门；浮山办事处为做好杨下小学标准化建设，处、村两级拿出 120 万元为学校配套建教学楼；马桥镇拿出 40 万元为马桥小学征收土地、平整场地；桂花镇不仅为南川小学协调征地 7 亩，还拿出 10 万元为周边群众另修一条公路。

一时间，各级各部门简化办事程序，开设绿色通道，形成强大合力。

目前，全区共投入 1.5 亿元，第一批项目学校建设已基本完成，第二批 38 所义务教育学校项目今年暑期将陆续完工。

透过这些发生着的变化，陈文钢对全区城乡教育均衡发展满怀憧憬：两年后，农村学校将和城里学样一样漂亮。

### 一套机制优化乡村师资

7 月 2 日，在桂花镇刘祠小学教学点，年轻的女老师陈哲说，原来，她到这里来从教，只想当作一个过渡。现在，决定留下来干出点成绩。

除了热爱这份事业外，她归结了三点原因：有待遇，有身份，有奔头。

陈哲所说的有待遇指的是，从 2013 年开始，区里专门出台政策，用三年时间，为农村初小、教学点定向招考 60 名乡村教师，采取年工资报酬比城区教师高出 1 万元，为他们建设周转房等办法，让年轻教师安心教学。

何谓有身份？指的是咸安区每年安排 70 到 80 个编制，从大学毕业生中公开招考年轻老师充实农村学校，以解决他们的"身份"问题。

而有奔头则是，咸安区教育系统实施区域内教师交流制度，干出成绩的乡村教师通过岗位竞争，到城区执教，为乡村教师开通了"上升通道"。

"三有"机制让像陈哲这样的年轻教师安下心来，既充实了乡村教师队伍，又优化了乡村教育师资。

对此，分管副局长何红辉认为，教育的标准化不仅仅是办校条件硬件的标准化，一支高素质的稳定的师资队伍，也是标准化"软实力"的体现。

### 一种理念追逐均衡梦想

汀泗桥中学的体育老师郭欢感到自己是幸运的。这个学期开学后，校长把学校新建的跆拳道馆的钥匙交到她手里，她在学校里招收了 20 多名弟子。

三年前，毕业于湖北师范学院跆拳道专业的郭欢招考到该校。第一天到学校报到，眼前杂草丛生，泥泞不堪的校园，让她心情坏到了极点。每次在"晴天一身灰，雨天一身泥"的操场上，上完体育课，她都为自己选择报考这所中学而后悔。

郭欢说，现在学校的运动场换上了塑胶跑道，又有了属于自己的跆拳道馆，可以学以致用，觉得自己是个幸运儿。

据悉，包括跆拳道活动小组在内，学校开设了美术、音乐、羽毛球等十几个兴趣小组，这些兴趣小组让农村孩子和城里的孩子一样享受丰富的校园文化生活。

副校长徐全贵把这一切归功于，区里一次性投入了 500 余万元用于学校的标准化建设，校园面貌一新，实验室和图书室等功能室应有尽有，教学的硬软件发生了翻天覆地的变化。

和汀泗桥中学一样，全区农村义务教育学校迎来了灿烂的春天：在短短一年时间内，全区农村初中和完小全部建有综合楼，65 所学校完成了正立面改造，装备了 100 万册图书，45 所学校完成了功能室建设，共新建了 25 个标准篮球场和 4200 平方米的器械区，校园绿化 3.8 万平方米，道路升级改造 3.1 万平方米，添置标准化课桌椅 60000 余套。

不仅如此，全区所有完小以上学校全部实现了"班班通"，初小和教学点至少建有一个多媒体教室。

对此，市领导给予这样的评语：咸安区的义务教育标准化建设是真刀实枪，真抓实干，真金白银。

打造无差别校舍，做到城乡学校一个样；打造高水平师资，做到教育质量一个样；打造信息化课堂，做到教学手段一个样。

正是这种教育理念，驱使着咸安区追逐着教育均衡的梦想。

原载 2014 年 7 月 24 日《咸宁日报》

通讯

# 根治三八河

## ——咸安突出环境问题整治的一个样本

记者 何泽平 张敏 见习记者 陈希子 特约记者 胡剑芳 李旻媛

老舍笔下的《龙须沟》，曾为我们生动讲述了一个改造臭水沟造福百姓的感人故事。

60 多年后，在咸安区，也出了一条被周围百姓称为"龙须沟"的三八河。近来，咸安经济开发区借突出环境问题整治的东风，演绎了一段当代版根治"龙须沟"故事。

### 桂乡有条闹心的"龙须沟"

咸安素有桂花之乡的美誉，境内的三八河起源于汀泗桥镇长寿村，全长约25 公里，流经向阳湖镇广东畈村、咸安经济开发区、向阳湖镇宝塔村，流入王家寨水库，最终汇入斧头湖。

近年来，随着经济社会快速发展，河流水质不断恶化，原本鱼虾成群、清澈见底的河流逐渐沦为一条黑河。

"河水漆黑的，感觉毛笔一放就能写字，经常有死鱼漂浮在上面，路过都要捂着鼻子。"21 日，宝塔村廖家湾村民廖光柏这样描述三八河留下的记忆。

廖光柏还记得，有次嘴馋，从河里钓了条鱼，回家煎熟后，吃起来竟然满嘴煤油味。从那之后，他再也不敢吃河里的鱼了。

廖光柏还记得，十年来，随着沿河工厂相继建立，沿河居民逐渐增多，工业污水、生活污水一拥而上，流入三八河，将如绢的波光浸染成脏污墨色。

的确，三八河水质长年超标。今年 6 月监测结果表明，河水化学需氧量浓度、氨氮浓度、总磷浓度、总氮浓度等指标严重超标，水质为四类，不符合功能区三类水质要求，严重影响周边 1165 名群众的生产生活。

沿河的群众多次向相关部门反映，要求整治三八河，还大家一条清澈的河流。然而，由于历史欠账，"整治——污染——再整治"的怪圈困扰着三八河，"龙须沟"一如既往地静静蜿蜒。

## 整治东风催生环保新政

采访当天是湖北巨宁森工股份有限公司复产的第 6 天。

记者看到，公司生产过程中产生的漆黑恶臭的污水，经过"除渣"、"调节"、"絮凝"、"生化"多道工序净化处理，经排污口排放时，已变得清澈透明。

一个月前，因废水废气超标排放，咸安经济开发区责令该公司停产整改。包括该公司在内，停产整改的共有 5 家企业。

停产整改是咸安经济开发区实行环保新政的举措之一。7 月中旬全市突出环境问题整治启动后，开发区管委会认为借着这股东风，偿还环保历史欠账的最佳时机到来了。

于是，根治三八河的环保新政迅速实施——

封堵排污口。开发区内原有 6 个工业污水排放口，工业污水通过排放口直接排放到三八河，成为主要污染源。截断这些污染源，开发区组织专班，对排污口逐一封堵，确保无工业污水直接排放。

环评再验收。对沿河企业进行环评清理及环评设施再验收，重点检查工业污染死角。对合格的，发放生产许可证；对不合格的，责令停产限期整顿。

河床大清淤。当日，三八河巾帼路段，污泥船轰鸣前进，清理河床淤积上十年的淤泥，所过之处，水流环境明显改善。

铺设截污管。河道两侧，铺设 6 千米截污管网，收集开发区内沿河 7.4 平方公里范围内的工业污水。污水经收集后，全部经由新建的两座污水提升泵站，引至永安污水处理厂处理后达标排放。

咸安经济开发区常务副主任沈中介绍，这些措施确保工业污水经企业初步处理，通过污水管网封闭运行，实现了雨污分流。

## 产业升级确保清水长流

当日，天朗，水清，气爽。

宝塔村廖家湾，几个村民坐在河边，沐浴着秋日闲阳，拿着自制的鱼竿，慵懒地钓着鱼。

"又钓一条！今晚来我家喝鱼汤。"4组村民廖江平，笑着对同村村民说。

这一幕折射出环保新政实施一个多月来初见成效。

对此，开发区主任杜新国并没有喜出望外。他说，三八河要走出"整治——污染——再整治"的怪圈，确保清水长流，产业升级才是根本。

基于此，加快发展循环经济和低碳经济成为《咸安经济开发区产业发展规划（2016—2020）》的总基调。

根据规划，开发区将依靠产业资源内部消耗、循环利用等手段，为突破产业资源限制寻找新的出路，促进传统的森工建材等产业向循环经济方向转型，向高附加值产品制造方向求发展。

同时，加快产业聚集度较高的专业园区建设步伐，促进节能环保、新能源汽车、新型材料等研发型高科技产业的快速发展。

此外，坚决杜绝高污染、高能耗的企业入驻园区，确保将园区建设成为产业特色鲜明、产城融合发展、布局科学、生态环保的宜居宜业现代化工业新区。

除了规划引领，开发区还借力区里下发的高新技术绿色发展基金，引导和扶持企业转型升级。

环保新政和产业升级的同频共振，三八河必能一河清水润民生。

原载 2016 年 10 月 10 日《咸宁日报》

通讯

# 文化＋，激发精准扶贫新动力

## ——文化扶贫的"通山作为"

记者 何泽平 邓昌炉

农家书屋走出科技示范户，引领群众增收脱贫；乡村广场上演连台好戏，解了群众"文化饥渴"；古民居旁办起农家乐，山区让群众坐地生财……

眼下，通山县多措并举，做活"文化＋"文章，用文化激发精准扶贫新动力，开启精准扶贫新模式。

### 文化＋科技，探索精准扶贫新路

5月18日下午3时许，黄沙铺镇晨光村农家书屋里甚是热闹，有看书的，有借书的，有观看种养殖教学视频的……

翻开借书登记簿：5月16日，阮家洵，借《养鸡与鸡疾病防治》；阮家旺，借《西瓜、草莓栽培技术》……

书屋管理员万才桂介绍说，最受欢迎的是科技致富类书籍。村民孟垂进就是从这里走出去的科技示范户。

孟垂进因家境贫寒，从小辍学，靠打零工为生。3年前的一天，他到农家书屋闲逛，无意中获知，购买联合收割机不仅可以大大提高收割效率，还能获得政府的购机补贴。他四处借钱，买了一台，为周边群众收割庄稼，当年就收回本钱。尝到甜头后，他和同村几个农民联手，添置多台农机设备，成立全镇首个农机服务合作社，成为远近闻名的科技致富示范户。

近年来，再生稻市场行情看好，孟垂进到书屋里查资料看录像，学习再生稻种植技术。去年，他联合他人，流转土地 600 亩，发展规模化种植，亩平增收 2000 多元。从育秧、整田、机插、田管、收割，每个环节都有用工需求，村里的十几个困难户因此增收 5 万多元。

农家书屋进农家，已成为通山县文化扶贫的重要载体。据统计，全县已建成各类农家书屋（含公益书屋）213 个，实现行政村全覆盖。县文体新局每年给予每个农家书屋价值 2000 元的图书补充更新。与此同时，开展农家书屋图书经营许可证试点，探索"以屋养屋"长效机制。

扶贫先扶智。在通山县，全民读书形成风潮，无论是领导干部还是普通群众，都积极通过读书开启脱贫致富之门。

从农家书屋的扶贫效应获得启发，该县还开办了"农民学校"新阵地。如南林桥镇邀请专家在农民学校讲解小龙虾养殖技术，使一批困难群众因此增收脱贫。据统计，该镇农民学校开办以来，已培训农民 2 万多人次。

## 文化 + 旅游，山区农民坐地生财

周敦禄、成和丽两位留守老人没有想到，祖上 230 多年前留下的老屋，无意中给他们种下了一棵"摇钱树"。

二老是中港村村民。该村位于九宫山脚下，过去 20 多户人家以种竹卖竹为生，是一个典型的贫困村，村里的青壮劳力纷纷外出打工。

随着周家大屋古民居保护和开发，上下九宫山的游客移步至此，当地群众纷纷办起"农家乐"，坐地生财。

二老的"农家乐"开在周家大屋的西偏房，青砖黑瓦、方石天井、雕梁画栋，古色古香，别有风味。

"菜是自家种的、鸡是自家养的，鱼是河里抓的……绿色环保，游客都说好吃，主要做的是'回头客'生意。"成和丽说，自从办起"农家乐"，家里的年收入翻了番。

村主任周家生介绍，周家大屋属省级文物保护单位。近年来，县文体新局等部门，整合省级文物保护专项资金、鄂旅投公司旅游开发资金、新农村建设资金，对周家大屋进行修缮，修建了入村公路和停车场，并引导村民在古民居周围开了十几个"农家乐"，村里的智障精准扶贫户阮开堂，也因此成了村里的保洁员，每月工资 700 元。

据了解，通山是全省古民居保护重点地区，保存有一大批深具历史、科学、艺术价值的民间建筑。去年，县里出台《关于进一步加强文物保护和管理工作的实施意见》，把古民居保护开发同精准扶贫结合起来，引导群众发展旅游经济。

目前，闯王陵、王明璠大夫第两个国保单位已得到全面修缮，七个省保单位修复详规正在制定。核电路、106 国道和九宫山、富水湖的"一线两圈"，只要是能利用的古民居，家家挂起了红灯笼，开起了农家乐。文化＋旅游，已然成为群众脱贫攻坚的新渠道。

## 文化＋活动，点亮乡村多彩生活

"山花满天飘呀飘，桃花满枝笑呀笑，唱支山歌给党听，精准扶贫到我家……"5 月 18 日下午，通山县大畈镇板桥村农民"天天乐文艺队"正在村文化广场排练音乐剧，准备参加全县的"主题党日＋"活动。

"自从有了文化广场，我们的生活越过越有味了。"天天乐文艺队队长谭道雪说，这个广场是由省纪委和省财政厅、文化厅帮扶 200 万元建设的，广场上园林绿化、体育设施、灯光照明一应俱全，成了附近村民的乐园。

在省纪委工作队的帮扶下，如今的板桥村，每个组建起了文化广场，安装了健身器材，成立了文艺团队。据悉，落户该村的龙珠湾乡村文化旅游项目，让 51 户贫困户户平增收近万元。

在楠林桥镇石垅村广场，宣传栏里，各种文艺演出、文明评比、志愿者服务活动的照片，描绘出新农村新气象。

一名群众介绍，以前这里是出了名的"上访村"，自建起文化广场，村里组建各种文艺团体，举办文化活动，7 个老上访户有 4 个加入了村文艺队，不仅乐哈哈地唱歌跳舞，还劝阻老访友"人生一世切莫争于一事"。

文化扶贫树新风。如今，该村群众中搞封建迷信的少了，移风易俗的多了；发牢骚的少了，干事创业的多了；婆媳不和夫妻吵架的少了，尊老爱幼家庭和睦的多了……

目前，全县 187 个行政村，村村建起中心文化广场，村村组建了农民文艺团队，并恢复建成 12 个乡镇综合文化站，让群众开展大型活动不出县，中型活动不出镇，小型活动不出村。

　　该县还把强身健体，改善群众精神面貌作为扶贫扶智的重要举措，先后向各村配送体育器材 2000 多台（套），在全省率先实现村级农民健身工程全覆盖，让身体残弱的人通过体育锻炼增强体魄，恢复劳动能力，重新树立致富信心。

　　如今的通山农民，白天田头忙劳作，晚上广场晒歌舞，张口成歌，迈步即舞，精神面貌焕然一新。

原载 2016 年 5 月 30 日《咸宁日报》

通讯

# 林地流转的"黄袍山样本"

记者　何泽平　马丽　特约记者　王铄辉　刘健平

300 万—2000 万—6000 万—1 个亿，这组湖北黄袍山绿色产品有限公司从 2009 年到 2012 年的销售数据，清晰地描绘出公司业绩四年间"跨越发展"的成长轨迹。

2000 亩—4000 亩—10000 亩—36000 亩，这组黄袍山公司从 2009 年到 2012 年建设的油茶基地数据，清晰地描绘出通城林农四年间"逐浪高涨"的流转热情。

25 日，接受采访的董事长晏绿金这样解读这两组数据：成长加速了流转，流转夯实了成长，"林地股权化、基地公司化、利益一体化"的"村企联姻"是孵化器。

打开了话匣，这位药学博士侃侃而谈——

### 组团考察　范例激荡观念

一次江西新余的实地考察，彻底颠覆了刘益民"种油茶没'钱'途"的看法。

刘益民是通城县塘湖镇塘湖社区主任。2009 年，黄袍山公司为了建立稳定的原料基地，多次找他寻求合作，都被婉言拒绝。

刘益民拒绝的理由是"以史为鉴"。上世纪 70 年代，通城县发展油茶近百万亩，但因销售不畅，大量的茶果堆在农家发霉腐烂；当时种下的是实生苗，油茶挂果大小年严重，且产量逐年下降，农户无奈地砍了茶树当柴烧，油茶林逐渐变成了荒山。

一朝被咬，十年怕绳。这段历史让刘益民不敢忘了痛：种油茶就是种柴火，宁愿山地荒芜，也不再折腾搞油茶。

碰了壁的黄袍山公司并不气馁，他们出资邀请刘益民到江西新余参观考察。

2010年茶果采收时节，刘益民抱着免费旅游的心理，来到江西新余。敖春芽是当地的种植大户，2004年开始搞油茶种植，他家的300亩良种油茶产出的果子，被当地的茶油生产企业按市场价包收购，每年纯收入超过了30万元。

听着敖春芽的介绍，看着满山油茶树上密密麻麻的"黄金果"，刘益民暗暗盘算："新品种的油茶树，每株结果是实生苗产果的10倍，还不愁销，这事做得！"

回来后，刘益民动员社区的30多户林农，与公司签订了300亩的林地流转合作协议。

包括刘益民在内，从2009年至今，黄袍山公司出资共组织乡镇分管农业的副书记（副镇长）、村支书（村主任）分6批286人次，到周边省市油茶示范基地考察，"外面精彩的世界"激荡着这些农村经济带头人的观念，改变了他们对发展油茶产业的认识。

## 四六分成　机制激活荒山

小井村第一个与黄袍山公司签订了股份制林地流转协议，3000亩荒山种满了"黄金果"，让相邻的庙下村支书廖宗甫坐不住了。

庙下村有2600亩老油茶林，因为没有收益，杂草比人高，多年来只有放牛人和砍柴人偶尔光顾。

村民们责问廖宗甫：为什么小井村"丑女嫁靓婿"，庙下还"养"着？

廖宗甫跑到小井村取经，带回了林地流转协议，与村主任研究发现：林地流转期限是50年，如果把期限缩短些，林农的收益会更大。

廖宗甫的想法给了晏绿金启迪：缩短期限，让利农户，可以调动农户种油茶的积极性。

2011年，庙下村和公司签订了30年股份制油茶基地建设协议。协议规定：农户用山地和劳动用工入股；公司用资金、技术、良种苗木、产品包收购入股；丰产后，公司与农户四六分红；协议期满，所有资产归村里所有；公司在村里聘请 30 名管护员，按每亩每人 148 元支付生产承包管理工资。

这份有别于小井村的协议是黄袍山公司流转林地的"样本协议"。

廖宗甫窃喜，一棵油茶树的丰产期不低于 80 年，村里流转的林地挂果后虽然比小井村少了一成的利，但多了 20 年自主经营权，长远看比小井村的"闺女"嫁得好。

"闺女嫁得好"，但廖宗甫还是受到了责怪。原来，流转的林地不包括 7 组、8 组、10 组的农户，他们说廖宗甫偏心，把他家所在组的林地都流转了，他们的林地荒着不管。

廖宗甫感到冤枉：流转的 1200 亩林地是因为临近公路又连片在一起，公司一眼就相中了。

委屈归委屈，廖宗甫还是找到公司转达村民意愿，申请签订剩余的 1400 亩林地的流转协议。

机制激活"荒山资本"。目前，公司已从 60 多个村农流转荒山 3.6 万亩，公司"跨越发展"的基础进一步夯实。

### 消费升级 "钱途"激发热情

统计报表显示，2012 年，黄袍山公司的销售收入突破了 1 亿元，是四年前的 33 倍，在全国设立专营店 70 多家，是四年前的 2 倍多；股份制流转的林地相当于前 3 年总和。

对这些数据，销售经理胡雄文的解读与众不同。在他看来，油茶产业的光明"钱途"才是"流转加速"的总发动机。

他以塘湖镇阁壁村村民金定武为例证——

2010 年，金定武在网上看到黄袍山公司建设油茶基地的信息。这位小时候天不亮就上山捡油茶果的小伙子，对油茶有份特别的感情，这条信息立刻引起他的关注。

西莫普勒斯的理论让金定武对茶油有了更深的认识。这位美国卫生研究院营养合作委员会主席认为，茶油和橄榄油一样，营养成分比例接近母乳比例，但茶油的烟点高、含有微量元素，是最适合东方人的健康型高级植物油。

在广东打拼十多年的金定武断定，随着经济发展带动消费升级，茶油产业的"钱景"必定广阔。他回到村里，按每亩每年 20 元的租金，从村民手中租赁

400 亩荒山，一租就是 30 年，随后，主动与黄袍山公司签订了 30 年合作协议。

金定武的判断与黄袍山公司的决断不谋而合。

冷榨茶油是公司的主打产品之一，市场价与高端食用油橄榄油相当。当初，公司耗巨资研发这个高端专利产品，就是认准了茶油具有的特质和消费升级的机遇。

胡雄文说，四年来爆发式增长的营销业绩，印证了公司的高瞻远瞩，也预示着油茶产业光明的"钱途"，这必将为四六分成的惠农机制提供坚强的后盾。

原载 2013 年 1 月 28 日《咸宁日报》

通讯

# 找准撬动发展的"支点"

## ——通城农发行服务地方经济观察

### 记者 何泽平 王莉敏

"给我一个支点,我可以撬动地球。"8 日,面对采访,农发行通城支行行长李盛华用阿基米德的这句传世名言作了开场白。

5 年前,李盛华从咸宁农发行调到通城任职。如何发挥政策性银行的优势服务地方经济?阿基米德给了他灵感:找准撬动发展的"支点"——

5 年来,该行贷款净增 214%,存款增加 173%,国际业务从无到有,结算量超过 1000 万美元;先后获得省市文明单位、咸宁市金融服务优胜网点、市金融产品创新三等奖等多项荣誉。

### 助推小微企业快速发展

"印花、剪裁、折叠……"8 日,通城县经济开发区,湖北丽尔家日常用品制造公司包装车间内,工人忙得不亦乐乎。

今年来,来自日本及国内各大超市的订单不断,该公司的 20 条生产线满负荷生产,500 余名员工"并肩作战",生产销售一片红火。

3 年前,丽尔家还是只有 10 多名员工的"小作坊",租来的厂房里仅有两条生产线,公司的家当加起来不过百万元。

对那时的"寒酸",公司副总经理曹临石还记忆犹新:2009 年,公司在县经济开发区征了一块地,厂房盖起来后因资金不足没法运转。几家银行到"小作坊"一看,都不愿意放贷。

一次偶然的机会，公司董事长黎尧文结识了李盛华。交谈中，李盛华了解到该公司产品的主要原料是小麦粉、红薯粉、魔芋粉，符合农发行重点支持的涉农小微企业要求。这或许是通城支行服务地方经济的一个支点。

习惯于把想法变成行动的李盛华第二天就带着信贷人员到企业了解产品性能、到超市调查产品前景。调查结果显示：丽尔家生产的 PVA 系列清洁产品不同于传统的清洁产品，竞争力强，市场需求大，而且公司领导层具有丰富的行业经验。

当年，丽尔家从农发行获得了 400 万元的资金支持。这笔"雪中碳"般的资金，给公司注入了一针强心剂，底气十足地接了一个又一个"小作坊"时不敢接的大订单。第二年，便如期地还了款。

第一笔贷款的回报，更坚定了李盛华与小微企业共成长的决心。3 年来，通城县农发行相继向丽尔家发放贷款 2970 万元，公司销售收入增长了 4 倍，员工人数增加了 60 倍，出口创汇增长了 6 倍，成为全国 PVA 细分市场主导企业。同时，公司自主研发能力明显提升，目前，拥有 5 个实用新型专利，3 个发明专利。

去年，在通城支行的信贷支持下，公司收购了原湖北红蚂蚁服饰有限公司抵债资产，用来开发医用 PVA 止血棉。

## 力挺龙头企业强身健体

8 日，我们到湖北省黄袍山绿色产品有限公司采访时，公司上下正忙着筹备全国油茶现场会。

公司副总经理吴立说，今年 10 月，全国油茶现场会在湖北召开，黄袍山油茶产业园是参观点之一。

黄袍山公司是通城的特色农业龙头企业。这家以油茶深加工为主的企业，自从 2007 年成立以来，产业基地面积每年递增 1 万亩，深加工能力每年以 30% 的速度增长。

为满足快速增长的需要，该公司 2010 年 6 月开始筹划建设油茶产业园，但需要投入 6000 多万元的产业园一期工程遇到了 2000 万的资金缺口。

这是一笔中长期贷款。黄袍山公司找到几家商业银行寻贷，但由于商业银行中长期贷款门槛高，利息高，让该公司望而却步。建设产业园的项目筹划了一年多停滞不前。

2011 年，黄袍山公司向通城支行提出贷款申请。

面对申请，业内有人提出异议：虽然中国茶油市场正在逐渐升温，但湖南、湖北及江西已有大片地区开始种植和生产茶油，而且"金龙鱼"等大品牌也相继推出茶籽油，仅凭一个良好的前景就贸然放贷，可能会带来较大的风险。

带着大家的意见，李盛华对茶油市场进行了详细调查，对黄袍山公司进行了深入了解，结论是黄袍山公司拥有油茶冷榨专利技术，公司发展正处在上升期，产业园可以充分发挥公司的技术优势，做大做强，这个项目发展前景广阔。

信奉兼听则明的李盛华多次与做黄袍山油茶项目可研报告的中介机构进行沟通，并经过省分行制定报表审计的会计师进行审计，向公司提出信贷辅导建议，使公司信用评定等级迅速上升，获得了省分行的信贷审批，并于 3 天内，资金到达专户。

吴立介绍说：这笔 2000 万的"及时雨"保证了产业园一期在 9 月份建成，届时公司生产能力将比现在翻一番，从这个角度来看，是农发行成就了公司有幸成为全国油茶现场会的参观点。

### 给力惠民工程普惠百姓

近日，家住通城县隽水镇的黎雄伟到银山脚下散步时发现，尽管这两天下大雨，但上这里的木鱼湖排队挑泉水的"景观"消失了。

作为县城投公司办公室主任黎雄伟很享受这个变化。

以前，县里的马港镇、五里镇、隽水镇的村民和居民直接饮用神龙坪水库的水，一到雨天就浑浊不堪，放着沉淀一下，桶底就是一层黄泥巴，很多人情愿挑水喝也不用自来水。

饮水问题一时成为矛盾的焦点。2008 年，县里把解决这个问题的任务交给了城投公司。城投公司的项目规划迅速出炉：首先修建暗渠将水引到水厂，过滤后再输送到各家各户，并统一将沿线老化的水泥管、铸铁水管更换成 PE 管，可以一次性解决沿线 12 万户的饮水难，工程概算要 5000 万。

城投公司负责人拿着规划，一家一家银行上门寻求融资，收益问题成了各家银行婉言相拒的理由。

眼看规划成为一纸空文，李盛华走进了城投公司的大门。

此前，李盛华拿着规划，到三个乡镇进行实地考察，村民和居民对改水的期待与焦虑，让他认识到饮水工程既是一个惠民工程，也是一个优化发展环境的工程。环境直接影响地方经济发展，只要地方经济发展了，收益问题就迎刃而解。

李盛华独到的见解，打动了上级农发行，同意了他给该项目放贷的报告。

以此为起点，2009 年，通城农发行向城投公司发放贷款 7000 万元，完成了2000 亩土地收储。城投公司以土地收益筹得 5000 万元，兴建了银山广场。从此，这个广场成了通城百姓的休闲娱乐中心。

一项项惠民工程，架起了一座座政府与百姓间的"连心桥"，通城的发展环境更加和谐。

通城农发行与政府的合作效应，让上级农发行看在眼里。2011 年，咸宁市农发行与通城县政府签订了辖区内第一份全面战略合作框架协议。自此，通城农发行与城投公司的合作进入了"蜜月期"。

2012 年李盛华两上北京、五进省城，争取了 8000 万元贷款资金，治理通城的"母亲河"隽水和秀水。如今一期 1.8 公里的河道清淤、河堤护砌、排污设施已完工，河岸绿树成行、绿草茵茵……一个集"文体休闲、生态旅游"为一体的"两河四岸"休闲景观区，已显雏形。

据统计，近年来，通城农发行相继向县城投公司放贷 3.1 亿元，用于改善民生，优化环境。

原载 2013 年 6 月 17 日《咸宁日报》

**通讯**

# 柳山湖镇：为"四化同步"发展趟路

记者 何泽平 刘子川 特约记者 彭志刚 童金健

12 日，我们慕名来到全省最早整体搬迁、集中安置的移民建制镇——赤壁柳山湖镇。

陪同采访的陈柏平镇长介绍说，2014 年是柳山湖镇开启新一轮大发展元年。年初，市委把柳山湖镇确定为赤壁四化协调发展试点乡镇，要求柳山湖镇探索建立新产业、新农村、新风尚、新机制，带动全市四化协调发展。

肩负为全域赤壁"四化同步"发展趟路的使命，柳山湖镇先行先试，奏响了"四化同步"发展序曲。

序曲如此美妙。去年全镇完成固定资产投资增长 32.6%；完成外贸出口同比增长 25%；招商引资到位资金同比增长 50.7%；农民纯收入同比增长 11%。

## 一号文件开启趟路新征程

公元 2014 年 2 月 9 日，这个普通的日子对于柳山湖人却是不能忘记的日子。

这一天，赤壁市委市政府主要领导带领市直 36 家部门一把手齐聚柳山湖镇，就贯彻市委一号文件，统一思想，落实推进措施。

一号文件决定：用 3 至 5 年时间，把柳山湖镇建设成为现代农业发展示范区、四化协调发展先行区、农村综合改革试验区、移民安居乐业样板区，最终成为全省科学发展示范镇。

一号文件说，这个发展战略是赤壁市级战略，通过"规划、产业、公用设施、服务、素质、机制"6 大提升工程来实现。

同时，文件把 113 项具体工作，列表落实到 36 家市直单位，强调镇村为主，合力推进。

选择柳山湖镇为试点，赤壁市委是基于历史与现实的考量。

上世纪五十年代末，国家将三峡试验坝选址定在赤壁市，兴建陆水水库。位于原蒲圻县南郊的 2000 余户 9000 多人，拖儿带女迁至被称为"水窝子、虫窝子、穷窝子"的柳山湖。

安居乐业，既是移民的期盼，更是各级党委、政府的职责。

为此，历届赤壁市委市政府从住房、行路、饮水等民生问题入手，不断改善柳山湖镇的生产生活条件。特别是 2008 年，学习实践科学发展观活动的开展和深入，在中央、省、市各级党委政府关心支持下，以危房改造工程为主体，包括医疗、教育、水利等在内的 10 多项配套工程同步展开，柳山湖一年一个样。

赤壁市委认为，一方面，进一步推动柳山湖镇科学发展，满足移民对美好生活的新期盼，是地方党委、政府的责任所在；另一方面，人口集中的柳山湖镇经过多年发展，今非昔比，完全具备整镇推进"四化同步"试点条件。

基于此，市委一号文件迅速制定出台。文件旨在以柳山湖镇为"四化同步"协调发展试点，为赤壁新型城镇化作出示范和探索，积累"全域赤壁"协调发展经验，达到"以点串线带面"效果，推进城乡统筹、全域发展。

## 现代产业开辟增收新渠道

"四化同步"协调发展，产业要先行。

柳山湖镇通过建设现代农业示范区、农产品加工园区，培育特色生态农业，组团发展休闲农业，壮大产业支撑，推进农业现代化。

12 日，在柳山湖镇葡萄基地，易家堤村村民陈新炎拉着绿态果业合作社负责人，硬是不让他离开。

原来，陈新炎去年在合作社指导下，把自家种棉花的 1 亩 3 分地改种葡萄，搞休闲农业，创造了 1 万多元的收入。

他算了一笔账，以前种棉花，1 亩地最多创收 2000 多元，现在 1 亩地的收入抵得上 10 亩地。

陈新炎后悔前年不该将家里的 10 亩地流转给绿态果业合作社，他想了个补救办法，从亲戚家流转了 10 亩地，扩大自己的葡萄种植规模。

陈新炎拉着负责人不让离开的目的，就是要负责人答应合作社支持他扩大规模。

绿态果业是镇政府从成都龙泉驿区引进的一家公司，该公司利用"龙泉驿区地少有技术、柳山湖镇地多缺技术"的地区差别，看准柳山湖镇紧邻赤壁古战场景区的区位优势，大规模发展休闲农业。

包括绿态果业在内，该镇采取"合作社 + 公司 + 基地 + 农户"的模式，先后引进赤壁坤元农业等多家公司、合作社，建成 3000 亩水生蔬菜基地、2000 亩水产养殖基地、2000 亩果蔬基地，这些产业基地已成为带动移民增收的新载体。

与陈新炎靠种葡萄增收不同，柳山村群众则靠"卖垃圾"和"碎垃圾"增收。

柳山村支书徐继舟说，自从去年赤壁凯迪生物质能发电厂在他们村的地盘上正式运行，村里的垃圾实现了"二次增收"。

第一次增收是卖垃圾。村里有种棉花的传统，棉花秸秆过去都当垃圾，烂在地里，现在是电厂需要原料，每亩地可增收 800 元左右。

第二次增收是碎垃圾。电厂以枝干、稻壳和秸秆等为原料，需要破碎处理。电厂把这项业务外包，每吨原料破碎费 19 元，其中 1 元归村里。一年下来，村集体收入增加了 12 万元。

统计分析表明，电厂每年收购的原料，可为当地和周边农民创收约 4500 万元。

### 环境整治催生乡村新面貌

去年，通过"绿化、硬化、洁化"整治环境，柳山湖镇的乡村阡陌面貌一新。

对此，腊里山村支书魏平清感触最深。他的感触来自两个提升。

一个是村里公用设施得到提升。镇里去年投资 20 万元，在村里道路两侧种树植草搞绿化，改建、新建垃圾池搞美化。

另一个是镇里对村里的服务水平得到提升。镇里成立了物业管理公司，让他从"操心管家"变成了"卫生监督员"。

物业管理公司成立前，村里每年花 8000 元，请两位村民负责环卫。每每看到村容不整洁，魏平清总是很为难：乡里乡亲的，话说轻了，他们满不在乎；话说重了，他们动辄丢钥匙耍横。

魏平清说，现在把钱交给物业公司，由物业公司请人负责村里的环卫。他只需要做一件事：村头村尾转转，检查村容村貌，有不满意的地方，直接向公司投诉。

包括腊里山村在内，全镇6个村在生活、生产和生态方面的设施都得以提升——

投入220万元提升生活设施，其中110万元完成柳山村人行道、路灯、晒谷场等村庄环境整治；

投入3630万元提升生产设施，其中2300万元完成松柏湖水库整险加固；

以绿色示范村建设为动力提升生态设施，农户院外栽种绿化树17907棵，院内栽种果树34610棵，全镇"屋在林中，人在景中"的风光初显。

### 精神文明孕育农家新风尚

蒋文玲是柳山湖镇分管精神文明建设的党委宣传委员，翻开她的工作笔记，该镇去年文明创建的足迹清晰可见——

3-4月，"道德教育、政策法规、科学技术、文明新风"四进家活动有声有色；

5月，"清洁家园、党员先行"活动示范带动效应明显；

6月，精神文明"一五一十"工程全面铺开；

9-12月，"十星级文明户"复星摘星增星深入人心；

10-12月，"好镇直单位、好镇村干部、好双带党员、好致富能手、好和谐家庭"五好争创活动全员参与。

……

蒋文玲认为，通过持续的创建活动，能帮助村民养成良好文明习惯。她举例说——

去年12月19日，赤壁市委书记江斌夜访吴家门村，看到道路干净整洁，路灯通亮，家家户户门前收拾得井井有条，文化小广场歌舞声声，询问村支书骆阶林是不是事先打听到了他的行踪。

骆阶林一口否定，解释说，一是市里镇里去年相继投入15万元，帮我们村进行环境整治，村容村貌整洁干净了，谁都不忍心去破坏；二是系列文明创建活动产生潜移默化的教育引导，"爱干净，讲卫生，尚文明"，已成为全体村民的新常态。

骆阶林的"潜移默化论"并不夸张。采访中，我们每到一个村，一股文明新风扑面而来：村规民约、卫生公约宣传牌下，绿色垃圾桶沿路一字摆放，地面干净整洁；主干道两侧的文化墙，一面一个主题，或行孝向善，或文明自律；村民文化广场上，篮球架、乒乓台、健身器材一应俱全……

与此同时，各村远程教育网、网格化管理平台、"村村响"智能广播共同构建起信息技术服务网络，打通了农民对现代信息需求的通道。"五务合一"（党务通、村务通、服务通、商务通、事务通）综合信息服务平台的启用，提升了农村农民信息化服务水平。

的确，潜移默化的教育引领作用，正在柳山湖镇孕育出新风尚。

原载 2014 年 1 月 19 日《咸宁日报》

**通讯**

# 争办基地

记者　何泽平　陈新　特约记者　黎艳明

27 日，在通城县塘湖镇千亩油菜示范基地，正在除草的塘湖村村民刘木先，与检查工作的镇党委书记吴彤不期而遇。

"吴书记，您看，这苗都长了四五片叶呢，过几天就可移栽了。"

"这说明田间管理抓得好有效果，也说明镇里把基地建在你们村是对的。"

今年 9 月，塘湖镇党委政府决定结合秋播开展产业扶贫，整合政策性资金 100 万元，创办千亩油菜示范基地。

"扶贫贵在精准，示范基地建在哪里最合适呢？"吴彤把 16 个村一一筛选了一遍。

塘湖从上世纪九十年代便开始种油菜，是通城的油菜大镇。面对镇里抛出的"橄榄枝"，各村书记主任盘算了一笔账：相当于每亩补贴 1000 元，镇里把种子、化肥、农药都包了，只需要投点劳力。现在菜油行情好，一亩可赚 2000 元。

心里装着这本账，大家都找到镇里，抢要这个"香饽饽"。

由于地处山区，有的村没有连片的农田，有的村土质偏碱性，吴彤带领镇干部一个村一个村地察看，用地理条件和土质条件两个"杠杠"去掉了 12 个村。

剩下的 4 个村自然条件都差不多，"香饽饽"该给谁呢？

"种油菜中后期管理跟不上，种了也白种。"镇党委研究决定，拿出第三个"杠杠"：看哪个村的积极性高。

风声一放出去，4 个村便较上劲了，有的请吴彤吃饭喝酒，有的把土特产往他家里送。

塘湖村村民把劲使到了田里，他们排积水、除杂草、挖稻茬，几天时间，把大片农田整理得清清爽爽。当吴彤带领镇村干部第二次巡查时，大伙都竖起了大拇指。吴彤现场宣布：千亩油菜示范基地建在塘湖村。

第二天，6 台大型翻耕机开进了塘湖村，翻耕、播种、施肥……千亩示范基地很快建成。

在基地示范带动下，全镇今年共播种油菜 1.1 万亩，居全县第一。

"明年三四月份，这千亩油菜花开，金黄一片，会引来好多城里人。"吴彤一面与刘木先聊着，一面思忖：接下来要借助乡村游，给精准扶贫抹上更多亮色。

原载 2015 年 10 月 29 日《咸宁日报》

## 专题·转型升级绿色崛起的赤壁故事

**编者按：**

孙刘联军巧借东风三分天下，赤壁从此名扬海内外。

1800 多年过去了，东风又拂古战场。赤壁市以推进"四个全面"战略布局、践行"五大发展理念"为契机，转型升级，绿色崛起，建设强而优中等城市步履铿锵。

这步履有数据为证。2015 年，该市实现地区生产总值341.36 亿元，增长8.4%；规模以上工业总产值525.86 亿元，增长7.6%；全社会固定资产投资341.67 亿元，增长21.0%；社会消费品零售总额97.02 亿元，增长11.1%；外贸出口总额9967.6 万美元，增长16.6%；一般公共预算收入17.02 亿元，增长8.0%。

数据背后的故事，和当年借东风一样精彩……

# 一家企业带来集群效应

记者　何泽平　陈新　黄柱

4月，位于赤壁市车埠镇的三和应急桥梁公司一派繁忙景象，20多台设备不停地运转。

上个月，公司刚完成了3000片贝雷片的生产订单，如今，又在准备生产加工5000万片的新订单，价值1000万元。

一年多前，当江苏客商张达刚到车埠时，这家前身为车埠机械厂的企业已经停产10多年，生产的柴油机、电影机械及零部件无人问津，近100名员工下岗待业。

车埠机械厂的嬗变，源自华舟重工带来的集群效应。

已获准在上交所上市的湖北华舟重工应急装备股份有限公司，创建于上世纪六十年代，是亚洲最大、中国唯一集科研生产销售于一体的应急交通工程装备企业，年销售收入20亿元以上。

2014年，我国出台政策加快应急安全产业发展。华舟重工因势而动，拿出总投资15亿元的三期扩张规划，一方面抢占国内国际的应急车辆、桥梁市场，另一方面，拓展家庭逃生产品市场，开发逃生面罩、特种锤等产品。

张达敏锐地捕捉到这一信息，出资4000万元租赁车埠机械厂的设备和厂房，主动与华舟重工"联姻"，定向生产贝雷片、支撑架等应急产品，企业更名湖北三和应急桥梁有限公司，采用现代企业模式经营管理，去年实现销售收入2000万元，100多名新老员工上岗。

像三和公司一样，蒲圻起重机械、九达机械、盛华机械等25家赤壁本土企业，纷纷向华舟重工"投怀送抱"，配套生产贝雷片及构件、单双梁桥、电动葫芦等 70 多个品种的产品。

华舟重工"有情有义"，让出中低端产品供给市场，还从 650 亩应急产业园区一期用地中划出 150 亩，给这些机械制造企业新建生产基地。

赤壁市委市政府乐当"红娘"，组建以华舟重工为核心企业的产业联盟，建设专业的应急产业园区，申报全国应急产业示范基地，还从财政挤出 2000 万元设立产业基金。

应急产业中，消防安全是大块头。赤壁市在华舟产业园旁边规划 3000 亩的消防安全产业园，先后引进 8 家相关产业企业，打造华中地区唯一的消防器材生产基地。

目前，应急产业园区一期项目即将投产，二期将于年底建成，明年入园企业将达到 30 家。市委常委、经济开发区工委书记、管委会主任洪金虎说，赤壁应急产业已经形成较为完整的产业链条，"十三五"期间可望建成百亿产业集群。

**延伸阅读：**今年，赤壁市将加快转型升级、绿色崛起，加快建设中部地区应急（安全）产业集群基地，支持长城炭素、人福康华、帅力化工等一批传统企业大规模技术改造、产品升级，确保维达力、亿德汽配、震扬减震器、亿高链条等 30 多个高科技含量的项目投产，力争地区生产总值增长 9% 以上，规模工业增加值增长 10% 以上，奋力实现"十三五"良好开局。

原载 2016 年 5 月 17 日《咸宁日报》

# 一种模式突破长江天堑

记者 何泽平 陈新 黄柱

修建赤壁长江公路大桥，让天堑变通途。

这个赤壁人祖祖辈辈的梦想，借力国家推行 PPP 模式试点，即将变为现实。
3 月 18 日，赤壁长江公路大桥政府与社会资本合作（PPP）项目中标通知书正式送到中标人湖北交投集团牵头的联合体，预计今年 10 月份可开工建设。

修建赤壁长江大桥，起于上世纪 90 年代。由于"建设周期长、投资成本大"，洽谈的投资主体要么有资本无资质，要么有资质无资本，项目无法启动。

1994 年项目建设出现转机。是年 3 月，由美国某公司投资 1.5 亿美元的建桥合同在武汉签字。由于不久遭遇宏观调控，这个计划被迫搁置。

但是历届赤壁市委市政府并没有放弃。翻开赤壁长江大桥工程前期工作大事记，赤壁人的不懈努力和项目经历的波澜周折，详细记录在册。

大事记显示，截至 2014 年，赤壁长江大桥项目工程可行性报告和环评、堤防、通航等 20 余个专题报告已通过国家审批，被列入了湖北省交通运输发展"十二五"规划、国家长江干流桥梁（隧道）建设规划修编（2004－2030）、国家公路网过江通道规划、国家长江经济带综合立体交通走廊规划等，国家发改委首批鼓励社会投资的 80 个项目之一。

机遇总是留给有准备的头脑。2015 年 1 月 22 日，交通局长谢华在交通部汇报工作时，了解到国家即将推行 PPP 项目试点，立即主动跟进。

PPP 试点政策出台不久，全国 30 多个省市争取试点的报告同时递交到了交通部。最终，赤壁以"资料最全，准备最充分"的优势，击败对手胜出。5 月

15 日，项目纳入交通部第一批 11 个 PPP 试点项目，并且是唯一的桥梁项目。

8 月 17 日，交通部副部长冯正霖在 PPP 推进工作调研座谈会上提出，要将赤壁长江大桥打造成 PPP 桥梁项目中的典范。

按照这一要求，项目在网上公开招标，7 家单位参与竞标。湖北省交投牵头的联合体以"补贴最少、收费年限最短、回报率最低"脱颖而出。

谢华说，该项目建成通车后，赤壁将跨越长江天险，打通东西走廊，连通江汉平原乃至西蜀腹地，更加凸显赤壁区位优势，有力地促进赤壁"转型升级、绿色崛起"，建设强而优中等城市。

**延伸阅读**：近年来，赤壁通过"精准对接谋项目，积极向上争项目，千方百计引项目，加快进度建项目"，扩大有效投资；通过补齐农业、工业、城市、农村短板，促进协调发展；通过"实施创新驱动，培育发展新动力、拓展发展新空间，培育新业态，打造众创空间，实施金融创新"，增强内生动力；把改善投资环境作为建项目、促发展的首要任务，形成"办事不求人、办成事不谢人"的社会风气，强化服务保障。

原载 2016 年 5 月 17 日《咸宁日报》

专题·转型升级绿色崛起的赤壁故事

# 一条光纤联通城乡市场

记者　何泽平　陈新　黄柱

农民购买物美价廉工业品难，绿色农副产品销售难，农村物流"最后一公里"打通难，犹如三只"拦路虎"，阻断了城乡市场。

赤壁破解的办法是，发展农村电子商务，推动工业品下乡，培育本土电商，推动农副产品进城，发展县域物流业，打通"最后一公里"。

3月29日，湖北康华智慧物流园开园暨赤壁市农村三级物流配送网络运营仪式举行。

康华智慧物流园位于赤壁市经济开发区，总投资约1.05亿元，是《湖北省现代物流业十二五发展规划》重点项目，该项目以"农村电商物流三级配送网络"为支撑，已有20余家快递公司和物流企业入园经营。

出席运营仪式的省运管物流局副局长闵力说，物流园开园标志着赤壁解决农村"最后一公里"物流瓶颈走出了实质性的一步。

此前，赤壁市引进阿里巴巴农村淘宝项目，搭建工业品下乡平台。第一批37个村淘级服务站已全部开业，明年底将覆盖该市所有行政村。

张汉鼎是神山村农村淘宝服务站合伙人。他说，自该站点设立后，网购逐渐成为村民的购物方式，不少人喜欢洋货，像越南的饼干和咖啡很受欢迎，最多时一天能收到近60个包裹。

一手引进村淘，另一手着力培育本土电商。赤壁市组建了工作专班，制定了电子商务进农村综合示范实施方案和规划，着力落实要素保障和政策支持，促进电子商务在经营规模上向集约化发展，在经营场地上向规范化发展，在营销方式上向专业化发展。

绿购网是赤壁最有代表性的本土电商。近两年，赤壁市委市政府从政策、资金、厂房等全方位给予扶持，这家企业迅速成长为集冷链库、地方产品展示厅、体验餐厅为一体的电子商务综合运营商。

绿购网的"高成长"，获得了淘宝、京东、1 号店和苏宁等电商的青睐，双方开展深度合作，把当地的猕猴桃、刁子鱼干、凤尾鱼干、鱼糕、砖茶，以及周边县市的桂花酒、崇阳麻花等农特产品，经过品牌包装、市场营销等手段，迅速热销卖向了全国。

去年，赤壁市电子商务销售额突破 15 亿元，电商企业超过 400 家，电子商务从业人员达到 6000 余人，邮掌柜布放 146 个，基本完成 8 个镇级物流综合服务站建设和 45 个村级物流综合服务点的选址工作。

赤壁商务局局长胡新功说，一条光纤联通城乡市场，激活了赤壁消费经济。

**延伸阅读：**近年来，赤壁市加快提升现代服务业，除了发展电子商务，启动"赤壁外滩"建设，确保西湖国际广场、赤壁印象"十五镇"等大型商业综合体建成开业，新增线上商贸企业 10 家以上；繁荣发展社区商业，加强城区农贸市场改造升级，开展农批对接、农超对接、农校对接、农餐对接，打造"一刻钟"消费圈，推动形成以服务经济为主体的经济结构。

原载 2016 年 5 月 17 日《咸宁日报》

# 一座古城洋溢绿色情怀

记者　何泽平　陈新　黄柱

一条《春天里，去哪儿玩?》的帖文，近期在赤壁当地网络论坛引发热议，先后 3000 多次跟帖、顶帖——

"花果山公园依山傍水，极目古城，美景一览无余。""金鸡山公园，可谓城市绿肺，中心城区又一座综合公园。""龙翔山公园休闲健身，叠翠园献绿于民，赤马港湿地公园文化浮雕美轮美奂……"

境由心造。网民们溢于言表的喜悦，源自赤壁市秉承"城区即景区"理念，以人为本推进宜居、宜业、宜游"三位一体"，建设绿色城市的发展举措。

2015 年，赤壁市以创建国家园林城市为抓手，以城市重大项目建设为载体，高位谋划，高点布局，从拆围献绿、修复保绿、培植添绿三个方面切入——

重点以 107 国道、高铁北站等城市出入口为"点"，建设绿色窗口；以河北大道、迎宾大道等城市道路为"线"，建设园林景观路；以郊野公园、街边公园等城市公共绿地为"面"，建设小游园；以纵贯全城的陆水河为"轴"，建设绿地休闲景观带；以丰财山、龙翔山等城市山体为"片"，建设山林公园，将自然山水与园林绿化，恰到好处植入有限的城市空间。

同时，大力实施"蓝天碧水净土"工程。市人大依法通过决议，启动山体水体湿地的保护和利用工作。政府多个部门联合对城区周边 13 家采石场予以关停或延期许可申请，严防山体破坏。以陆水湖为重点，对城区现有多个水体进行针对性治理。多方争取加大对湿地生态保护与修复的投入，真正让城市看得见山、望得见水、记得住乡愁。

目前，赤壁已建成城区绿地 939 公顷，绿化覆盖率达 37.96%，人均公园绿地面积达 9.63 平方米。市民出门 300 米见绿、500 米见公园，"山水相依、绿廊相连、城林相融、人城共荣"绿色城市格局基本形成。

以文化城，以文化人。赤壁将文化巧妙融入城市规划建设管理过程，培育打造了一批文化街区、文化长廊、文化公园、文化广场，辅之以创建全国卫生城市、文明城市等"多城同创"活动，潜移默化中提高市民文明素养和城市文明程度。

如今，漫步赤马港湿地公园，23 块浮雕和石刻，将赤壁地方特色文化尽情展示；置身城市中心的人民广场，耸立的诸葛亮雕像，无声诉说三国故地的辉煌历史；走进青（米）砖茶文化展馆，一段段文字、一幅幅图片、一件件实物，再现万里茶道源头的千年茶史。

**延伸阅读：**在城市工作中，赤壁市坚持规划引领，实行城市、产业、土地、生态规划"多规融合"，突出文化核心，叫响三国赤壁和茶道源头城市品牌，深入开展全国卫生城市、双拥模范城市等"多城同创"。同时统筹城市地上和地下基础设施建设，建设污水、垃圾处理场（厂）4 座，城市公厕 23 座，城市公共站台 150 个，公交线路增至 10 条，交通路网四通八达。

原载 2016 年 5 月 17 日《咸宁日报》

专题·转型升级绿色崛起的赤壁故事

# 一个理念催生旅游革命

记者 何泽平 陈新 黄柱

"三国赤壁古战场是中国历史上著名的赤壁之战发生地，也是中国古代著名战役中唯一尚存原貌的古战场……"清明期间，来自武汉的游客王先生扫了扫景区二维码，就重温了三国历史，感到很新鲜。

自 2014 年以高分通过国家旅游局"5A 级旅游景区景观价值专家评审会"后，古战场加大了软、硬件提档升级力度，人气越来越旺。其中，"会讲故事"的厕所和景区二维码尤为显眼。

目前，古战场新建、改建厕所 23 座，每座厕所里都可以看到三国典故、三十六计、美女与英雄，还有万马奔腾、一泻千里的壮观图景；手机扫一扫遍布各处的二维码，会有语音告诉你故事，让人切身感受三国文化……

今年初，赤壁又列入首批创建国家全域旅游示范区名单。市旅游局局长欧阳萍介绍，将抓住创建契机，升级传统景区，打造特色乡村旅游，构造城区即景区。

在特色乡村游上，赤壁市重点推出万亩茶园自行车慢行公园。万亩茶园位于茶庵岭、新店和赵李桥三镇交会地带，是全省最大的商品茶生产基地。去年，该市整合资金 800 万元，在茶园修建 12 公里长的自行车骑行慢道，命名为"万亩茶园自行车慢行公园"。

茶园变公园，显现无穷魅力。建成几个月来，武汉、咸宁及岳阳等周边地区的游客纷至沓来，他们或骑车慢游，或品茶赏绿，或草地野炊。

与茶园公园交相辉映的还有，"田园柳山"一望无际的葡萄园，"荷色新乡"黄盖湖的万亩荷花，"百果八景"余家桥乡的水果采摘……特色乡村游比比皆是。

在城区即景区建设方面，该市重点打造赤马港湿地公园，依托赤马港河的生态体系，造就了1.7公里长的赤马港湿地公园文化长廊。

同时，还有正在升级改造的"城市绿肺"陆水湖，风景区以山幽、林绿、水清、岛秀闻名遐迩；丰盛集团、卓尔控股入主羊楼洞，携手共推羊楼洞明清古街游；葛仙山野生樱花游，入选湖北省20条乡村赏花游线路；赤壁"研学旅游"持续火爆，来自全省周边10多个城市1万多名学生，走进真实的三国赤壁……

元至4月份，该市共接待海内外游客273.6万人次，门票收入3658.6万元，实现旅游总收入15.73亿元，同比分别增长14.9%、15.1%、15.2%。

**延伸阅读：**十三五期间，赤壁市将构建"一心、两极、三景、四线"的全域旅游空间布局，即以"城市绿肺"陆水湖为一心，打造"三国文化"、"茶文化"两极，"田园柳山"、"荷色新村"、"百里八景"三大乡村美景，"一湖两山生态休闲线"、"文化研学休闲线"、"汤茶养生休闲线"、"乡村度假休闲线"四大环线。目前，该市正全力升级改造赤壁古战场景区，迎接创建5A验收；拓展陆水湖风景区，修环湖绿道；开建羊楼洞明清古街，"国际茶业第一古镇"呼之欲出。

原载 2016 年 5 月 17 日《咸宁日报》

# 一幅画卷泼墨广袤田野

记者 何泽平 陈新 黄柱

说起余家桥乡余家桥村，不能不说是一个奇迹。

过去的"空壳村"，如今村集体经济年收入近 10 万元。曾经的"脏乱差"代名词，今年年初获评咸宁市"美丽乡村"。

村支书何紫阳说，村里嬗变，得益于赤壁市委市政府同步推进美丽乡村建设和精准扶贫工作。

余家桥村有 11 个村民小组，358 户、1893 人。以前，由于交通不便，集体经济一穷二白，社会经济发展滞后，是赤壁市 23 个贫困村之一，建档立卡的贫困户有 79 户 295 人。

由于村民居住集中，基础设施十分薄弱，生活污水和垃圾得不到有效处理，余家桥村又是典型的"脏乱差"村。

去年，赤壁市把该村列入精准扶贫重点村和首批"美丽乡村"示范村，整合标准农田建设、国土整治、危房改造等项目资金 176 万元，实施 11 个精准扶贫和美丽乡村建设项目。美丽乡村建设紧紧围绕培植主导产业、整治卫生环境、夯实基础设施、强化公共服务、丰富精神文化等五个方面，整体发力，扎实推进。

精准扶贫重在提升短板。重点依托产业带动、异地搬迁、教育培训、医疗救助、低保兜底、金融扶持、完善设施等"七个一批"办法，提升精准扶贫对象的内生动力，增强扶贫脱贫实效。

与此同时，驻村工作组发挥楠竹资源丰富的优势，穿针引线，去年成功引进了湖北药姑山生态产品有限公司发展竹仙酒产业，酒业基地周边 10 多户贫困户在企业当股东打零工。

村里贫困户李平波两年前因交通意外住院，花了不少钱，还欠下了债。去年一家人在村办企业做农工，每人每天 100 到 200 元。年底，李平波家盖起了新房，还添置了彩电、冰箱和空调。

"短短一年时间，村里 60% 的贫困户实现了脱贫目标。"何紫阳说，市里今年继续扶持余家桥村发展，9 个新的美丽乡村建设和精准扶贫项目已经启动。

如今，走进余家桥村，柏油路接连着水泥路，铺到了每家农户大门口，新楼房瓷砖贴面，一幢幢错落有致，房前屋后花红柳绿，到处都是人与自然和谐相处的美丽画面。

**延伸阅读：**赤壁市委市政府打好"组合拳"，把精准扶贫同区域经济发展、推进新型城镇化和农业产业化有机结合起来，项目捆绑打包，资金统筹使用，各项工作整体推进。2016 年，全市共计划统筹整合各类资金 3.8 亿元，集中用于精准扶贫、中国绿色生态产业展览交易基地、美丽乡村建设、柳山湖四化协调发展建设全省科学发展示范镇、赵李桥"湘鄂边界明星乡镇"建设，其中用于精准扶贫资金不低于 1 亿元。

原载 2016 年 5 月 17 日《咸宁日报》

第三辑

思索偶得

思索是基本功　思索是挖掘机

**评论**

# 坚定信仰的红色朝圣

## ——感悟开展"主题党日+"活动的"咸宁智慧"

何泽平　邓昌炉

一

公元 2015 年 10 月 28 日，这个普通的日子，或将因为一项"咸宁探索"而在时间的长河里留下印迹。

这一天，咸宁启动了"主题党日+"活动，旨在"尊崇党章、遵守党规"，拓展党员的精神半径。

这一天，咸宁 13 万余名党员胸戴闪光的党徽，诵读党章、缴纳党费，学习党规党情。

这一天，咸宁 13 万余名党员面对鲜红的党旗，开展组织生活、实行民主议事、落实公开制度。

这一天，咸宁 13 万余名党员重温铿锵的誓词，结合实际办实事，用心做好"+"文章。

从此，每月的第一周星期一下午，"主题党日+"活动在咸宁 9861 平方公里的土地上同时开展。

从此，每月的第一周星期一下午，有一种声音在朗读，有一种激情在点燃，有一种能量在升腾……

从此，"主题党日+"活动，成为咸宁全体党员坚定信仰的"红色朝圣"。

二

托尔斯泰说，信仰，是人生的动力。

的确，人一旦有了崇高的信仰，繁忙的工作就有了目标，浮躁的心灵就有了熨帖，人生的奋斗就有了意义。

从南湖到塞北，从瑞金到北京，从陕北窑洞的兴国之光到实现中国梦的新征程，无不昭示信仰的力量。

正因为有信仰，共产党人高唱"砍头不要紧，只要主义真"，前赴后继；正因为有信仰，共产党人"心中装着人民，唯独没有自己"，鞠躬尽瘁；正因为有信仰，共产党人始终不渝引领中华儿女，走向民族复兴。

共产主义信仰是一面永不褪色的精神旗帜，是一座抵御诱惑的精神堡垒，更是一种护佑我们到达彼岸的精神力量。

### 三

然而，在多元多样多变的今天，物质欲望正在侵蚀信仰的根基，一些党员患了精神上的"软骨病"——

他们精神空虚，热衷于组织参加封建迷信活动，理想信念模糊动摇；他们不按规定参加党的组织生活，不按时交纳党费，党的意识淡化；他们漠视群众疾苦、与民争利，吃拿卡要、假公济私，宗旨观念淡薄；他们不作为、不会为、不善为，不起先锋模范作用，消极懈怠精神不振；他们不注意个人品德，贪图享受、奢侈浪费，道德行为不端。

正因如此，习近平总书记反复强调，理想信念是共产党人的精神之"钙"，没有理想信念，理想信念不坚定，精神上就会缺"钙"，就会得"软骨病"。

### 四

坚定信仰，刻不容缓。

开展"主题党日＋"活动，恰逢其时，是一剂治疗"软骨病"的"咸宁处方"。

"主题党日＋"活动让咸宁全体党员以最虔诚的方式，同步接受党性教育：每名党员因此找到入党时的"初恋"，因此弄清楚"为了谁、依靠谁、我是谁"，因此强化了党性意识和公仆意识……

"主题党日＋"活动烧旺了基层组织党内生活的"大熔炉"：让曾经门可罗雀的党员活动中心成为热闹的课堂，让曾经游离于组织之外的"流动党员"通过网络聆听党的教诲，让年老体衰、行动不便的老党员再次感受到组织的温暖……

"主题党日＋"活动，把所有不该迷失的召回，把所有不该颓废的振作，把所有不该蒙尘的清洗，牢牢筑起共产党人的精神高地。

## 五

5个月前，市委书记李建明的讲话言犹在耳——

开展"主题党日＋"活动，就是要将"三严三实"专题教育融入党员经常性学习教育之中，引导和推动广大党员信念更加坚定，作风更加务实，先锋模范作用更加凸显。

1个月前，中央印发"两学一做"学习教育方案的墨香还未散尽——

开展"两学一做"学习教育，是推动党内教育从"关键少数"向广大党员拓展、从集中性教育向经常性教育延伸的重要举措。

两种表述，字面不同，精神相通。

面向全体党员深化党内教育，咸宁率先作出了探索，形成了以"主题党日＋"活动为中心节点的内容体系。这个体系通过"六事联动做加法"，把深化党内教育的宏大叙事化作生动具体的实践。

对此，省委书记李鸿忠作出批示："咸宁市委开展的'主题党日＋'活动是从严治党、抓党建工作的一个好形式，可向全省推介，以资借鉴。"

"主题党日＋"活动，献给"两学一做"学习教育的"咸宁智慧"。

## 六

红色朝圣，洗礼灵魂，催人奋进。

"两学一做"的号角已经吹响，"主题党日＋"活动必将更加深入，更富成效，续写从严治党的"咸宁篇章"

听从党旗的召唤，坚定崇高的信仰，汇聚向心的力量，在推进"四个全面"战略布局的征程上，我们乘风破浪，继续贡献"咸宁智慧"！

原载 2016 年 3 月 14 日《咸宁日报》

评论

# 用正气撬动评优杠杆

何泽平

像一滴水滴在大海里，2014 消失在时间的流水里。

匆忙间，在迎来 2015 的时候，我们用考核评优，拽住 2014 的尾巴。

考核评优，今年张三，明年李四，轮流"坐庄"，美其名曰为了和谐。或以交情为尺度，年年张三评优。

轮流"坐庄"误导了干好干坏一个样的氛围，"交情尺度"牺牲原则，伤害的是李四们干事的热情。长此以往，一个单位就会失了正气，导致"各吹各的号，各弹各的调"的后果，很难干成什么事。

可见，考核评优看似平常，实际事关"心往一处想、劲往一处使"的大局。

考核评优是否得当关键在"一把手"。作为"一班之长"，只有堂堂正正、光明磊落，发扬民主，虚怀若谷，用一身正气撬动考核评优这根杠杆，才能促使单位形成团结干事的"正气磁场"。

鉴于此，在眼下的"考核评优季"，请"一把手"们把是否恰当地考核评优，当作领导能力和人格魅力的考验。果如此，考核评优的杠杆效应必会放大，成为 2015 团结干事的"助推器"。

原载 2015 年 1 月 6 日《咸宁日报》

评论

# "学历查三代"管见

何泽平

报载，清华大学一位博士十次求职八次过不了第一道"简历关"。原因是这位博士的"第一学历"是一所二本高校，被用人单位所强调的"本科非985、211高校，不予考虑"的条款"拒入"。

清华博士的遭遇屡见不鲜。这种"出身歧视"已成为许多硕士博士"曲线圆梦"的拦路虎。用人单位"狠挖出处"的招聘要求，被无奈的大学毕业生们戏称为"学历查三代"。

近期，教育部发布禁令：在高校组织的校园招聘活动和高校发布的用人单位信息中，严禁发布含有限定985高校、211高校等字样的招聘信息。

但这一纸禁令并非解开这个"出身歧视"之结的良方。

事实上，即使严禁把学历限定写在招聘规定里，人力资源部门筛选简历时看"出身"仍会是一条心照不宣的"行规"。即使管得住高校，也很难管住用人单位。

其实，"学历查三代"的症结在于，人们"对高考成绩的坚信和对硕博教育质量的怀疑"。因为现行教育体制下，人们深信大学以前的教育是最为扎实的，而硕博教育有"镀金"的色彩。于是，人们产生了"第一文凭"情结，坚信一个人的高考成绩越好，就越有真才实学，工作能力就越强。

由此可见，反就业歧视既要正视"第一文凭歧视"这一市场产物，更要反思为什么会出现用人单位对硕博教育的不信任。

2013年5月10日《咸宁日报》

论文

# 让党建报道"爱看""好看""耐看"

## ——以咸宁日报"领头雁工程通城经验解读"系列报道为例

何泽平　陈新

党建宣传是党报的重要任务，广大读者特别是党政干部和各级基层党组织、党员对党建报道十分关注，但读者也反映党建宣传报道存在"不爱看"、"不好看"、"不耐看"的问题。

咸宁日报去年组织策划"领头雁工程通城经验解读"系列报道，在"标题口语化、呈现故事化、挖掘个性化"上下功夫，有效地提升报道的吸引力，释放党建报道的正能量。系列报道发表两个月后，全省基层党建现场会在通城县召开，推介通城经验，这组报道作为会议材料，受到与会代表一致好评。

### 标题口语化，让党建报道"爱看"

现代新闻传媒高度发达，在海量的信息面前，人们没有时间和精力去阅读每一条新闻全文，而是先读标题，感兴趣就接着往下看，否则就直接跳过。从"题为文眼"到"读题时代"，标题在稿件、版面乃至整张报纸中的作用越来越重要，直接决定着人们的阅读取舍。

通城是全国闻名的打工大县，常年有10多万人在外打工经商。县委从这一县情出发，在打工能人中选拔村干部，全县半数以上的村两委会成员、三成以上的村主职由"打工能人"担任。"回归村官"破解了基层组织建设的难题，其经验得到省委书记李鸿忠、副书记张昌尔的充分肯定。

作为一家市级党报，咸宁日报精心策划"领头雁工程通城经验解读"系列报道，借鉴事件性新闻的报道手法，按总—分—总谋篇布局，"消息＋主题通讯＋权威访谈"，五篇报道梯次展开。

五篇报道中，首先吸引眼球的是标题。

第一篇消息主标为"通城回归村官新农村建设显身手"，副题为"李鸿忠批示：通城经验值得在全省推广"，用朴实简洁的文字，提取两个关键词："回归村官""通城经验"，进而阐述它们的由来和典型性。

接下来的三篇主题通讯，均用关于"雁"的三个成语作主标："群雁归来""大雁展翅""雁过留声"，通俗易懂且意蕴深长，报道回归村官现象及其所为所思所获。

主题通讯的三个副标题——回望"回归村官"返乡之路、直击"回归村官"的兴村之策、问切"回归村官"的心灵之脉，对主标题进行补充、拓展和延伸，三者之间层层深入，如剥丝茧，且互为因果，互为论证。

三篇通讯的小标题也很讲究。譬如，"雁过留声"的三个小标分别是"富翁支书"的得与失、"复出支书"的荣与辱、"红娘支书"的名与利，对仗工整，观点鲜明，对主题进行细分和提升，让报道更加引人入胜。

第五篇访谈《贵在坚持讲"通城普通话"》，用普通话比喻党中央的政策，用通城话比喻通城的县情，用"通城普通话"比喻立足县情落实党的政策，从理论的高度论述回归村官这一独特的社会现象。

整个系列报道中，从主标到副题再到小标，既注重与众不同的"标新"，又讲求适合读者的"韵味"。通过采用比喻、拟人、对仗等修辞手法，每道标题都通俗易懂，琅琅上口。在口语化的表达中，实现新闻性、艺术性、思想性的互融，逻辑力、节奏感、审美性的兼顾。

作为第一视觉元素的标题富于感染力，自然会吸引着读者进一步阅读，产生"爱看"的欲望。

## 呈现故事化，让党建报道"好看"

平铺直叙的枯燥感和灌输说教的抵触感，是当前党建报道中存在的通病，究其原因，是报道内容"按部就班"，缺少贴近实际、贴近生活的亲和力和与时俱进的鲜活面孔。呈现故事化，有效克服了这些毛病，真切的人物形象，起伏的故事情节，让党建报道生动起来、"好看"起来。

　　三篇通讯是系列报道的主体部分。我们尝试新闻事件化、事件故事化、故事人物化的采写路径，从100多名村主职筛选6个典型，又从发生在他们身上的50多个故事中精选9个典型故事，通过生动的故事讲述回归村官的心路历程，通过人性化视角还他们的本真面目。

　　全国劳模、宝塔村党总支书记黎锦林的回归，经历了一个从不情不愿到心甘情愿的过程。2006年，家乡的县委书记拿着聘书到上海请他回村任职，此时身价过千万的武汉大学毕业的高才生碍于情面"答应回去看看"。回村不久，担任村总支书记的父亲意外去世，"几千乡亲轮流值守"的葬礼，让黎锦林对人生价值有了新感悟，决定"把户口迁回宝塔村"。

　　全国时代先锋、七里山村支部书记郑四来并没有把全部精力放在村里，"三分之一的时间在村里，三分之一的时间在深圳，三分之一的时间在路上"，公私兼顾；

　　油坊村支书张海晏因村民告状下台，乡里请他复出时，遭到了妻子的竭力反对；

　　在外做药材生意的左港村人左仕和，想入党是因为"商会党支部可以帮人"。

　　……

　　这些真实的经历和情感，原汁原味地呈现在读者面前，让大家真切地去感受，客观地去评判。迟疑与选择，忧虑与果敢，彷徨与前行……"回归村官"的人生追求显得弥足珍贵，他们的价值与形象并没因此受到损害，反而更加自然本真和感人至深，更加可信、可亲、可敬。

　　故事化的表达方式，产生了强烈的震撼力和吸引力。被报道的回归村官主动与记者联系："非常真，没有掺杂一丝水分"；热心读者也在QQ群里纷纷留言："非常美，让人感受到人性的温暖"。

### 挖掘个性化，让党建报道"耐看"

　　深刻性是经验报道的灵魂，要求记者具备"发现"新闻的独到眼光和提炼主题的独特视角。换言之，报道题材要显现深刻性，必须充分拓展延伸新闻信息，揭示其内涵和本质，从而给予受众以启迪。

　　与普通村干部相比，"回归村官"经历了更多的市场洗礼和人生起落，在许多人看来，他们的思想观念似乎更为复杂、更为趋利。然而，经过记者的深入采访和深度发掘，呈现出来的是赤诚和纯洁的精神世界。

因为当村支书，郑四来常怀敬畏之心。常年穿梭于繁华都市与闭塞山村之间，富贫的反差让他深感民生之艰、人生之难，时刻警醒不能迷失自己。他看到几位比他富有的朋友因为嗜赌、吸毒，人财两空，庆幸自己当村官的选择。

因为是村委会成员，黄晖淡泊名与利。私人捐资 40 多万元修桥，乡亲们要立功德碑，他不让花"冤枉钱"；出资 700 万元建学校，村里想把学校命名为"黄晖小学"，他坚持用"左港小学"命名。他说，"身为左港人，为左港出点力是尽义务"，"我现在是市人大代表，这名远重过我为村里谋的利"。

……

这些"回归村官"的思想观念，与卓著的工作业绩一样，影响和带动着广大农村干部解放思想、转变观念，在新农村建设中干事创业、无私奉献。

经验的可借鉴性是党建报道的新闻价值重要体现。通城县委书记姜卫东"贵在坚持讲通城普通话"的观点，为通城经验提供了可借鉴性。他从四个方面对这一观点进行了阐述："讲通城普通话，就是贯彻上级精神敢于从通城的实际出发"，"'回归工程'是讲通城普通话的代表作，'回归村官'是姊妹篇"，"'回归村官'讲一口流利的通城普通话，受到群众的普遍欢迎"，"'回归村官'是首优美的进行曲，现在写好了开头，还要继续写好词、谱好曲"……

我们认真记录和整理县委书记的观点，形成收官之作的访谈。这些源自实践的总结和提炼，进一步推动着通城"回归村官"选拔工作，给各地实施"领头雁工程"、开展农村党建工作以启迪，也把这组系列报道提升到一个更高的思想层面，让报道更"耐看"。

原载 2013《中国记者》第 6 期

论文

# "六忆配六评"带来的创新启示

## ——《咸宁日报》"年轻干部的榜样"系列报道采写过程

### 何泽平　邓昌炉

《咸宁日报》采写的"年轻干部的榜样"周新武系列报道，在刊载消息和通讯后，采取"六忆配六评"这种"非典型化"报道方法，赋予这位年轻干部高度的"人性化"和"典型化"，让受众深切感到榜样的可亲可学，深入人心，在众多媒体争相报道这一人物时，别具一格。

**连续报道，让典型人物保持"正在进行时"**

年仅36岁的嘉鱼县高铁岭镇原党委书记、镇长周新武，作为一名优秀的选调生，四次选择从城市到农村、从机关到基层、因劳累过度，于2011年1月19日累倒在工作岗位上。

得知这一消息后，《咸宁日报》连夜召开采编会议，安排采访人员。编辑部认为这次典型报道，不能只做"马后炮"，即在人物得到"领导的定论后"再进行集中报道，而应该和事件同步进行，确保时效性。

于是《咸宁日报》2011年1月21日率先刊登消息，22日以现场新闻的形式跟踪报道千名干群两地雪中送别周新武，23日刊发追记周新武扎根基层先进事迹的人物通讯。

报道推进到此，编辑部感到"光辉的周新武"不足以打动受众，只有具有"人性光辉的周新武"才能深入人心。

基于这一认识，本着"不求大块头，只求真实动人"的原则，连续刊发了

6 篇微型通讯，从不同角度切入，以细节还原现场，立体展示人物形象；同时，配发 6 篇评论员文章，分析提炼人物的精神价值，不仅避免了"高、大、全"的人物塑造模式，让周新武典型形象更加真实、鲜活而丰满，也使报道的可读性大大增强。

"六忆配六评"发表后，成为咸宁市许多单位开展学习周新武活动的教材。

### 人性视角，立体追记典型人物的点滴事迹

周新武生前在短短 10 多年中，先后在咸宁市多个乡镇和省市机关工作过，要全面展示周新武的个性形象，需要从他工作、生活、情感的点滴入手，依托他身边的人的追忆来展开。

为使追忆文章不落俗套，通过高铁岭镇村干部、咸安区同事、高铁岭镇村民、周新武亲属、渡普镇干群、选调生代表讲述他生前在工作中的感人小故事，分成六个千字左右的小通讯，从六个侧面，挖掘他的工作特性以及个性魅力。

在第一篇追忆《赤诚为民敢作为——镇村干群追忆周新武》中，以"周新武有双大眼睛"、"周新武有一副大嗓门"、"来回走动着打电话是周新武独特的习惯"这三个层次，通过一个个生动的小故事展开主题。"肖福英婆婆回忆：'周书记的眼睛特别有神，透亮透亮的。他耐心和我们谈心，一直忙到晚上 11 点，才吃了碗我下的葱花面。'"以画像式的白描手法将一个鲜活的基层干部形象展示在读者面前，令人印象深刻。

在《真情赢得心连心——高铁岭镇村民追忆周新武》一文中，以三位曾经得到周新武帮扶的村民对周新武的印象开启三个叙事层次："周书记爱串门"、"周书记爱笑"、"周书记爱亲力亲为"叙事以平民视角，力求还原现场，让周新武这个典型可亲可信。

在《谁说忠孝两难全——亲属追忆周新武》一文中，"虽然女婿工作繁忙，但每次回家，总是手快脚快地买菜、择菜、洗菜、下厨，'一把手'全包。"通过岳母的口述，生动地反映了周新武在生活中的另一面。

这些典型细节的挖掘与提炼，让一个有血有肉、人性化的周新武跃然纸上，令读者眼前一亮。

### 同步评论，用理论解读提升典型的时代价值

在刊发 6 篇追忆文章的同时，《咸宁日报》每篇追记配发一篇评论，将典型

人物的精神价值一步步揭示出来，使报道更加有深度和力度。

这6篇评论是：《当代年轻干部的榜样》、《青春在扎根基层中闪光》、《梦想在勤奋工作中放飞》、《仁爱在无私奉献中升华》、《人格在一心为民中塑碑》、《掀起向周新武学习的热潮》。"六论"从不同角度、不同精神层面，提炼揭示了周新武扎根基层、勤勤恳恳、无私奉献、一心为民的精神实质。

六篇评论短小精悍，情理兼容。其中，在《当代年轻干部的榜样》一文中，通过"有这样一个选调生"、"有这样一个年轻干部"、"有这样一个农民之子"、"有这样一个人民公仆"等方面，将这个集多种优良品格于一身的人物典型论述得淋漓尽致。

在《仁爱在无私奉献中升华》一文中写道："他热爱群众。群众遭受洪灾，他日夜奔波为灾民送粮送水送药，几次累倒在地。""他热爱同事。他和同事一起防汛抗灾，自己一连三餐没吃饭，却不断叮嘱同事注意身体。""他热爱家人。每次回家，总是抢着买菜、洗菜、下厨。""他也爱自己，但是，他从来没有好好地照顾一下自己的衣食住行，因为他把所有的爱奉献给了他人。"既强化了人物精神的"人性价值"，又将其提升到时代的高度。

### 报道启示：创新报道模式才能凸显媒体影响力

中共中央政治局委员、中央书记处书记、中央组织部部长李源潮批示："周新武同志是在创先争优活动中涌现出来的优秀基层党政干部。"湖北省委书记李鸿忠对周新武的评价是："建功立业在基层，美名流传在乡村"。

正是基于这一人物的重大时代价值，参与此次报道战役的媒体也非常多。如何回避媒体间人物报道的"同质化"问题，是编辑部一开始就注意到的。报道中，一方面充分发挥了"本地媒体报道本地人"采访方便的优势，有条件去寻找有关人物的"鸡毛蒜皮"。正是对这些"鸡毛蒜皮"细节的挖掘，真正将人物"还原到"矛盾纠纷的调处一线、为民解难的现场、家人亲属的眼前，将人物以"非典型"的普通人的形象展示给读者，从而更具感染力和亲和力。

另一方面，创新编发形式，将报道化整为零，尤其采取"追忆配评论"的形式，避免了与其他媒体典型报道的"同质化"。

原载2012年《中国记者》第4期

论文

# 如何克服新闻采写的"四化"

何泽平 江世栋

在平时大量的记者和通讯员来稿中，有一个比较普遍的问题，那就是标题公文化、内容材料化、表达公式化、采访表面化，导致新闻传播的效果很差。

**克服标题公文化，首先想到新闻是事学，新闻是最重要、最新鲜的事实或有新意的理念和做法等，标题要提炼出新闻，避免就事论事，不加分析。**

什么是标题公文化？我们不妨先看几道标题：标明1：引题：我市推动城区中职学校资源整合主题：城区八所中职学校将并入职教园；标题2：引题：国土资源部副部长王世元在咸宁调研时要求主题：保护耕地资源推进开发整治；标题3：为新年到来赶制工艺品（照片标题）。这三道标题一个共同的特点就是用公文化的语言表述出来，表述宏观、注重程式、不具体不生动，标题还停留在就事论事的层次，没有提炼出真正的新闻来。

好标题的标准是准确、鲜明、生动、具体，新颖别致。我们常说，标题要标出特点，还要讲究修辞。对照这些标准，我们对上述几条标题作了修改。标题1的消息是写市领导主持召开的城区中职学校资源整合会议，原稿中有一句"城区八所中职学校将实质性地整合到咸宁职教园区，学校名称为华中职业教育学院"，这才是真正的新闻。最后，我们将标题改为：引题：我市整合城区八所中职学校资源，主题：组建华中职业教育学院。标题2的主题可以说是放之国内而皆准的一句口号，没有体现地方特点。我们结合国土部领导在咸宁的讲话精神，是充分肯定咸宁低丘岗地开发改造的综合效益，并要求咸宁的土地开发整治要力争为全国创造好经验，把标题改为：引题：国土资源部副部长王世元在咸宁调研时要求，主题：咸宁土地开发整治要创造经验。标题3是一幅照片的标题，照片说明里说崇阳县沙坪镇某工艺厂员工为新年的到来赶制一批灯笼，该镇手工制作工艺品历史悠久，大部分产品热销海外，年产值达千万元。最后，我们把标题改为：新年到灯笼俏。既通俗形象又朗朗上口，又明确地标出了灯笼等新年工艺品俏销。

俗话说：看书看皮，读报读题。秧好一半谷，题好一半文。记者和通讯员不能把制作标题看作是值班总编和编辑的事，如果记者和通讯员在写稿时没有把标题想清楚就写，必然心中无数。制作标题的过程就是消化材料、把握主题的过程。

**克服内容材料化，就要深入采访，多用第一手材料写稿，做到内容鲜活可感，见人见事见物见精神。**

一些记者拿了材料就写稿，稿件从材料到材料，缺乏新闻事实，缺少鲜活的东西，缺少故事，缺少情况。一些报道长而空，指导性、新闻性和可读性都比较差，道理说了一大堆，就是没有什么事实。

克服内容材料化，记者首先要做到的一点就是要深入现场、深入一线采访，不能依赖材料写稿。记者到了现场，必然要接触到一些人和事，便于了解真实的情况。真实是新闻的生命，新闻要用事实说话。记者要用第一手材料写稿，也就是用记者在现场的所见所闻所感写稿，必然会有鲜活的内容。第二手、第三手材料也并不是不能用，但材料转手越多，失真也越多。记者要用质疑的眼光看待材料，一些重要的数据、细节、人名、地名等，还要当场核实。运用第二手以上的材料，既要核实，还要消化，用群众语言、用自己的语言表述出来。

从制度层面上，咸宁日报社加强了马克思主义新闻观"三项教育"，要求记者贴近群众、贴近生活、贴近实际，总编辑轮流带队下乡采访，编辑定期下乡采访，6个县市区的驻站记者每月不少于20天下乡采访。连续多年在头版开设《新闻现场》栏目，在二版开设《记者观察》《乡村来风》栏目，在四版开设《生活写真》栏目，鼓励记者多下基层"抓活鱼"。头版《新闻现场》栏目稿件，都是记者深入乡镇、村组、农户采写的现场短新闻，采访深入，内容鲜活，每星期发稿都在3篇以上。二版的《记者观察》栏目是以民生新闻为主的调查性报道，紧扣时代脉搏，紧贴生活实际，反映热点难点问题，及时性、针对性和指导性较强。四版的《生活写真》栏目，图片视觉冲击力强，文字流畅，新闻性强，生活气息浓。

**克服表达公式化，就要追求表达方式的创新。用通讯的手法写消息，写得活；用消息的形式写通讯，写得短。**

传统的消息写作，都分为导语、背景、主体和结尾等。现在，大多数消息都这样写，势必形成类似于"三段论"式的模式。

克服新闻表达的公式化，很多新闻工作者作了有益的尝试，有的新闻作品还成了新闻史上的名篇。如《湖北日报》仅200余字的稿件《会计伢嫌我的油壶小》，获得了当年全国好新闻奖。国家权威新闻评委对此的评语是，文章小中见大，通过分油这个小镜头，反映了十一届三中全会给农村经济带来蓬勃生机这个大主题。这篇稿件的表达方式有很多创新之处：一是体裁既像一篇现场短新闻，又像一幕轻喜剧；二是语言很有特色，既有地方俗语，又有戏剧开场白，还有新闻语言。三是表现主题角度新巧，以小见大。

现在，内容扎实、观点新颖、表达创新的稿子很少见，四平八稳、不痛不痒的稿子多。这也证明了表达方式的创新不是一件容易的事。创新无止境，新闻工作也常干常新。对新闻工作者来说，追求创新应该是努力的方向。

这些年来，咸宁日报在改革新闻采写方面也作了一些尝试。比如，10多年来，一直提倡记者用散文的笔法写新闻，每年的《春节见闻》、《新闻现场》等栏目，可以说是这种创新表达方式的成果。另外，也有很多记者尝试用通讯的手法写消息，用写消息的手法写通讯，无论成功与否，只要有了创新意识，并付诸努力，总会有所收获。

**克服采访表面化，采访深入是前提，带着问题采访是关键，要做一名思考型记者。**

什么是采访表面化？很多人理解为记者没有到现场，拿材料写稿。其实这种认识是片面的。有的记者采访到了现场，该问的问了，该记的也记了，采访的内容说具体真具体，说细致真细致，但就是写不出像样的新闻来，这又是为什么呢？这说明有的记者在采访时缺乏思考。记者对采访到的故事、情况等要多问几个为什么，它能够说明什么问题？如果记者不及时作出判断，那么记者就会身在宝山不识宝，采访就无法深入下去。所以说，采访表面化的实质就是缺乏思考。

克服采访表面化，带着问题采访是关键。一位新闻名家说，采访的艺术就是提问的艺术。提问的开口要小，问题要内行，要提大家共同关心的问题，要提带有实质性的问题。一些新来的记者，提问题问不到点子上，采访当然深入不下去，也挖不到想要的新闻。而一些老记者，提问总是能问到点子上，而且提的问题很巧妙，一是让对方不得不回答，二是让对方在不知不觉中作出回答。

衡量采访是表面化还是深入，最终要看记者是否挖到了新闻，是否发现了新闻。这固然跟记者深入现场有关系，但起核心作用的还是记者的政策水平、理论水平、思维能力及表达能力。记者的政策水平、理论水平、思维能力及表达能力如何，决定了他在采访时是不是一名合格的对话者。新闻界有一句行话，新闻写作是"七分采，三分写"，采访过程就是打腹稿、写作的过程。新闻是对工作的总结和提炼，但要跳出工作来思考。作为一名记者，要研究大政方针政策，要学习各方面的知识，要追求见解上的突破，做一名思考型记者。

原载 2011 年《新闻前哨》第 5 期

论文

# 纸媒重拾信心三题

## 何泽平　甘青

8月18日，中央全面深化改革领导小组第四次会议审议通过了《关于推动传统媒体和新兴媒体融合发展的指导意见》。透过《指导意见》，纸媒记者没有理由不重拾信心。

习近平总书记在会上强调，推动传统媒体和新兴媒体融合发展，要遵循新闻传播规律和新兴媒体发展规律，强化互联网思维，坚持传统媒体和新兴媒体优势互补、一体发展，坚持先进技术为支撑、内容建设为根本，推动传统媒体和新兴媒体在内容、渠道、平台、经营、管理等方面的深度融合，着力打造一批形态多样、手段先进、具有竞争力的新型主流媒体，建成几家拥有强大实力和传播力、公信力、影响力的新型媒体集团，形成立体多样、融合发展的现代传播体系。要一手抓融合，一手抓管理，确保融合发展沿着正确方向推进。

互联网、微信、微博、微电影等新技术推动媒体融合，改变了传播方式，传播方式又倒逼传播内容转变，传播内容转变倒逼生产体制改变。

面对新的媒体环境，传统纸媒却难以改变：其一，传统媒体"企业经营，事业性质"的运营模式难变，不能充分调动员工主动性、积极性，怎会打赢活力迸发的新媒体。其二，纸媒生产成本过高，并且新闻及时性优势丧失，怎能打赢迅速便利的新媒体。

一时间，围绕媒体融合，各种观点争锋：内容为王说，渠道为王说，技术为王说，市场为王说，资源优化说。

观点争锋折射出传纸媒记者的迷茫和困惑，"纸媒将死"的悲观情绪弥漫，或跳槽新媒体，或创业，或观望成为纸媒记者的无奈选择。

显而易见，传统纸媒面临生存危机，但危中有机。可从以下三个方面主动作为：

### 以平等态度与参众互动

纸媒记者首先要充分了解新媒体。所谓新媒体就是能对大众同时提供个性化内容的媒体，是传播者和接受者融会成对等的交流者、而无数的交流者相互间可以同时进行个性化交流的媒体，是"所有人对所有人的传播"。

以互联网、QQ群、微博等为代表的新兴媒体可以做到单项传播、双向（编者和受众之间）甚至多向（编者和编者之间、受众和受众之间）传播，信息的传播具有很强的交互性，可集文字、图片、音频、视频于一体，进行多媒体传播。

由此可见，在新媒体环境下，受众已变成参众。传统纸媒要应对新媒体的挑战，必须摒弃传统思维，在采编传播过程中要采取平等的态度、互动的意识、多媒体的手段，将参众融入新闻中。

### 用多媒体手段挖掘内核

新媒体改变的是传播方式，改变不了的是传播的事实。

新闻是新近发生事实的报道，其内核是事实。新闻的真实是一种事实性真实、过程性真实、即时性真实、公开性真实，而新媒体采用的集文字、图片、音频、视频于一体的多媒体传播手段，通过互动性和交互性，让参众更接近真实的事实。

更真实的事实对纸媒记者提出了更高的职业素养。这要求纸媒记者会摄影，能摄像，会写稿，能玩微博，还要求纸媒记者能运用技术手段层层挖掘出事实的内核，还原事实真相。这些不仅要求纸媒记者能跑、会用，更要求纸媒记者有着深度挖掘事实的素养。

### 靠专业化精神提供产品

新闻不仅有社会属性还有商品属性。在市场浪潮的推动下，商品市场在不断的细分，以满足不同顾客的需求，这也预示着作为上层建筑的新闻也需要通过细分，实现小众化，来满足参众的需求。

　　参众对什么样的新闻才会买单？针对性强，提供有用信息的新闻。这就要求纸媒记者具备专业素养，而不仅仅是个杂家。

　　专业素养从哪来，这需要纸媒记者跑出精致的线路，跑出深度的部门，要把自己当作部门的员工看待，把自己当做线路的专家对待，不断勤学、勤问、勤思考，成为部门的精英，行当的专家，靠着专业的精神提供专业化的新闻产品，来赢得参众市场的认可。

原载 2014 年《新闻前哨》 第 11 期

# 第四辑
## 编辑嫁衣

编辑是做嫁衣裳　编辑是做十字绣

湖北新闻奖一等奖：评论

# 莫让 GDP "恋" 上 PM2.5

陈新

新年伊始，两个数据牵动人们的神经。

国家统计局 18 日公布，去年全国 GDP 继续保持快速增长，突破 50 万亿元大关。

而在此前一周，雾霾天气席卷我国中东部地区，北京城区 PM2.5 值一度逼近 1000。

GDP 的增长振奋人心。12 年时间，中国 GDP 连跨 5 个 10 万亿关口，中华民族距离"中国梦"越来越近。

PM2.5 的增长令人警醒。短短两年时间，表明大气颗粒含量的 PM2.5，从一个不为人知的专业术语，迅速成为亿万人关注的民生指数。

GDP 与 PM2.5 的冲突，让我们清晰地看到保护环境、治理污染的紧迫感，真切地认识到转变发展方式、建设生态文明的重要性。

时下，一些地方片面追求高增长，不惜以牺牲环境为代价，造成 GDP 与 PM2.5 "比翼齐飞"。

就咸宁而言，这些年在实现 GDP 快速增长的同时，继续保持生态品牌优势，成为全省低碳发展示范城市，荣膺"中国人居环境范例奖"、"全国旅游首批标准化示范城市"等多项桂冠。

然而，咸宁并非世外桃源。这轮雾霾灾难中，通山、赤壁城区陆续出现空气轻微污染现象，污染指数超过 100，给一直以空气质量自豪的咸宁人民敲响了警钟。

作为经济后发地区，咸宁既肩负做大底盘、提升 GDP 的艰巨任务，又面临保护生态、抵御 PM2.5 的巨大压力，转变发展方式、建设生态文明显得更为重要和紧迫。

提升 GDP、拒绝 PM2.5，我们必须把经济增长建立在依靠科技进步基础上，实现速度与质量协调、眼前与长远兼顾。作为决策者，各级党委政府要摒弃急功近利的政绩观，始终坚持科学发展理念；作为监督者，各级环保部门要认真履行职责，加大空气质量监测、预警预报和信息公开力度；作为生产者，工企业要淘汰落后的工艺和管理，发展清洁生产；作为消费者，城乡居民要改变各种生活陋习，节约每一度电、每一滴水、每一张纸。

莫让 GDP "恋"上 PM2.5。各级政府、部门、企业和广大市民要"同呼吸，共努力"，按照市委要求，一以贯之地走绿色崛起之路。一方面，不断提升 GDP 总量，让 300 万咸宁人民与 13 亿全国人民一道跨入全面小康社会；另一方面，坚决拒绝 PM2.5，让美丽咸宁成为美丽湖北、美丽中国的一分子。

原载 2013 年 1 月 23 日《咸宁日报》

**湖北新闻奖二等奖：消息**

我省首条城际铁路开通运营
## 武汉咸宁步入同城时代

本报讯　记者向东宁、朱哲报道：28 日清晨 6 时 10 分，C5001 次和谐号动车组从武昌站缓缓启动，向咸宁方向飞驰。这标志着我省首条城际铁路——武咸城铁，历时 4 年建设后，正式开通运营。

当天，武汉至咸宁对开动车 10 组，沿途经停 6 站，最高时速 250 公里。铁路部门宣布：武咸城铁开通首日，有 8000 多人购票乘车。

5000 余咸宁人通过城铁体验"同城生活"。咸安区黄畈村三组村民潘海军是众多咸宁"尝鲜"者之一。他说，坐第一趟城铁，就是要到武昌户部巷吃碗正宗的热干面再回家。

与此同时，城铁带来大批武汉游客体验泉都生活。三江森林温泉负责人介绍，以前自驾客和旅行社组团泡温泉各占 40%，城铁开通当天来三江泡汤的"城铁客"占了 2 成。

据悉，2009 年，国家批复武汉城市圈城际轨道交通网规划，建设武汉至咸宁、黄冈、孝感、黄石 4 条城际铁路，推进武汉城市圈交通基础设施和产业布局一体化。

率先开通运营的武咸城际铁路总投资 97.6 亿元，全线运营长度 90.1 公里。开通运营后，咸宁与武汉实现 1 小时内畅通直达，将武汉市经济要素、人文资源、高新科技与咸宁温泉旅游、红色旅游、生态宜居等优势紧密连接在一起，形成一条科技生态休闲宜居的"绿色"长廊。

城铁沿线的贺胜桥镇是武汉城市圈首个城镇化试点项目——一个 30 万人规

模的宜居社区正在建设中。依托城际铁路，该镇通过土地综合开发，实现站城一体、站为城用，打造新型城镇化示范镇。碧桂园梓山湖项目选址于此，其置业顾问钱瑰丽表示，前来购房和咨询的武汉人占八成。

公司总部在武汉，加工厂在咸宁的李经理长年往返两城之间。上午 8 时 15 分，他乘上城铁，沿途经过的汤逊湖、梁子湖和斧头湖，碧波荡漾、湖景怡人；终点站咸宁市区葱翠如画、欣欣向荣。他感慨道，"咸宁生态环境好，城铁开通，相信咸宁会吸引更多的旅游者、购房者、投资商。"

原载 2013 年 12 月 30 日《咸宁日报》

**湖北新闻奖二等奖：通讯**

蒲圻师范一名老师病危，急需换血治疗，
48名同事接力献血近20000cc
## 流淌在血管里的48份爱

记者 刘丁维 通讯员 曾晓明 魏宇

6日中午，赤壁市蒲圻师范学校老师们的手机挨个地收到一条短信："老肖从重症监护室转到普通病房了，谢谢大家！"

短信中所说的老肖是蒲圻师范学校的一名语文老师，今年47岁。老师们收到的短信是老肖爱人张小燕发出的。

2月24日，觉得身体不适的肖黎明到赤壁市人民医院检查，四天后被转往武汉协和医院，确诊为重症肝炎（Ⅲ），治疗要进行多次的换血，每次要换掉全身50%的血浆，否则生命不保。由于正值春节期间，武汉当地用血指标紧张，家属不得不自行协调血源。

老肖确诊的第三天，医院下达了病危通知书。不知所措的张小燕把老肖的病情报告给学校的工会主席刘森林。

刘森林找到校长易元红作了汇报，易校长当即安排5名老师紧急赶往咸宁市中心血站协调用血指标。

血站告知，库存用血量已经临近应急点，但可采取互助用血的方式，满足治疗需求。

这天正值正月十二，还沉浸在春节氛围里的老师们，不约而同地收到了刘森林发来的短信："肖黎明老师病重，急需用血，请大家立即在学校六角亭集合去献血。"

短短的 13 分钟，六角亭便集结了 25 名老师，他们与从校外驱车赶来的 9 名老师一起，在血站门口排起了献血长队。

正在赶去市里汇报工作的易元红看到短信后，当即决定掉头赶往血站为肖黎明献血。

刘丽辉老师献血时，抽出 100cc 后，右臂血管突然青肿，医生中止了抽血，她急忙说："换只手，继续抽，我的身体好得很。"

患有低血糖的但华英老师，在抽血过程中感觉眩晕，硬是咬着牙坚持下来了。

潘世钊老师来不及吃午饭就赶到血站，抽完 400cc 之后，冷汗淋漓，喝了一瓶牛奶才缓过劲。

万彤松老师有晕血症，还没献血就晕倒在献血车里，醒来后还请求再尝试一次。

……

当日的献血名单这样写着：易元红 400cc、魏安辉 400cc、汪峰 400cc、杨虎刚 400cc、刘丽辉 300cc……20 名可以献血的老师共献血近 8000cc。

血站工作人员汪静被感动了，她说："头一次见到这么多人排队为人献血的。"

当天，健康的血液被送到武汉，肖老师的生命得以延续。

3 月 11 日，肖黎明病情再次告急，学校的 15 名老师又赶到血站，其中 10 人献血成功。

"最难的是第三次献血。"刘淼林介绍说。

为防止再次出现紧急用血供血不足的情况，学校号召教师提前献血，但因工作性质，很多老师由于患有慢性病而长期用药不适宜献血，学校面临血源枯竭。

同学们听到消息后，要求为肖老师献血，因未满 18 岁被学校给劝阻。高中部三年级学生费梓恒听说后，特地跑到刘淼林的办公室，说自己满了 18 岁，可以为肖老师献血。刘淼林还是婉拒了他："快高考了，你安心备考肖老师会更欣慰。"献血不成，同学们就号召自己的家人为肖黎明献血。

学校和老师也像同学们一样，为筹备血源而"绞尽脑汁"。校方通过校友册向已经毕业的校友发布肖老师的病情和供血紧张的情况，老师动员自己的家人为肖老师献血。

3月16日，从各地赶来的校友和家属与学校的教职工一起聚集在血站。魏和平老师和吴之虎老师因身体原因无法献血，他们把自己的妻子喊来了；肖老师的同学、赤壁市实验中学的李传珍老师不仅自己献血，还发动自己的爱人、弟弟、女儿及其朋友前来献血……

三次献血，48名老师共献血近2万cc，帮助肖老师顺利完成了三次换血治疗。正是这3次换血治疗，让肖黎明的病情大为好转，从重症监护室转到普通病房。

刚刚安顿好丈夫，张小燕就给学校的老师们发出了报喜短信。张小燕说，如果不出意外，老肖这个月就可出院了。

原载2015年4月8日《咸宁日报》

# 附　录

## 西行大漠的影像记忆

三人采访小组

矿区采访

启程西行

旅途百态

抵达柳园

开工准备

矿沙如山

19 点的戈壁夕照

谋划发展

排队进餐

# 湖北新闻奖获奖作品目录（2010—2015）

| 序号 | 时间 | 体裁 | 标题 | 等级 | 备注 |
|---|---|---|---|---|---|
| 1 | 2010 | 系列 | 聚焦崇阳农民工抱团"走西口" | 一等 | 作者 |
| 2 | 2015 | 评论 | 警惕空气优良率递减发出的警报 | 一等 | 作者 |
| 3 | 2013 | 评论 | 莫让 GDP 恋上 PM2.5 | 一等 | 编者 |
| 4 | 2011 | 系列 | 年轻干部的榜样周新武 | 二等 | 作者 |
| 5 | 2014 | 评论 | "凭心做事"唤醒道德自觉 | 二等 | 作者 |
| 6 | 2013 | 消息 | 武汉咸宁迈入同城时代 | 二等 | 编者 |
| 7 | 2015 | 通讯 | 流淌在血管里的 48 份爱 | 二等 | 编者 |
| 8 | 2010 | 通讯 | 开往春天的高铁 | 三等 | 编者 |
| 9 | 2010 | 评论 | 降旗志哀彰显生命尊严 | 三等 | 编者 |
| 10 | 2011 | 通讯 | 台源三变 | 三等 | 作者 |
| 11 | 2011 | 消息 | 赤壁市为留守儿童建"五点半学校" | 三等 | 作者 |
| 12 | 2011 | 论文 | 农民工外出务工报道的主线与深度 | 三等 | 作者 |
| 13 | 2011 | 通讯 | 维修金难维修考问维修基金管理 | 三等 | 编者 |
| 14 | 2012 | 消息 | 双丘一根竹立起一条产业链 | 三等 | 编者 |
| 15 | 2012 | 系列 | 湘鄂赣边区行 | 三等 | 编者 |
| 16 | 2014 | 通讯 | 一份良心账单的 15 年旅程 | 三等 | 编者 |
| 17 | 2015 | 系列 | "三好女人"王良英 | 三等 | 编者 |

# 湖北市州报新闻奖获奖作品目录（2010—2015）

| 序号 | 时间 | 体裁 | 标题 | 等级 | 备注 |
|---|---|---|---|---|---|
| 1 | 2010 | 系列 | 聚焦崇阳农民工抱团"走西口" | 一等 | 作者 |
| 2 | 2010 | 通讯 | 开往春天的高铁 | 一等 | 编者 |
| 3 | 2010 | 消息 | 我市首例工资集体协商合同签订 | 一等 | 编者 |
| 4 | 2010 | 通讯 | 跨越时空的爱心接力 | 一等 | 编者 |
| 5 | 2010 | 评论 | 降旗志哀彰显生命尊严 | 一等 | 编者 |
| 6 | 2011 | 系列 | 年轻干部的榜样周新武 | 一等 | 作者 |
| 7 | 2011 | 消息 | 赤壁市为留守儿童建"五点半学校" | 一等 | 作者 |
| 8 | 2011 | 消息 | 农民黄传龙健康养鱼创全国之最 | 一等 | 作者 |
| 9 | 2011 | 消息 | 双丘一根竹立起一条产业链 | 一等 | 编者 |
| 10 | 2012 | 通讯 | 台源三变 | 一等 | 作者 |
| 11 | 2012 | 系列 | 湘鄂赣边区行 | 一等 | 编者 |
| 12 | 2012 | 通讯 | 最牛送气工的秤杆人生 | 一等 | 编者 |
| 13 | 2013 | 评论 | 莫让 GDP 恋上 PM2.5 | 一等 | 编者 |
| 14 | 2013 | 通讯 | 八旬老太的跨世纪之恋 | 一等 | 编者 |
| 15 | 2013 | 消息 | 武汉咸宁迈入同城时代 | 一等 | 编者 |
| 16 | 2014 | 评论 | "凭心做事"唤醒道德自觉 | 一等 | 作者 |
| 17 | 2014 | 通讯 | 为了 45 个苦难的兄弟姐妹 | 一等 | 编者 |
| 18 | 2015 | 评论 | 警惕空气优良率递减发出的警报 | 一等 | 作者 |
| 19 | 2015 | 系列 | "三好女人"王良英 | 一等 | 编者 |
| 20 | 2015 | 通讯 | 流淌在血管里的 48 份爱 | 一等 | 编者 |
| 21 | 2010 | 消息 | 赤壁晒问题警醒干部谋发展 | 二等 | 作者 |

| 22 | 2010 | 通讯 | 城乡一体入画来 | 二等 | 作者 |
|----|------|------|------|------|------|
| 23 | 2011 | 通讯 | 一位农民发明家的执着与困惑 | 二等 | 编者 |
| 24 | 2011 | 评论 | 摘桃子的三种境界 | 二等 | 编者 |
| 25 | 2011 | 消息 | "拼命老总"张斌用生命诠释创先争优 | 二等 | 编者 |
| 26 | 2012 | 评论 | 用铁军精神托起"咸宁梦" | 二等 | 编者 |
| 27 | 2012 | 通讯 | 一家容三省 | 二等 | 编者 |
| 28 | 2012 | 通讯 | 贫困村的"翻番梦" | 二等 | 编者 |
| 29 | 2013 | 消息 | "黄袍山式流转"激活"荒山资本" | 二等 | 作者 |
| 30 | 2013 | 系列 | 百万晚稻销售遇困 | 二等 | 编者 |
| 31 | 2014 | 消息 | "改非局长"刘书亮返乡当支书 | 二等 | 编者 |
| 32 | 2015 | 消息 | 通山教育扶贫阻断代际传递 | 二等 | 编者 |
| 33 | 2015 | 评论 | 血色真情唤起人性的温暖 | 二等 | 编者 |
| 34 | 2015 | 评论 | 倡导文明需要文明倡导 | 二等 | 编者 |
| 35 | 2015 | 通讯 | 过桥难不难 | 二等 | 编者 |
| 36 | 2015 | 通讯 | 远山、女人与狗 | 二等 | 编者 |
| 37 | 2015 | 通讯 | 桃花坪社区的桃花源记 | 二等 | 作者 |